Quando eu parti

Gayle Forman
Quando eu parti

Tradução
Ryta Vinagre

1ª edição

EDITORA RECORD
RIO DE JANEIRO • SÃO PAULO
2016

CIP-BRASIL. CATALOGAÇÃO NA PUBLICAÇÃO
SINDICATO NACIONAL DOS EDITORES DE LIVROS, RJ

F82f
Forman, Gayle
   Quando eu parti / Gayle Forman; tradução de Ryta Vinagre. – 1. ed. – Rio de Janeiro: Record, 2016.

   Tradução de: Leave me
   ISBN 978-85-01-10765-7

   1. Ficção americana. I. Vinagre, Ryta. II. Título.

16-35006
CDD: 823
CDU: 821.111-3

Título original:
Leave Me

Copyright © 2016 by Gayle Forman

Todos os direitos reservados.
Proibida a reprodução, no todo ou em parte, através de quaisquer meios.
Os direitos morais do autor foram assegurados.

Texto revisado segundo o novo Acordo Ortográfico da Língua Portuguesa.

Adaptação de capa: Renata Vidal
Editoração eletrônica: Abreu's System

Direitos exclusivos de publicação em língua portuguesa somente para o Brasil
adquiridos pela
EDITORA RECORD LTDA.
Rua Argentina, 171 – Rio de Janeiro, RJ – 20921-380 – Tel.: (21) 2585-2000,
que se reserva a propriedade literária desta tradução.

Impresso no Brasil

ISBN 978-85-01-10765-7

Seja um leitor preferencial Record.
Cadastre-se e receba informações sobre nossos
lançamentos e nossas promoções.

Atendimento e venda direta ao leitor:
mdireto@record.com.br ou (21) 2585-2002.

Para Willa e Denbele

Nova York

1

Maribeth Klein estava trabalhando até tarde, à espera da conclusão das provas finais da edição de dezembro, quando infartou.

Aquelas primeiras pontadas no peito, porém, pareceram mais aflição que dor, e ela não pensou imediatamente em *coração*. Pensou em indigestão, provocada pela comida chinesa gordurosa que devorou, à própria mesa, uma hora antes. Pensou em ansiedade, provocada pelo tamanho da lista de afazeres para o dia seguinte. Pensou em irritação, provocada pela conversa com o marido, Jason, que mais cedo, quando ela telefonou, dava uma festinha com Oscar e Liv, apesar das reclamações do vizinho de baixo, Earl Jablonski, e ainda que manter os gêmeos acordados depois das oito aumentasse a probabilidade de um deles acordar no meio da noite (e de acordar Maribeth também).

Mas não pensou no coração. Maribeth tinha 44 anos. Sobrecarregada e extenuada, mas mostre a ela uma mãe que trabalha fora que não o seja. Além disso, Maribeth Klein era o tipo de mulher que, quando ouvia um estampido, não pensava em tiro. Pensava que alguém havia deixado a TV alta demais.

Assim, quando o coração começou a emperrar, Maribeth apenas desencavou um frasco de antiácido da mesa e chupou uma pastilha enquanto desejava que a porta do escritório de Elizabeth se abrisse. Mas a porta continuava fechada e Elizabeth e Jacqueline, diretora de criação da *Frap*, debatiam se alteravam ou não a capa, agora que vídeos de sexo da jovem e famosa atriz que a agraciava vazaram na internet.

Uma hora depois, a decisão foi tomada e a última prova foi liberada e enviada à gráfica. Antes de ir embora, Maribeth passou no escritório de Elizabeth para se despedir, mas se arrependeu de imediato. Não só porque Elizabeth, notando o horário, observou que Maribeth parecia cansada e lhe ofereceu um voucher para que um carro a levasse até sua casa — uma gentileza que deixou Maribeth constrangida, porém não o bastante para rejeitar —, mas também porque Elizabeth e Jacqueline faziam planos para o jantar e pararam de conversar assim que Maribeth entrou na sala, como se ainda estivessem comemorando uma festa para qual ela não fora convidada.

Em casa, ela caiu num sono inquieto, acordando com Oscar esparramado ao seu lado na cama; Jason já havia saído. E muito embora ela se sentisse pior que na noite anterior — exausta e enjoada, devido à péssima qualidade do sono e à comida chinesa, imaginava, mas também com o maxilar dolorido por motivos que não entendia e que mais tarde viria a saber serem todos sintomas de seu infarto progressivo —, Maribeth arrastou-se da cama e, de algum jeito, conseguiu que Liv e Oscar se vestissem e caminhassem as dez quadras até a BrightStart Preschool, onde ela passou pelo corredor polonês formado por outras mães, que a fitaram com uma condescendência fria porque, desconfiava Maribeth, ela só levava as crianças às sextas-feiras. Jason cuidava das outras manhãs (algo que as mães da BrightStart certamente consideravam digno de respeito), de modo que Maribeth pudesse chegar à mesa cedo o suficiente para sair lá pelas quatro e meia.

"Curta jornada de trabalho", prometera Elizabeth. "Sextas-feiras de folga." Isso foi dois anos antes, depois que Elizabeth foi nomeada editora-chefe da *Frap*, uma nova (e bem financiada) revista sobre o estilo de vida das celebridades, e aqueles foram os chamarizes que ela usou para seduzir Maribeth a voltar a trabalhar em período integral. Bem, isso e o gordo salário, do qual ela e Jason precisavam para pagar a futura pré-escola dos gêmeos, cujo custo, conforme brincou Jason, era "exorbitante ao quadrado". Na época, Maribeth trabalhava como freelancer, em casa, mas não ganhava nada parecido com um salário de período integral. Quanto ao emprego de Jason em um arquivo de música sem fins lucrativos, bem, a escola devoraria metade da renda anual. Havia uma herança do pai de Maribeth, mas, embora fosse generosa, teria coberto apenas um ano. E se eles não conseguissem uma vaga na pré-escola pública (cuja probabilidade, segundo alegavam, era mais baixa que de entrar em Harvard)? Eles precisavam muito do dinheiro.

Mas a verdade era que, mesmo que a pré-escola fosse gratuita, como aparentemente era na França, Maribeth desconfiava de que aceitaria o emprego só pela oportunidade de enfim trabalhar ao lado de Elizabeth.

A curta jornada de trabalho passou a durar oito horas, e muito mais durante os fechamentos de edição. Aquelas sextas de folga transformaram-se em seu dia mais atarefado na semana. Quanto a trabalhar lado a lado de Elizabeth, bem, isso também não saiu exatamente como esperado. Aliás, nada saiu como esperado, exceto, talvez, a pré-escola. Esta era tão cara quanto eles previram.

Na hora da roda de leitura, Maribeth abriu o livro que Liv escolhera com tanto cuidado para a leitura do dia, *Lilly's purple plastic purse*, e piscou como se as palavras dançassem pela página. No início daquela manhã, depois de ter vomitado bile, ela sugerira à filha que talvez esta devesse adiar a leitura para a sexta-feira seguinte, o que provocou um ataque de pirraça em Liv: "Mas você nunca vai na escola", choramingara a filha. "Você não cumpre promessa nenhuma!"

Ela conseguiu ler o livro inteirinho, embora soubesse, pela cara feia de Liv, que seu desempenho tinha sido medíocre. Depois da roda de leitura, ela se despediu dos gêmeos e pegou um ônibus para voltar as dez quadras até sua casa, onde, em vez de se deitar como queria tão desesperadamente, foi verificar o e-mail. No alto da fila havia uma mensagem da secretária de Elizabeth, Finoula, enviada tanto para sua conta pessoal quanto para a profissional, perguntando se Maribeth podia fazer uma edição rápida no artigo anexo. Em sua caixa de entrada também estava a lista de afazeres que enviara do trabalho, por e-mail, para si mesma na noite anterior. Continha 12 itens, 13 se fosse incluído o artigo que Finoula acabara de enviar. Embora em geral evitasse deixar alguma coisa de fora — quando assim fazia, as listas criavam metástase —, ela embaralhou o dia mentalmente, priorizando o que não podia ser adiado (ginecologista, contador, encontro com Andrea), o que podia (telefonema ao fonoaudiólogo de Oscar, lavanderia a seco, correio, vistoria do carro) e o que podia ser passado a Jason, para quem ela telefonou já no trabalho.

— Oi, sou eu — disse ela. — Dá para você providenciar o jantar de hoje?

— Se não está com vontade de cozinhar, vamos pedir no delivery.

— Não podemos. É o jantar dos Pais de Gêmeos. Seremos os anfitriões — lembrou a ele. Porque, embora estivesse no calendário e ela tenha lhe falado no início daquela semana, e embora os jantares viessem acontecendo de dois em dois meses havia mais de dois anos, era um evento que ainda os pegava de surpresa. — Não estou me sentindo muito bem — acrescentou Maribeth.

— Então cancele — disse ele.

Ela sabia que ele diria isso. Jason adorava a saída fácil. Mas a única vez em que alguém cancelou um jantar foi dois anos antes, logo depois do furacão Sandy. E, sim, ela sabia que aquele tipo de evento não fazia o estilo de Jason. Mas ela havia ingressado no grupo quando os gêmeos tinham seis semanas, e, na época, estava morta de cansaço de tudo e se sentia incrivelmente solitária por ficar sozinha em casa o dia inteiro só com eles. E, sim, talvez alguns pais fossem irritantes (como Adrienne e as volúveis exigências alimentares para Clementine e Mo, baseadas em qualquer estudo nutricional que ela acabara de ler na *Times* — nada de laticínios, nada de glúten, agora era dieta paleolítica). Mas aqueles foram seus primeiros amigos-pais. Mesmo que ela não gostasse exatamente de todos, eram seus companheiros de guerra.

— Estou esgotada — confessou ela a Jason. — E é tarde demais para cancelar.

— É que meu dia está muito louco — disse Jason. — Temos dezenas de milhares de arquivos para migrar antes da atualização do banco de dados.

Maribeth imaginou um mundo no qual um dia louco a isentava de lidar com o jantar. Isentava de qualquer coisa. Ela adoraria viver num mundo assim.

— Não dá para só preparar alguma coisinha? Por favor. — *Não me diga para pedir pizza*, pensou Maribeth, o peito apertado, mas não do estresse, como havia pensado, e sim devido ao estrangulamento do sangue pela artéria coronária estreitada. *Por favor, não me diga para pedir pizza.*

Jason soltou um suspiro.

— Tudo bem. Vou fazer frango com azeitona. Todo mundo gosta.

— Obrigada. — Ela quase chorou de gratidão por se livrar da enrascada, sentindo uma raiva residual por sempre entrar em enrascadas.

Precisou de quinze minutos para percorrer as três quadras até a cafeteria onde marcara um encontro com Andrea Davis, ex-colega da *Rule*. Maribeth bem que gostaria de cancelar o compromisso, mas Andrea, divorciada e com dois filhos adolescentes, agora estava sem emprego porque a revista de compras onde trabalhava fechou. Assim como a *Rule* fechara. Assim como muitas revistas nas quais elas trabalharam fecharam.

— Você tem tanta sorte por estar na *Frap*, com Elizabeth — comentou Andrea, durante o café cujo cheiro dava ânsias de vômito em Maribeth. — O negócio está feio por aí.

Sim, Maribeth sabia disso. Feio mesmo. Ela reconhecia sua sorte.

— Já faz muito tempo desde a *Rule* — disse Andrea. — Lembra depois do 11 de Setembro, quando rasgamos a edição inteira e refizemos tudo do zero? Aquelas madrugadas, todos nós trabalhando juntos, o cheiro de plástico queimado. Às vezes penso que aqueles foram os melhores dias de minha vida. Isso não é doentio?

Maribeth queria dizer que, às vezes, também se sentia assim, mas no momento parecia tão sem fôlego que mal conseguia falar.

— Você está bem? — perguntou Andrea.

— Estou passando mal — admitiu Maribeth. Ela não conhecia Andrea assim tão bem, o que facilitava na hora de contar a verdade. — Sintomas esquisitos. Dores, por exemplo. No peito. Estou com medo de que seja meu... — Ela não conseguiu terminar.

— Seu coração? — perguntou Andrea.

Maribeth assentiu enquanto o órgão citado se apertava de novo.

— Vou para o pronto-socorro pelo menos uma vez por ano, convencida de que estou tendo um infarto. Sinto dor no braço e tudo. — Andrea balançou a cabeça. — Mas aí nunca é nada. Tudo bem, não é nada, é só refluxo. Pelo menos comigo.

— Refluxo?

Andrea fez que sim com a cabeça.

— Refluxo ácido. Um subproduto de uma coisa chamada estresse. Já ouviu falar?

É claro, estresse. Isso fazia mais sentido. Porém a *Frap* acabara de traçar o perfil de uma estrela de 27 anos de um seriado de TV diagnosticada com esclerose múltipla. "Nunca se sabe", disse a atriz no artigo. E então, duas semanas atrás, a mãe de Maribeth telefonara contando que a filha de 36 anos de sua amiga Ellen Berman fora diagnosticada com câncer de mama em estágio quatro. Muito embora Maribeth jamais tivesse sido apresentada a Ellen Berman nem à filha, sentiu-se péssima por ela e apavorada o bastante para marcar uma consulta com a ginecologista (e com certeza precisava fazer uma mamografia também; não marcava uma havia anos). Porque aquela atriz tinha razão: nunca se sabe.

E na realidade Maribeth não sabia que, àquela altura, seu tecido cardíaco já havia começado a morrer por falta de oxigênio. Assim ela deu continuidade ao dia. Prometeu a Andrea que perguntaria a Elizabeth sobre alguma vaga ou recomendação, depois pegou um táxi para o escritório do contador para poder lhe entregar os comprovantes anuais, assim a declaração do imposto de renda — já na prorrogação desde abril — poderia ser preparada a tempo para o prazo final, na semana seguinte. Então foi de táxi ao consultório da Dra. Cray, porque, embora se sentisse tonta agora e desejasse mais que tudo ir para casa e desabar, já estava seis meses atrasada para o exame ginecológico anual e não queria acabar como a filha de Ellen Berman.

E como Maribeth não sabia que o cansaço que sentia era resultado do sangue cada vez menos oxigenado que fluía em seu corpo, disse à enfermeira da Dra. Cray que se sentia bem, mesmo enquanto a enfermeira tomava seus sinais vitais e notava que a pressão sanguínea parecia anormalmente baixa, e perguntava se ela talvez estivesse desidratada. Talvez estivesse. Talvez fosse isso. Então ela aceitou um copo d'água.

Maribeth não pensou no coração. E talvez jamais teria pensado caso não fosse a Dra. Cray, que lhe perguntou se ela estava bem.

A pergunta em si era protocolar. Mas a Dra. Cray — que fez o parto de Oscar e Liv, e vinha cuidando de Maribeth desde então — por acaso fez a pergunta durante o exame mamário, justamente quando seus dedos sondavam gentilmente o seio esquerdo de Maribeth, pouco acima do coração, que não doía mais, porém parecia esticado feito couro de tambor, uma sensação que a fazia se lembrar de uma barriga de gestante. Sem alternativa, Maribeth respondeu:

— Bem, na verdade...

2

Duas horas depois, Maribeth começava a entrar em pânico.

Depois de lhe garantir de que provavelmente não era nada, a Dra. Cray colocou Maribeth em um carro, rumo ao pronto-socorro mais próximo, e telefonou para informar que estava chegando. "Só para um exame, só por garantia", dissera ela. Depois de chegar, Maribeth recebeu uma pulseira, foi conectada a monitores e transferida a uma unidade de observação cardíaca, onde foi monitorada por uma série interminável de médicos que não pareciam ter idade nem para consumir álcool legalmente, que dirá praticar a medicina.

No carro, a caminho do hospital, ela telefonou para o trabalho de Jason, mas caiu na caixa postal. Lembrando-se de ele ter mencionado que ficaria fora parte do dia, ela ligou para o celular, e mais uma vez caiu na caixa postal. Típico. Ele era alérgico a telefones. Ela não se deu o trabalho de deixar recado. Afinal, estava num carro executivo, parecido com aquele que a levou do trabalho para casa na noite anterior. Não era irracional pensar que aquilo duraria no máximo uma ou duas horas.

Em vez disso, ela mandou uma mensagem de texto a Robbie, que começara a cuidar dos gêmeos quando eles completaram 1 ano e Maribeth acumulava trabalho suficiente como freelancer para justificar a contratação. Na época, Robbie era uma meiga e criativa estudante de teatro na Universidade de Nova York. Agora era formada, uma atriz legítima com horários erráticos. Sendo assim, Maribeth não ficou totalmente surpresa quando recebeu a resposta: *Não posso. Recebi um retorno!!!!!!!* Com um monte de emoticons para enfatizar a empolgação. Depois acrescentou um *Desculpe*, com alguns emojis de carinha triste para transmitir seu pesar.

Agora eram quase duas e meia, logo os gêmeos sairiam da escola, e não haveria ninguém para buscar. Ela tentou Jason de novo. E de novo caiu na caixa postal. Dessa vez não fazia mesmo sentido algum deixar recado. Ele não conseguiria chegar à BrightStart a tempo. E Jason tinha recados não ouvidos desde a última eleição presidencial.

Ela telefonou para a escola. A recepcionista atendeu, uma jovem bela como uma modelo, mas uma completa incompetente, que perdia formulários e cheques com regularidade. Maribeth perguntou se haveria algum problema caso Oscar e Liv ficassem um pouco mais naquela tarde.

— Desculpe-me, mas não proporcionamos assistência pós-horário — disse a recepcionista, como se Maribeth fosse uma estranha qualquer, e não a mãe que havia matriculado os filhos naquela escola fazia mais de um ano.

— Sei disso, mas eu estou, bem... Estou presa e não pude evitar.

— O estatuto da BrightStart afirma claramente que as crianças têm de ser apanhadas até no máximo três e meia — citou ela, a ligação chiando. O sinal ali era horrível.

— Estou ciente do estatuto, mas isto é uma... — Ela hesitou. Emergência? Parecia menos seu coração, e mais uma perda de tempo colossal. — Um problema inevitável. Não vou conseguir chegar aí às três e meia, nem meu marido, nem a babá. Sei que os professores ficam até mais tarde. Será que Oscar e Liv não podem ficar brincando num cantinho? Não consigo imaginar que seja a única mãe que já passou por isso. — Mas quem saberia dizer? Talvez fosse. O bairro de Tribeca, onde ficava a escola e onde Maribeth alugava um loft a valores estáveis há mais de duas décadas, tinha se tornado um dos CEPs mais valiosos do país. Às vezes parecia que até as babás tinham babás.

A recepcionista fez um muxoxo e colocou Maribeth na espera. Alguns minutos depois, voltou, dizendo que uma das outras mães se oferecera para pegar os gêmeos.

— Ah, tudo bem. Quem?

— Niff Spenser.

Tecnicamente, Niff Spenser não era mãe da BrightStart. Tinha dois filhos formados pela BrightStart, ambos agora matriculados no ensino médio, e um terceiro filho que começaria no ano seguinte. Ela se apresentou como voluntária no "ano do intervalo", como chamava, para "ficar no circuito", como se a pré-escola tivesse uma curva de aprendizado íngreme da qual você não podia descuidar. Maribeth não a suportava.

Só que Jason não atendia o telefone, e Robbie estava ocupada. Por um segundo, ela pensou em Elizabeth, mas parecia inadequado, não era bem um telefonema a uma amiga, mas a uma chefe.

Ela pegou o número de Niff com a recepcionista e mandou os dados de Jason por torpedo, prometendo que ele buscaria as crianças antes do jantar. Enviou os dados de Niff a Jason, admitindo seu atraso, e pediu que ele coordenasse com Niff como pegar as crianças. *Por favor, confirme se recebeu minha mensagem,* escreveu.

Beleza, respondeu ele.

E assim, com essa simplicidade, aparentemente uma decisão tomou-se sozinha. Ela só contaria a Jason por que se atrasara depois que tudo estivesse terminado. E, se por acaso não fosse nada, talvez nem contasse. Era provável que ele sequer perguntasse.

Maribeth examinou o monitor em seu dedo. Um oxímetro de pulso. Ela se lembrou do pai usando um depois do derrame. Os monitores grudados ao peito coçavam; Maribeth desconfiava de que precisaria esfregar muito para se livrar da cola.

— Com licença — chamou ela, dirigindo-se a uma residente da emergência, uma jovem elegante que usava sapatos caros e falava com a cadência de Los Angeles. — Sabe quando vou poder sair daqui?

— Acho que, tipo, eles pediram mais um exame de sangue — disse a médica.

— Mais um. Por quê? Pensei que meu eletro estivesse normal.

— É o procedimento.

Mais parece que estão protegendo o próprio rabo ou recheando a conta. Uma vez Maribeth editou uma denúncia sobre os hospitais movidos pelo lucro.

Com isso ela se lembrou do artigo enviado por Finoula. Podia muito bem riscar alguma coisa de sua lista. Abriu a matéria no telefone. Era uma premissa interessante — celebridades que atormentavam as mídias sociais com propósitos filantrópicos; Maribeth lembrava-se vagamente de ter sugerido aquilo numa reunião de pauta —, mas a execução da matéria estava péssima. Em geral, Maribeth lia um artigo e, de cara, identificava os problemas na estrutura, na lógica ou na voz, sempre sabendo como corrigi-los. Mas ela leu o artigo pela segunda vez, depois uma terceira, e não conseguiu enxergar a falha geral, só detalhes aqui e ali, não soube como consertar o texto.

Era o hospital. Não era um local de trabalho favorável. Precisava ir para casa. Já era quase a hora do jantar. Provavelmente Jason já estaria de volta com as crianças. Talvez ele até começasse a imaginar coisas, ou a se preocupar. Ela fechou o artigo e viu várias chamadas perdidas da linha fixa. Telefonou, e Jason atendeu quase de imediato.

— Maribeth — disse ele. — Onde você está?

Ouvir a voz sonora e firme de Jason abalou alguma coisa solta dentro de Maribeth. Talvez porque a voz ao telefone se assemelhasse a sua voz no rádio, fazendo-a retroceder 25 anos, para aquelas noites em que ela e as amigas ouviam o programa apresentado por Jason, *Demo-Gogue*, no alojamento da faculdade, e ficassem se perguntando quem ele era (seu nome no programa era Jinx) e como seria sua aparência. "Aposto que ele é muito feio", dissera sua colega de quarto Courtney. "Voz gostosa, cara horrenda." Maribeth, que trabalhava no jornal da faculdade, não tinha opinião sobre a aparência, mas tinha certeza de que ele seria um esnobe insuportável, como todos os redatores de arte e música da equipe. "Você devia entrevistá-lo e descobrir", desafiara Courtney.

— Onde você está? — repetiu Jason. Agora ela ouvia a irritação em sua voz. Então descobriu o motivo: ao fundo, havia o barulho de adultos e crianças. Muitas, muitas crianças.

O jantar. Essa noite. Merda!

— Pensei que você quisesse que eu fizesse o frango, mas não temos nada em casa e agora as pessoas estão aqui — disse Jason. — Você comprou comida?

— Não. Desculpe. Esqueci.

— Você *esqueceu*? — Agora Jason estava zangado. O que era compreensível, mas só fez seu peito se apertar de novo. Porque, fala sério: quantas vezes Jason já não tinha escapulido, deixando a bagunça na mão dela?

— Sim, esqueci — disse ela num tom mordaz. — Tinha outras coisas na cabeça, tipo passar a tarde inteira presa na emergência do hospital.

— Peraí. O quê? Por quê?

— Senti dores no peito, então a Dra. Cray me mandou fazer exames — explicou.

— Mas que merda é essa? — Agora Jason parecia furioso, de verdade, mas de um jeito diferente. Como se a estivesse defendendo de um valentão.

— Não deve ser nada, só estresse — garantiu ela, sentindo a tolice de ter contado a ele, e ainda mais de ter falado para alfinetá-lo. — Eles me colocaram em observação durante horas.

— Por que não me telefonou?

— Eu tentei, mas você não atendeu, e achei que a essa altura eu já teria saído daqui.

— Onde você está?

— No Roosevelt.

— Devo ir até aí?

— Não com todo mundo em casa. Diga a eles que tive de trabalhar até tarde, e depois peça uma pizza. Eles vão me liberar logo. — Ela bateu o punho no peito, na esperança de a dor ressurgente sumir.

— Eu não deveria estar aí com você?

— Quando você conseguir chegar aqui, já terão me dado alta. Foi só uma crise exagerada de azia. — Ao fundo, ela ouvia Oscar chorando. — O que está acontecendo?

— Parece que Mo pegou o Fofo Horripilante.

Fofo Horripilante era um ursinho de pelúcia desfigurado sem o qual Oscar não conseguia dormir.

— É melhor pegar de volta — disse ela a Jason. — Posso falar com ele? Ou com Liv?

Enquanto Jason tentava capturar as crianças, o telefone de Maribeth soltou aquelas notas fúnebres, que avisavam que a bateria estava em 10%, e aí, em segundos, soltou mais um barulhinho triste e morreu.

— Vou chegar em casa logo — disse ela. Mas eles já não ouviam mais.

* * *

MAIS TARDE, APARECEU um médico com cara de vovô e gravata-borboleta de bolinhas. Apresentou-se como Dr. Sterling e disse a Maribeth que era o cardiologista de plantão.

— Havia uma anormalidade em um de seus eletros, assim pedimos um segundo exame de sangue, que mostrou níveis elevados de troponina — explicou.

— Mas o primeiro eletro estava normal.

— Isso não é incomum — respondeu ele. — Minha suposição é de que você teve o que, às vezes, chamamos de infarto branco.

— O quê? — perguntou Maribeth.

— Uma isquemia, provavelmente continuada nas últimas 24 horas, mais ou menos, e por isso você teve dor intermitente; agora seu exame de sangue sugere a oclusão completa de uma das artérias.

— Ah — disse Maribeth, esforçando-se para apreender. — Entendi.

— Então vamos mandá-la ao cateterismo cardíaco para procurar algum bloqueio subjacente em suas artérias coronárias, e, se determinarmos um bloqueio, colocaremos um stent aqui e ali.

— E quando é que tudo isso vai acontecer?

— Agorinha. Assim que conseguirmos levá-la para cima.

— Agora? — Ela olhou o relógio. Já passava das sete. — É noite de sexta-feira.

— Tem planos de sair para dançar? — Ele riu da própria piada.

— Não. Só estava me perguntando se podíamos fazer isso, esse negócio do stent, na semana que vem.

— Ah, não. Precisamos colocá-lo antes que haja mais algum dano.

Dano. Ela não gostou do tom daquilo.

— Tudo bem. Quanto tempo vai levar? Quero dizer, quando vou poder sair daqui?

— Ora, ora, você está sempre com tanta pressa? — perguntou o médico. Ele riu de novo, mas, dessa vez, foi algo insultuoso, como se a mensagem implícita fosse *Já entendi por que você chegou aqui.*

Mas, naquele exato momento, havia doze crianças de 4 anos ensandecidas em seu apartamento. Alguém teria de limpar tudo depois que eles saíssem, encontrar os biscoitos em formato de peixinho que Mo sempre escondia no armário, ou as fraldas sujas que Tashi sempre deixava na lixeira da cozinha (porque Ellery ainda por cima só fazia cocô em fraldas Pampers). Alguém teria de preparar panquecas com chocolate para o café da manhã de sábado e cuidar para que a despensa fosse abastecida com todos os ingredientes.

E aquilo só essa noite. Nos próximos dias, alguém teria de levar as crianças às aulas de balé, à escolinha de futebol, às sessões de fonoaudiologia, às brincadeiras com amigos, às festas de aniversário. Levá-los para comprar as fantasias do Dia das Bruxas, ao pediatra para as vacinas contra a gripe, ao dentista para fazer a limpeza. Alguém teria de planejar as refeições, comprar a comida, pagar as contas, verificar o saldo bancário. Alguém teria de resolver tudo — e ao mesmo tempo teria de dar conta do trabalho no emprego.

Maribeth suspirou.

— Simplesmente tenho uma casa cheia de crianças de 4 anos e um fim de semana muito atarefado.

Ele a encarou com a testa franzida durante um bom tempo. Maribeth devolveu o olhar, já antipatizando com o sujeito, e isso antes mesmo de ele falar:

— Você entende que teve um ataque cardíaco?

USANDO O TELEFONE da enfermaria, Maribeth ligou para Jason, e mais uma vez caiu na caixa postal. Com a maior calma possível, ela lhe contou o que estava acontecendo: os exames, a internação por uma noite, provavelmente pelo fim de semana inteiro. Em nenhum momento disse as palavras *ataque cardíaco*. Não conseguia se obrigar a isso. Nem disse que estava com medo. "Por favor, venha para cá assim que puder", falou para a caixa postal do marido.

ENQUANTO ESPERAVA, ELA preencheu a papelada de internação. Era tranquilizador, à própria maneira, talvez porque já conhecesse o processo. Maribeth fez o mesmo antes da cesariana e antes da cirurgia dos tubos de ventilação de Oscar. Nome, endereço, número do plano de saúde, previdência social. Repete. Havia algo de zen nisso. Até ela chegar ao histórico familiar.

Maribeth jamais soube preencher essa parte. Descobrira que foi adotada quando tinha 8 anos, mas naquela época era só mais um dado de identificação: ela morava na Maple Street. Pedalava uma Schwinn azul. Era a aluna que melhor soletrava no terceiro ano do fundamental. Era adotada. Tal fato jamais ocupou muito sua mente, até ela tentar engravidar, e, a partir daí, foram muitas perguntas sem resposta: alguém de sua família era português? Judeu? Cajun? Havia histórico de síndrome de Down? Lábio leporino? Doença de Huntington? Histórico familiar de infertilidade? Bem, esta última ela podia responder, pelo menos em relação à mãe biológica, mas todo o restante era um mistério.

E aí os filhos nasceram, e o mistério só aumentou. Oscar era uma cópia em carbono do pai, os mesmos olhos castanhos, o mesmo queixo delicado, mas, aos 16 meses, Liv tinha o cabelo louro e comprido, olhos verdes e amendoados, personalidade intensa e, às vezes, até mesmo ditatorial, postura que Jason dizia, brincando, prenunciar uma futura líder, uma Sheryl Sandberg, até uma Hillary Clinton. "Tem certeza de que você não foi inseminada com o óvulo errado?", brincavam algumas pessoas.

A piada era dolorosa. Porque Maribeth não sabia de onde Liv tinha tirado o cabelo de princesa, nem os olhos de maçã, que dirá o olhar intenso. Ver o pequeno enigma genético que era a filha gerara em Maribeth, se não muita tristeza, ao menos um eco sonar de mágoa. Mas daí ela não teve tempo de pensar muito nisso. Porque: gêmeos.

Ela deixou os formulários em branco.

Jason chegou pouco antes das dez.

— Ah, Lois — disse, ressuscitando um antigo apelido que ele não usava fazia anos, primeira dica de que ele também estava com medo. Eles se conheciam havia metade de suas vidas e, mesmo com o intervalo de dez anos, os dois conseguiam encontrar os pontos fracos um do outro até no escuro. Além disso, Maribeth sabia que Jason ficava enlouquecido quando ela era hospitalizada. Ele ficara assim antes da cesariana, embora mais tarde tenha confessado que não era pela cirurgia, mas devido aos pesadelos que tivera, nos quais ela morria durante o parto.

— Oi, Jase — cumprimentou ela em voz baixa. Queria dizer *Eu te amo* ou *Obrigada por vir*, mas achava que podia chorar se o fizesse. Então perguntou onde estavam as crianças.

— Com Earl.

No pedra-papel-tesoura das emoções, a irritação matou o sentimentalismo.

— Jablonski? Está brincando comigo?

— Já estava tarde.

— Então você os deixou com nosso vizinho misantropo e talvez alcoólatra do andar de baixo? Você colou plaquinhas com os dizeres "Abuse de Mim"?

— Deixe disso. Earl é rabugento, mas não é um mau sujeito.

— Meu Deus, Jason. Por que não mandou os dois para a casa dos Wilson? — Os Wilson eram uma das famílias do grupo de pais que morava no bairro.

— Não me passou pela cabeça — justificou ele. — Eles estavam cansados, então pedi a Earl para subir. Posso tentar os Wilson agora, mas devem estar dormindo.

— Esquece.

Ele se sentou na beira da cama.

— Como está se sentindo?

— Ótima. Só quero acabar com isso. — Ela hesitou. — Talvez você possa pedir aos Wilson para pegá-los amanhã. Liv e Tess fazem balé juntas.

— Tudo bem. Balé.

— E Oscar tem futebol.

— Vamos dar um jeito.

— Como? Não podemos nos revezar. Você vai precisar da ajuda de alguém.

— Tudo bem, vou ligar para os Wilson. — Ele sacou o telefone.

— Agora não. Está tarde. Só mande uma mensagem ou e-mail, ou telefone de manhã.

Ele concordou com a cabeça.

— E no domingo?

Eles tinham uma festa de aniversário no domingo. Depois Liv iria brincar com amigos e Oscar tinha fonoaudiólogo. Ela não queria ter de pensar em tudo isso agora.

— Eu não sei, Jason.

— A gente pode mandar os dois para um fim de semana na casa de Lauren. — Lauren era a irmã caçula de Jason, que morava nos arredores de Boston com o marido e quatro filhos.

— E como eles vão chegar lá? E como vão voltar?

— Posso pedir a Lauren para buscá-los. Ela já sabe o que está rolando.

— Você contou a ela?

— Bem, contei. Liguei para ela do táxi. Ela ficou com meu pai quando ele teve um infarto. — O pai de Jason, Elliot, infartara quando estava na casa dos 70 anos, idade em que as pessoas normalmente têm essas coisas. — E aí, o que você acha? Lauren?

Maribeth pôs a cabeça nas mãos. Em geral, a logística familiar dos fins de semana a fazia sentir-se uma controladora de tráfego aéreo, mas, naquele momento, ela não conseguia manter os aviões no ar.

— Não sei. Você pode me deixar fora dessa? Até isso tudo acabar?

Ele fez a mímica de um campo de força.

— Você está numa bolha.

Um plantonista e uma enfermeira chegaram com a maca.

— Quer tomar um sedativo leve? — perguntou a enfermeira.

— Prefiro um forte — brincou Maribeth.

Enquanto a preparavam para a transferência, Jason apertou sua mão, dizendo para ela não se preocupar, que ia ficar tudo bem. Era isso que ele sempre dizia. Maribeth jamais acreditava verdadeiramente naquilo, embora costumasse gostar do otimismo contido do sentimento; equilibrava sua tendência a sempre esperar, como dizia Jason, que o outro salto quebrasse.

Ela queria acreditar agora. Queria demais. Só que, quando Jason se inclinou e lhe deu um beijo na testa, Maribeth sentiu que ele tremia, e teve de se perguntar se *ele* acreditava.

Mas então o sedativo fez efeito e tudo ficou maravilhoso e leve. Ela ouviu Jason dizer: "Eu te amo." Ela também disse que o amava. Ou pensou ter dito. Pode ser que tenha só imaginado.

No LABORATÓRIO DE cateterismo, o ambiente parecia leve, festivo, fazendo jus às onze da noite de uma sexta. Os radiologistas e enfermeiras trocavam implicâncias, e Maribeth observava através de uma névoa drogada. Sentiu a pressão quando o cateter foi inserido, mas não o sentiu sendo guiado até o coração. Quando o contraste foi liberado, houve uma sensação de calor, esquisita, mas não inteiramente desagradável.

— Pode tossir para mim, Maribeth? — perguntou alguém.

Ela tossiu.

— Excelente.

Então sentiu uma coisa, o que foi estranho, porque eles não disseram que àquela altura era para ela não sentir nada?

— O que aconteceu? — Ela ouviu alguém perguntar.

— A pressão está caindo! — Veio a resposta.

O ambiente mudou com a subtaneidade de uma nuvem bloqueando o sol de verão. Tudo aconteceu rapidamente depois disso. Houve um coro de alarmes, um espasmo de movimento. Ela sentiu a máscara sendo colocada no rosto. Naquele instante final, antes de tudo escurecer, Maribeth pensou — menos por medo que por uma espécie de assombro — a facilidade com que tudo poderia te abandonar.

3

Ela abriu os olhos. Não conseguia respirar. No entanto estava respirando. Mas *parecia* que não conseguia respirar.

Uma luz forte brilhou em seu rosto. Ela piscou. Tentou falar, mas não conseguiu.

Estaria sonhando?

Não parecia um sonho. Ela estava congelando. Alguém deixou o ar-condicionado ligado? Por que o ar-condicionado estava ligado? Ela não achava que fosse verão.

ELA ACORDOU NOVAMENTE. A luz forte ainda estava ali.

Ainda não conseguia falar.

Será que estava morta?

Esperava não estar morta, porque era apavorante.

Talvez aquilo fosse o inferno.

Ela achava que não acreditava no inferno.

Sentiu coceira na bochecha. O maxilar doía. Ela ficou vagamente consciente de uma dor latejante na perna. Esquerda. Não, direita. Estava confusa. Sentia frio.

Havia algo em sua garganta. Assim que ela reconheceu o objeto estranho, engasgou com ele.

Uma mulher a verificou. Pele negra, olhos atentos. Passou a mão na testa de Maribeth.

— É o ventilador pulmonar; está respirando por você. Relaxe e procure não lutar contra ele.

Um ventilador? Havia sofrido algum acidente? Onde estavam os gêmeos? O pânico cresceu dentro de si. Tentava respirar, mas não conseguia. Engasgou de novo. E depois tudo ficou escuro.

ALGUÉM CHAMAVA SEU nome. Ela conhecia a voz. Jason. Era Jason.

Alívio.

Tentou falar o nome dele.

Não conseguiu.

— Enfermeira! Ela acordou.

Jason. Alívio.

— Ela está sufocando. Pode dar alguma coisa para acalmá-la? — perguntou ele.

Não! Não me dê nada para me acalmar, pensou Maribeth. Já se sentia confusa demais. Precisava ficar ali. Não queria ser deixada para trás.

— Só um pouquinho — respondeu a enfermeira. — Queremos que ela fique consciente para retirar o ventilador. Ela vai ficar mais confortável depois que estiver sem o tubo. Então, Maribeth, se você tiver paciência conosco, seu cirurgião vai chegar logo.

Cirurgião? O que estava acontecendo? Ela olhou para Jason, mas ele não entendia. Tentou a enfermeira.

— Você passou por uma cirurgia de emergência para colocar uma ponte de safena — revelou a enfermeira.

As palavras penetraram, mas o significado, não.

— Houve um problema na angioplastia — explicou Jason. — Perfurou sua artéria, então levaram você para a cirurgia de emergência.

— Pode me dizer qual é seu nível de dor? — perguntou a enfermeira, mostrando-lhe um gráfico que ia de 1 a 10, sendo 1 uma carinha feliz e 10 uma cara muito triste.

A dor era diferente de qualquer coisa que Maribeth já sentira, envolvia tudo e, ao mesmo tempo, também era distante. Ela não era capaz de especificar.

— Vamos classificar como 5 — disse a enfermeira.

Maribeth sentiu algo quente picando a mão. Depois disso, não sentiu nada.

MARIBETH DESPERTOU NOVAMENTE, com um médico desconhecido pairando acima dela.

— Bom dia, vamos retirar seu tubo agora — disse ele.

Seu leito estava inclinado para cima, e, antes que ela percebesse o que estava acontecendo, mandaram que expirasse com força. Ela tentou, mas era como se tivesse esquecido como respirar.

— No três — disse o médico. — Um, dois...

Era como vomitar em câmera lenta. Quando o tubo saiu, ela ao mesmo tempo tomou uma golfada de ar e teve ânsia de vômito. Pôs as mãos em concha em torno da boca, para pegar o que não saiu.

— Não tem nada em seu estômago, graças a isto — disse o médico. Ele apontou outro tubo, que saía de seu nariz.

Maribeth se recostou. Havia enfermeiras agitadas por ali. Uma delas lhe deu um gole de água por um canudo enquanto o médico lia seu prontuário.

— Onde está? Meu? Médico? — perguntou Maribeth, com a voz rouca.

— Eu sou seu médico. Dr. Gupta — respondeu ele. E explicou que era seu cirurgião torácico. Fora chamado para fazer a ponte de emergência depois que a angioplastia perfurou a artéria. — É muito raro. Só o segundo caso que vi na vida, e a outra senhora era muito mais velha. Você é bem excepcional — disse ele, como se fosse uma coisa boa.

— Meu marido? — perguntou ela, ofegante.

— Não faço ideia. — Ele prosseguiu, falando da cirurgia, duas pontes de safena. — Além do vaso perfurado, havia uma segunda artéria com uma lesão expressiva, e assim, como já estávamos aí dentro, enxertamos nessa também. No fim, é uma correção de longo prazo melhor que o stent, então você vai ficar bem.

Oba.

Ele então explicou o que esperar — algum desconforto na perna, de onde colheram parte da veia safena, e no esterno, que serraram para alcançar o coração. Também alguns sintomas cognitivos, chamados de cabeça vazia, em parte devido à máquina coração-pulmão.

— O quê?

— A máquina. A que usamos para oxigenar e bombear o sangue enquanto seu coração estava parado.

Ele falou com total despreocupação. *Enquanto seu coração estava parado.* E de repente ela foi arrancada da névoa.

Colocou a mão entubada no peito cheio de esparadrapo. Sentiu o coração batendo ali, tal como estivera desde que era um bebê, não, desde que era um feto, aninhado dentro do útero de uma mãe que ela jamais conhecera. Mas tinha parado de bater. Maribeth não sabia por quê, mas era como se tivesse cruzado uma soleira, deixando tudo e todos que conhecia do outro lado.

4

Uma semana depois, Maribeth teve alta. Não se sentia nem remotamente preparada. Também foi assim da última vez que saiu de um hospital, mas, na época, pelo menos parecia que ela e Jason estavam no mesmo barco. "Vão nos deixar a sós com eles", brincara Jason sobre os gêmeos. "Tenho mais prática com o Buick Skylark de meu pai." Agora ela estava inteiramente só.

— Preciso te contar uma coisa — disse Jason, enquanto Maribeth ocupava uma cadeira de rodas à espera de um táxi. Havia algo no tom de voz. Se não estivesse deixando o hospital depois de uma cirurgia de coração aberto, Maribeth apostaria na confissão de um caso extraconjugal.

— O que é? — perguntou Maribeth, cautelosa.

— Lembra que prometi deixá-la na bolha durante a internação, assim você não precisaria se preocupar com nada?

— Lembro.

— Então, fiz umas coisas. Enquanto você estava na bolha.

Maribeth precisou de um momento para entender o que ele queria dizer. Tinha certeza absoluta de que teria preferido o caso. Ela balançou a cabeça.

— Não.

— Eu a mantive longe do hospital — disse Jason. — Até evitei que você descobrisse.

— Você escolheu a saída fácil. De novo.

— Saída fácil? Eu pedi ajuda.

— Como minha mãe é de alguma ajuda?

— Ela é outro par de mãos. E os gêmeos a adoram.

— Que ótimo. Os gêmeos ficam com a vovó, e eu ganho uma terceira pessoa para cuidar. — Uma quarta, ela queria dizer, mas não o fez.

Enquanto o táxi acelerava para o centro, Maribeth queria dar a volta, retornar ao hospital. Em um dia bom, precisava de toda a sanidade para lidar com a mãe. E aquele não era um dia bom.

Hesitante, Jason tocou em seu ombro.

— Você está bem?

— Lembra que você sempre pergunta por que estou esperando o outro salto quebrar? — perguntou ela.

Ele assentiu.

— É por isso.

BEM-VINDA, MAMÃE! FIQUE boa logo!, dizia o cartaz feito de papel de embrulho, colado na porta de entrada.

Ela estava prestes a ver os filhos. Não os via fazia uma semana, a não ser pelos vídeos de prova de vida que Jason gravava no celular todos os dias. Sentia uma saudade dolorosa, animalesca, primitiva. Mas agora, parada diante da porta, parecia petrificada de medo. Talvez não devesse ter pedido a Jason para não mandá-los à escola aquele dia.

Jason abriu a porta.

Na mesa da entrada, havia um vaso de lírios ao lado de uma pilha enorme de correspondência. O medo se aprofundou.

— Maribeth, é você? — Ela ouviu a mãe chamar.

E se aprofundou ainda mais.

— Sou eu — respondeu ela.

— Liv, Oscar, ouviram? Mamãe chegou!

Sua mãe apareceu, vestida em uma paleta outonal para Mulheres de Certa Idade. Abraçou Maribeth cautelosamente, depois se afastou para olhá-la, a mão sobre o próprio coração.

— Coitada de minha menina.

Naquele momento, Oscar apareceu correndo. Pulou para ela, gritando: "Mamãe!"

Não fora sua intenção se encolher. Mas o peito estava sensível demais e Oscar era muito parecido com um filhotinho. Afastando o filho só um pouco, ela enterrou o rosto em seus cabelos, inspirando aquele cheiro de suor infantil que jamais sumia inteiramente, nem mesmo depois de um banho.

— Oi, mamãe. — À medida que Liv se aproximava, dando passos inseguros de balé, controlando cada pedacinho de si, como uma dama, Maribeth teve um vislumbre da mulher que a filha de 4 anos um dia se tornaria. Isso a deixou inexplicavelmente triste.

Maribeth preparou-se para outro abraço, mas Liv só lhe deu um beijo leve no rosto e se afastou. No ano anterior, quando Maribeth teve uma infecção no estômago, Liv a tratou com frieza até ela voltar ao normal.

— Está tudo bem, meu amor — assegurou ela. — Ainda sou **eu**.

Liv torceu o nariz, como se não tivesse engolido totalmente a explicação. Maribeth também não tinha tanta certeza se era a mesma pessoa.

5

A alta do hospital, a viagem de carro pelo centro, a chegada ao lar, tudo esgotou Maribeth, então ela pediu licença para tirar um cochilo. Quando acordou, um silêncio incomum dominava o loft, que não tinha paredes de verdade para abafar o clamor da vida familiar.

Ela chamou Jason, que passaria aquela semana trabalhando em casa.

— Oi. — Ele sorriu. — É bom vê-la em casa, Lois.

— É bom estar em casa. Onde está todo mundo?

— Sua mãe e Robbie levaram os meninos ao parquinho. Quer alguma coisa?

Maribeth olhou o relógio.

— Acho que a enfermeira vai chegar às três. Quem sabe um almoço?

— Claro. Já tínhamos pedido uma pizza. De forno a lenha. Sobraram algumas fatias.

— Pizza não.

— Tudo bem, dieta especial. Temos vivido principalmente de delivery. Vou providenciar uma entrega do mercadinho. Quer me dar uma lista de compras? Podemos pedir do FreshDirect.

— Tá, tudo bem — concordou ela. — Por enquanto, talvez uma sopa.

— Pode ser de lata?

— Na verdade tem muito sódio. Acho que devo evitar isso.

— Posso ir à delicatéssen rapidinho.

— Está tudo bem. Vou ver o que tem na geladeira.

— Andamos segurando as coisas por aqui com elástico e chiclete — disse Jason. — Logo vamos voltar aos trilhos.

MARIBETH ESTAVA TERMINANDO o almoço — iogurte e uma maçã com manteiga de amendoim — quando a enfermeira visitante chegou. Luca era agradavelmente roliça e tinha o sorriso torto de uma cúmplice.

Ela verificou o curativo no peito de Maribeth, assim como o da perna.

— Está cicatrizando muito bem — comentou ela.

— Sim, estou louca para ver as cicatrizes — retrucou Maribeth.

— Algumas mulheres enxergam as cicatrizes como um distintivo. Trabalhei com sobreviventes de câncer de mama que fazem tatuagens em vez de reconstruções. Você podia fazer uma bem bonita na perna, como esta. — Ela levantou a perna da calça e mostrou uma corrente de margaridas em volta do tornozelo.

— Engraçado. Meu marido costumava dizer que as cicatrizes pareciam tatuagens, só que com histórias melhores.

— Isso eu também posso entender. Quanto ao peito — ela deu um tapinha no próprio peito exuberante — desbota tanto que parece um decote. É muito sexy.

— Agora você sabe por que dei um jeito de fazer uma ponte de safena — brincou Maribeth.

Luca riu.

— Senso de humor ajuda muito.

— Isso e comida de verdade, aí ficarei numa boa. — Como se respondesse à deixa, sua barriga roncou alto.

Luca olhou o pote de iogurte e o miolo da maçã.

— O que mais comeu hoje?

— Cereais, no hospital.

— São quase quatro horas.

— É?

Luca parou de tomar notas.

— Você precisa se cuidar.

— Amanhã o mercadinho vai entregar alguma coisa.

Luca franziu a testa.

— Se cuide pedindo ajuda.

— Estou tentando.

Luca prendeu o medidor portátil de pressão em Maribeth e, depois, o aparelho portátil de eletrocardiograma. Todos os dados iam diretamente para seu iPad.

— Parece que está tudo bem — disse ela. — Descanse um pouco. Coma. Em breve vai se sentir muito melhor.

Naquele exato momento a porta de entrada se abriu e as crianças entraram aos saltos com a mãe de Maribeth.

— Mamãe está aqui? — gritou Liv.

— No quarto — respondeu Jason.

— Mamãe? — gritou Oscar. — Eu quero a mamãe.

E, de súbito, o apartamento silencioso se encheu de barulho. Em segundos, Oscar pulava na cama, aproximando-se perigosamente da perna de Maribeth.

Luca arqueou uma sobrancelha enquanto guardava o restante de suas coisas.

— Vai botar a gente pra dormir hoje? — perguntou Oscar. — Vovó não faz as vozes e papai não sabe prender os pesadelos de Liv.

— Preciso descansar — disse Maribeth, procurando confirmação em Luca. Mas a outra havia escapulido em silêncio.

— Você não conta histórias tem um tempão — disse Liv. — E vovó prometeu que você ia contar.

— Eu disse que talvez ela contasse — rebateu a mãe de Maribeth.

— E se eu colocar você na cama e papai ler?

Ela buscou apoio em Jason, mas ele simplesmente ficou parado ali, sorrindo. Quando Maribeth ficou sabendo que teriam gêmeos — não era uma grande surpresa no mundo da fertilização in vitro —, achou que fossem dar conta, sem problemas. *Eles são dois, e nós também.* Mas a matemática jamais pareceu fechar tão bem assim. Parecia uma divisão do quinto ano; sempre ficava um resto.

Ela tentou de novo, arregalando os olhos para Jason num pedido silencioso de socorro.

— Não pode culpá-los por sentirem sua falta — disse Jason. — Todos nós sentimos.

Ela só queria que alguém a colocasse na cama e lesse uma história com final feliz. Mas todos simplesmente ficaram parados ali, olhando para ela: sua mãe, Jason, Oscar, Liv. Ela disse aos gêmeos que os colocaria para dormir aquela noite.

6

As visitas começaram a chegar em pouco tempo. Gente que Maribeth, na verdade, não queria ver, como Niff Spenser, Adrienne e os Wilson, trazendo comidas que ela não podia (como ensopados muito temperados) ou não queria (qual era exatamente o apelo daquelas combinações alimentares?) comer. A mãe tratava cada visitante como um dignitário, oferecendo um serviço elaborado de café e chá, depois deixando a bagunça na pia. Maribeth achava as visitas dolorosas e cansativas. Sempre que aparecia alguém, sentia-se obrigada a entreter, mas só queria ficar na cama. No entanto, quando sugeriu que Jason desestimulasse as pessoas, ele retrucou que ela precisava aprender a aceitar ajuda.

E, então, veio Elizabeth. Num fim de tarde de sua primeira semana em casa, trazendo um arranjo floral de bom gosto, mas patentemente caro, que Maribeth reconheceu vir do florista usado quando celebridades visitavam a redação.

— Elizabeth! — exclamou a mãe de Maribeth. — Que maravilha você ter vindo. E estas flores. São peônias? Em outubro? Devem ter custado uma fortuna.

— Olá, Sra. Klein.

— Evelyn — corrigiu a mãe de Maribeth, tal como fazia havia mais de vinte anos. — Você está linda! Este casaco é muito bonito. É lã? Maribeth, Elizabeth está aqui.

— Estou vendo — disse Maribeth.

Elizabeth tirou os sapatos, um hábito com décadas de idade também. Antes de reclamar do barulho dos filhos de Maribeth, Earl Jablonski se queixara do barulho dos saltos de ambas estalando no piso de madeira.

— Como está Earl? — perguntou ela.

— Frustrado, como sempre.

— E você?

Ela estava cansada. Os gêmeos pareciam irritados com ela por não se curar com rapidez suficiente, por não colocá-los para dormir com frequência suficiente, por não levá-los à escola. Ela também sentia a impaciência de Jason, de todas as maneiras possíveis. Ele a abraçava de conchinha pelas manhãs, de modo que ela sentisse a ereção tocando sua lombar. Aquilo a fazia se lembrar do pós-operatório da cesariana, quando ele ficou tão cheio de desejo que beirava uma ameaça.

Agora Jason tinha saído com as crianças, levando-as para comprar fantasias para o Dia das Bruxas, uma tarefa que parecia amedrontá-lo. Nesse meio-tempo, Liv teve um ataque de birra quando Maribeth disse que não iria. "Você prometeu!", gritou ela. Ela não prometera, ou, se o fizera, foi antes da coisa toda. Maribeth ficou tentada a rasgar a blusa de seu pijama e apontar a cicatriz no peito. Dizer a Liv (e a Jason também) que seu coração havia parado. Será que eles entendiam o que aquilo significava?

Mas não fez nada disso. Não era uma louca. Além do mais, ela vinha fazendo todo esforço possível a fim de proteger os filhos de sua doença e não esfregá-la na cara deles.

— Estou indo bem — disse ela a Elizabeth.

— Quer um café ou um chá? — perguntou a mãe. — Ou talvez possamos beber um vinho. São quase seis horas.

— Eu estou bem. Não preciso de nada. — Ela colocou as flores na mesa de jantar e foi para a sala de estar.

— Sofás novos? — perguntou Elizabeth, apontando os sofás de couro adquiridos depois de Oscar ter rabiscado com hidrográfica todo o conjunto antigo.

— Não são tão novos assim. Compramos há uns dois anos. — Já fazia tanto tempo assim que Elizabeth não aparecia?

— Da IKEA, dá para acreditar? — Intrometeu-se a mãe. — Adivinha quanto custaram? Menos de mil dólares cada um.

Por que a mãe precisava anunciar isso? Para Elizabeth? Que tinha um sofá de couro Barcelona de cinco mil dólares em seu escritório na revista. Não que Maribeth ligasse para móveis de grife, mas a disparidade simplesmente parecia destacar o quanto elas se distanciaram por motivos que Maribeth não entendia direito.

E então, para dar um destaque ainda maior, Elizabeth perguntou:

— Lembra da nossa ida à IKEA? Quando o ônibus quebrou?

Não foi muito tempo depois de elas terem se mudado para o loft, o qual Elizabeth descobrira porque tinha faro para aquele tipo de coisa — vendas divulgadas aos cochichos, restaurantes pequenos prestes a conseguir a primeira estrela no guia Michelin, lofts de 170 metros quadrados e aluguel estável em Tribeca.

O espaço na época era bem rústico, sem paredes, mal tinha uma cozinha. Logo depois de assinarem o contrato de aluguel, elas pegaram o ônibus para a IKEA, em Nova Jersey, a fim de comprar mais armários de cozinha. Pareciam recém-casadas, as duas zunindo pelos corredores, quicando nas camas do showroom, fingindo beber café nas cozinhas enquanto fantasiavam com a vida em que embarcavam juntas. Do mesmo jeito, às vezes se encontravam depois do trabalho para beber um Cosmopolitan e comer hambúrguer na *happy hour*, e imaginar uma vida dirigindo revistas amistosamente concorrentes, *Newsweek* e *Time*, *Vogue* e *Harper's Bazaar*. (Aquilo foi antes de as revistas começarem a despencar feito moscas, levando com elas qualquer ideia de concorrência camarada). A vida que conjuravam pode ter sido uma fantasia, mas a alegria sentida com os devaneios partilhados era genuína. Vertiginosa e palpavelmente real.

Na volta para a cidade, o ônibus empacou na via expressa de Nova Jersey. As pessoas reclamaram, gritando com o motorista sitiado. Mas ela e Elizabeth continuaram debaixo de seu halo, comendo pãozinho de canela, pintando o futuro em Tecnicolor.

De repente Maribeth ficou constrangida com os sofás IKEA. Elizabeth agora era editora-chefe. Morava em um prédio de arenito pardo no Upper East Side com Tom Bishop, o marido gerente de fundos de cobertura, e os filhos adolescentes, quando estes vinham do colégio interno. Maribeth ainda alugava o loft onde ela e Elizabeth moraram vinte anos antes. Queria se mudar, comprar uma casa em algum lugar no Brooklyn, mas os imóveis em Nova York eram um trem desgovernado que ela perdera há muito tempo. Quisera ela ter tido mais perspicácia, como Elizabeth, que se ofereceu para sair quando Maribeth decidiu morar com Jason, comprando um apartamento barato no Meatpacking District, cujo valor quadruplicou quando ela o vendeu para morar com Tom.

— Mamãe! Espere só pra ver minha fantasia.

Liv e Oscar entraram no loft intempestivamente, seguidos por um Jason derrotado. Quando viram Elizabeth, pararam, reconhecendo-a mais pelos slideshows do computador que qualquer outra coisa.

— O que você vai ser? — perguntou Elizabeth a Liv.

— Uma bruxa bonita — respondeu Liv.

— O que é uma bruxa bonita? — perguntou Maribeth.

— Espere. Vou mostrar. — Liv correu para o quarto.

— Eu também — disse Oscar, seguindo a irmã.

Elizabeth se levantou.

— Jason — disse ela, cumprimentando-o com um beijo cordial no rosto.

— Elizabeth, é ótimo ver você — respondeu ele.

Jason foi verificar seu e-mail. Liv voltou com a fantasia, que era menos uma bruxa bonita e mais uma bruxa piranhuda. Também era cinco números maior, então precisava de ajustes. Bom trabalho, Jason.

— Ela parece uma daquelas pavorosas rainhas da beleza infantis — cochichou Maribeth, enquanto Liv se admirava no espelho.

— Eu estava pensando mais numa prostituta anã — retrucou Elizabeth.

— Ai, meu Deus. Tem razão.

Por um segundo, elas riram livremente, tal como nos velhos tempos.

— Mamãe fez uma operação e disse que dói quando ela ri — declarou Oscar. Ele estava vestido de policial, o que tornava sua postura protetora ainda mais meiga.

— Está tudo bem, Oskie. É Elizabeth. Você se lembra dela? — perguntou Maribeth.

— Ela é a melhor amiga de mamãe e agora dirige a revista onde ela trabalha — explicou a mãe de Maribeth, voltando com o vinho. Virou-se para Elizabeth. — Foi muita generosidade sua dar o emprego a ela.

— Tive de agarrá-la antes que alguém o fizesse — disse Elizabeth. — Ela é a melhor no ramo.

Maribeth ficou admirada, mais uma vez, ao ver como Elizabeth lidava bem com sua mãe. Como naquele instante, por exemplo; a mãe de Maribeth colocava uma taça de vinho na frente de Elizabeth, que cobriu a boca do copo com os dedos até o momento em que a mulher parecia prestes a servir o líquido bem em sua mão, e depois aceitou o vinho como se tivesse pedido por ele o tempo todo.

— Pode pegar uma água mineral para nós, mãe? — perguntou Maribeth.

— Mas é claro! — trinou a mãe.

— E por falar em trabalho, provavelmente vou poder voltar na semana que vem — disse Maribeth. Embora parecesse otimista, tomar um banho ainda era um enorme esforço. — Talvez trabalhe de casa.

— Não se preocupe com isso.

— Sei que você deve estar atrapalhada. Mas acho que vou conseguir sair do buraco.

— Nem pense nisso. Leve o tempo que precisar. — Elizabeth agitou a mão, uma expressão perfeita de *noblesse oblige*.

Quando Elizabeth dizia coisas assim, Maribeth sentia, não pela primeira vez, que não a conhecia mais. Antigamente Elizabeth era tão falida e esfomeada quanto Maribeth, mas agora parecia considerar o trabalho como algo que alguém fazia não por necessidade, mas por satisfação, como um hobby. Mas talvez isso não fosse justo. Era provável que Elizabeth levasse seu hobby mais a sério que Maribeth levava o trabalho.

— Na semana que vem — repetiu Maribeth. — Tenho algumas ideias sobre a quem delegar o trabalho. E acho que talvez possa montar uma edição mais geral mesmo agora.

— Já estão cuidando disso. — O tom de Elizabeth não era exatamente incisivo, mas sem dúvida autoritário, profissional, e Maribeth sentiu-se colocada em seu lugar.

Elizabeth fez uma careta.

— Só quis dizer que o importante é que você melhore — acrescentou ela num tom mais brando.

— Agradeço por isso, mas ainda preciso pagar minhas contas, Elizabeth.

Maribeth se odiou por ter dito aquilo. Fazia com que parecesse mesquinha e invejosa da vida de Elizabeth, de seu dinheiro, do emprego. Quando na realidade, se tinha inveja de alguém, era de seu antigo eu, aquele que podia assegurar que Elizabeth era sua melhor amiga. Aquele que ainda tinha ambições e foco, e não passava o tempo todo tão atormentado. Aquele que possuía um coração que funcionava direito.

Elizabeth pareceu tão mortificada que, por um segundo, Maribeth receou ter feito algo horrível, como tentar lhe pedir um empréstimo. Mas se limitou a sussurrar:

— Por favor, não se preocupe.

Liv reapareceu, já usando as roupas normais, trazendo um jogo de bonecas de papel.

— Quer brincar? — perguntou ela a Elizabeth.

Antigamente, Elizabeth era uma presença frequente, embora não constante, na vida dos gêmeos. Nos últimos anos, porém, à medida que Oscar e Liv foram se transformando em seres humanos de verdade, Elizabeth se retraiu. Assim, Maribeth não ficou totalmente surpresa quando ela se levantou e disse a Liv que adoraria, mas que precisava voltar ao trabalho.

Depois que ela foi embora, Maribeth se ofereceu para brincar com as bonecas de papel. Liv a olhou como se a mãe fosse um prêmio de consolação, e era basicamente isso que Maribeth sentia em relação a todas as amigas que fizera desde Elizabeth. Mas Liv aceitou.

7

Uma semana depois de voltar para casa, Maribeth teve sua consulta de revisão com o Dr. Sterling. A mãe se ofereceu para levá-la, mas a ideia de apanhar da mãe e do Dr. Vovô ao mesmo tempo era demais, e ela não podia suportar. Ainda assim, Maribeth sabia que não devia ir sozinha. Na verdade, não podia ir sozinha. E se não conseguisse um táxi para casa? E se o elevador pifasse? Coisas que nunca a preocuparam agora a faziam perder o sono.

— Acha que pode me levar? — perguntou ela a Jason na noite anterior à consulta. Ele vinha trabalhando de casa, mas durante horas longas e frenéticas; ainda monitorava a migração de milhares de arquivos de áudio antes da tal atualização planejada do banco de dados. Ela notou o próprio tom de voz, de uma suplicante. Aquilo a deixou irritada, mas Maribeth não sabia muito bem definir com quem. — Você pode levar o laptop.

— Claro — disse Jason.

Então ela sentiu: a gratidão, o ressentimento, emoções aparentemente conflitantes que naqueles dias se entrelaçavam, como filamentos de DNA.

Ficou feliz por ter sugerido que ele levasse o laptop, porque aguardaram quase duas horas pela consulta com o Dr. Sterling. Durante todo o tempo, Maribeth fervilhava. E se preocupava com o que tal perturbação faria ao seu coração, o que a levava a agitar-se ainda mais. Um cardiologista não devia saber das coisas?

Desenvolveu antipatia pelo Dr. Sterling assim que o conheceu na emergência. Suas maneiras ao leito não melhoraram durante a semana no hospital, quando ele a tratou com uma condescendência obsequiosa, sempre falando em mandar a "mamãe" de volta para casa, para seus bebês. Jason disse temer que ela o processasse, mas não foi o Dr. Sterling quem fez a angioplastia, e ele culpava as próprias artérias de Maribeth pela ruptura — eram um tormento, disse —, e, de qualquer modo, todo o restante acabou dando certo e ela não iria à justiça. Mas precisava encontrar um novo médico, de sua escolha, e não simplesmente ser mandada para qualquer um.

Quando a enfermeira finalmente a chamou, ela olhou para Jason, que digitava em seu laptop.

— Quer que eu entre com você? — perguntou ele.

Ele sempre o fez nas consultas com a obstetra. Às vezes, depois do ultrassom, ele desenhava as letras dos nomes favoritos do dia no gel, antes de limpá-la com uma toalha.

— Está tudo bem — respondeu ela. — Pode continuar trabalhando.

Vinte minutos depois, estavam num táxi a caminho de casa. O Dr. Sterling declarou que ela apresentava uma "cicatrização maravilhosamente boa", e a dispensou com um maço de folhetos. Embora ela tivesse levado uma lista de perguntas, no fim acabou não fazendo nenhuma, porque sentia que ele estava apressado (quem estava com pressa agora?) e também porque, no hospital, sempre que ela tentava falar como se sentia verdadeiramente — descolada, como se de algum modo seu coração não fizesse mais parte do corpo —, ele a repreendia por ficar "ruminando".

O telefone de Jason tocou. Ela percebeu que era importante quando ele atendeu de imediato e passou vários minutos falando com um dos colegas naquele jargão indecifrável de seu trabalho. Depois de desligar, virou-se para ela.

— Então, o médico disse que está tudo indo bem?

No elevador, ela já havia lhe dado um resumo da consulta.

— É. Tudo bem.

Jason se calou por um instante.

— Então tudo bem se eu voltar ao escritório amanhã? Eles estão em modo acelerado agora.

— Desculpe se meu ataque cardíaco veio num momento inconveniente.

— Ninguém disse isso. — O carro freou bruscamente quando um pedestre desavisado invadiu o trânsito, olhos grudados no celular. A pressão do cinto de segurança provocou uma cascata de dor em Maribeth.

— Desculpe-me. Você tem razão — disse ela.

— Então tudo bem se eu voltar ao escritório?

Não. Não estava tudo bem. Seu corpo inteiro doía. Ela não se sentia preparada para ficar sozinha com a mãe, com as crianças. Estava com medo.

— Claro que sim — respondeu ela.

— Ótimo. — Quando ele sorriu e seus olhos se enrugaram, ele pareceu verdadeiramente feliz, e, de algum modo, aquilo só fez piorar tudo. — Mas acho melhor convencermos sua mãe a ficar mais uma semana, até você melhorar completamente.

Ela murchou ainda mais.

— Mais uma semana?

— Ela está ajudando. Do jeito dela. Outro par de mãos. E ela, sabe como é, sai de graça.

Maribeth olhou pela janela. Estavam indo para casa. Ela ia ficar bem. O médico tinha acabado de confirmar. Por que, então, sentia vontade de chorar? Por que desejava agarrar o pescoço de Jason e implorar para ele não ir?

Jason lhe deu um beijo na têmpora.

— Eu falei que ia dar tudo certo. Mais uma ou duas semanas e voltaremos ao normal.

8

A mãe de Maribeth vibrou com a ideia de ficar.

— Tenho me divertido muito com vocês.

Maribeth abriu um sorriso forçado. Agradeceu.

— E, se eu puder evitar que você gaste seu dinheiro suado com babás, melhor ainda. Mesmo com plano de saúde, eu me lembro de como as contas se acumularam com seu pai. E já que não está trabalhando...

— Eu ainda tenho emprego, mãe — retrucou ela. — Estou de licença. — A verdade era que ela não entendia bem sua situação. Licença? Invalidez? Provavelmente deveria telefonar para alguém dos recursos humanos.

— Mas não em tempo integral — argumentou a mãe. — E o salário de Jason...

Jason trabalhava como arquivista-chefe numa biblioteca de música. Era o emprego de seus sonhos — ele fora transferido de São Francisco para isso —, mas o salário era péssimo, pelo menos para os padrões de Manhattan. Uma vez Maribeth queixou-se com a mãe, pois não entendia como uma empresa se dava o trabalho de realocar alguém só para pagar um salário de fome. Desde então, a mãe agia como se Maribeth e Jason estivessem a um passo da assistência social.

— Sabe — continuou a mãe, acelerada —, por isso garanti que seu pai deixasse parte do dinheiro para você no testamento. Três meses antes do derrame, era quase como se eu soubesse.

Maribeth continuou sorrindo. Parecia ter o rosto revestido de reboco.

— Era minha esperança que você usasse aquele dinheiro para comprar uma casa bonita — concluiu a mãe. — Talvez no subúrbio, como a filha de Ellen Berman.

— Aquela com câncer de mama?

— Não culpe o subúrbio por isso.

— Não queremos morar no subúrbio, mãe.

— Talvez você possa trabalhar menos, de algum jeito. Tenho certeza de que Elizabeth vai achar uma saída. Ela sempre foi muito generosa com você.

— Obrigada por fazer com que me sinta um projeto de caridade.

— Ah, não foi isso que eu quis dizer. Só quero que você desacelere. — Ela calou-se, franzindo a testa. — Acho que eu tinha esperanças de que você fosse tomar isso como um sinal de alerta.

— Um sinal de alerta?

— Herb Zucker teve um ataque cardíaco, perdeu 15 quilos e começou a meditar.

— Eu devo perder 15 quilos e começar a meditar?

— Não, você sempre foi magra demais. Mas podia reavaliar sua vida. Suas prioridades.

Maribeth entendia que a mãe cantava uma versão pessoal de sua música triste: a roda de hamster que era sua vida. Só que ouvir as lamentações da mãe não a fazia se sentir amparada, mas acusada.

— Minhas prioridades estão ótimas — disse ela.

— Só não quero que você passe por tudo isso de novo — acrescentou a mãe.

— Nem eu.

A mãe se inclinou, como se fosse contar um segredo picante.

— Jason me falou que isso pode ser genético. — Ela olhou sugestivamente para Maribeth. — Então você não pode me culpar.

Que coisa para se dizer. Lembrou a Maribeth de quando ela e Jason começaram os tratamentos de fertilidade, e a mãe, estranhamente, ficou quase exultante. "Parece que afinal transmiti alguma coisa a você", dissera ela. O fato de tal sentimento ser ao mesmo tempo indesejado e infundado — os médicos jamais pensaram que Maribeth tivesse algum problema clínico relacionado a infertilidade, além de "idade materna avançada" — nunca ocorrera à mãe.

— Por que eu a culparia? — perguntou Maribeth.

Sua mãe virou a cara. Depois bateu palmas, como se estivesse encerrando oficialmente a discussão.

— O que vai querer para o jantar? Acho que podíamos comprar aquele peito de boi da delicatéssen judaica.

— Peito é meio gorduroso — argumentou Maribeth.

A mãe pôs as mãos nos quadris.

— Na minha idade, já estou farta de contar calorias.

— Eu quis dizer para mim. Devo comer carne magra.

— Ah, podemos comprar para você uma bela sopa de cevada. Ou um sanduíche de peru. Você tem um cardápio?

— Não. Fazemos os pedidos pela internet.

— Não uso computadores.

— Por que não me diz exatamente o que você quer e eu cuido disso?

— Perfeito.

JASON TRABALHOU ATÉ tarde, e então, naquela noite, Maribeth colocou as crianças para dormir. Oscar já havia adormecido, e Maribeth terminava o último livro de Liv quando, do nada, a filha perguntou:

— Se você morrer, vovó vai ser nossa mãe?

Maribeth ficou abalada. Achava que tinha conseguido disfarçar a gravidade dos fatos. Mamãe estava doente, mas os médicos estavam a ajudando a sarar, esse tipo de coisa. Era a primeira vez que a palavra com a letra M surgira.

— Vou demorar muito a morrer, meu amor — disse ela.

— Se você morrer, Robbie pode ser nossa mãe?

— Isso não funciona assim. E eu não vou morrer.

Oscar acordou.

— Eu não quero que você morra — pediu ele, sonolento.

— Eu não vou morrer — assegurou ela. *Ainda não*, pensou. *Por favor, que eu não morra ainda.* — Boa noite, meu amor.

Um minuto depois, ela ouviu os roncos de Oscar. Liv estava bem acesa, piscando aqueles olhos imensos, retorcendo uma costura da camisola.

— Se você morrer, pede para o papai casar com alguém legal. Não quero uma madrasta malvada, como a da Cinderela.

Um aperto tomou seu peito, mas Maribeth sabia, pelas conversas anteriores com Liv, que não era seu coração, era só a capacidade misteriosa da filha de tocar em pontos sensíveis. Porque ela estivera pensando nisso todos os dias desde que acordara da cirurgia de ponte de safena. O que seria dos gêmeos se algo acontecesse com ela?

Maribeth apagou a luz.

— Vá dormir — disse ela.

9

Agora que Jason voltara ao escritório, seu horário de trabalho era mais prolongado que nunca. Ele culpava a atualização do banco de dados, mas Maribeth desconfiava de que ele vinha buscando motivos para ficar longe do loft. Se pudesse, ela faria o mesmo.

A casa estava um caos. A mãe não era exatamente uma boa dona de casa, e a limpeza nunca fora o forte de Robbie, então a montanha de roupa suja crescia a cada dia, o que era desagradável, mas eram os pratos sujos na pia, com potencial para atrair todas as baratas num raio de cinco quadras, que verdadeiramente preocupavam Maribeth.

Assim, ela começou a lavar os pratos. E a roupa. E, como não conseguia encarar mais uma refeição do delivery, começou a preparar refeições simples. Aquelas pequenas tarefas lhe roubavam qualquer energia armazenada. Quando chegava do trabalho, Jason a repreendia por fazer coisas demais, entretanto continuava trabalhando até tarde.

Certa manhã, em sua segunda semana em casa, Maribeth foi à cozinha preparar uma xícara de café e encontrou alguns pratos do jantar da noite anterior, juntamente a toda a bagunça do café da manhã. Como se a bagunça estivesse à sua espera.

Dane-se, pensou. Trabalhar fora seria mais fácil que aquilo. Lembrando-se da promessa que fizera a Elizabeth na semana anterior — uma promessa que praticamente tinha esquecido, como Elizabeth insistira —, Maribeth ligou o laptop. Enquanto esperava descarregar o e-mail do trabalho, sentiu um nó de medo no estômago.

Reconheceu aquilo como a ansiedade da reentrada. Dois verões antes, logo depois de Maribeth ter voltado a trabalhar na *Frap*, Elizabeth a convidara, juntamente à família, para visitar a casa de Tom nos Berkshires (bem, agora era a casa dela e de Tom) para um fim de semana prolongado. No último minuto, Elizabeth avisara que ela e Tom não podiam ir, mas implorara a Maribeth para levar Jason e as crianças. Eles esperavam alguma coisa rústica, mas, em vez disso, encontraram uma enorme casa colonial com um lago privativo. A única coisa rústica ali era a distância da cidade e o fato de ser propositalmente desprovido de maiores tecnologias. Sem TV a cabo. Sem internet. Só um telefone fixo. Era preciso dirigir até Lenox para conseguir sinal no celular. Mas foi ótimo. Maribeth desligou o telefone, passando horas despreocupadas à procura de trevos de quatro folhas e observando girinos com os gêmeos. Mas, na volta para casa, seu telefone começou a tocar com e-mails e mensagens de texto, fazendo-a ter a sensação de que perdera algo essencial e de que estava prestes a pagar por isso. E era exatamente assim que se sentia agora.

Mas não, não havia nada essencial. Na realidade, quase não havia e-mail algum. O que era esquisito. Em um dia comum, entre os boletins de produção, anúncios de reuniões e as trocas entre ela e os vários editores e redatores, em geral havia pelo menos cem novas mensagens. Ela procurou na caixa de entrada e viu que fora abruptamente removida do mailing há algumas semanas, mais ou menos quando de sua cirurgia. E havia várias mensagens lidas, as quais chegaram antes de a conta de e-mail ser removida. Mas não tinham sido lidas por ela.

Maribeth logou na versão webmail, para o caso de ser um defeito no computador, mas estava do mesmo jeito. Verificou a conta pessoal para saber se seu e-mail tinha alguma instabilidade, mas parecia tudo bem. Que estranho. Ela ligou para a secretária de Elizabeth, Finoula.

— Finoula, oi, aqui é Maribeth Klein.

— Oi, Maribeth! Como você está?

— Estou ótima. Bem, não ótima, melhor. Considerando tudo.

— Que bom, que bom. Troço espinhoso, o coração — disse Finoula. — Minha avó fez uma ponte de safena. Agora já está empurrando carrinhos de mão em seu jardim.

— Ah. Isso me tranquiliza muito. Por falar nisso, eu estava tentando retomar aos poucos, atualizar meu e-mail, mas não tem nada lá.

— É verdade.

— É verdade?

— Ordens de Elizabeth.

— Elizabeth?

— Ela pediu ao suporte técnico para tirá-la do sistema.

— Pediu?

— Sim.

— Ah, tudo bem. Mas alguém andou vendo meus e-mails.

— Deve ter sido Andrea Davis. Nós a contratamos.

— Quando?

— Não tenho certeza; quando você estava no hospital — respondeu Finoula. — Posso verificar se quiser.

— Ah, não precisa.

— Ela é ótima, a Andrea. Impressionou a todos.

— É, é uma profissional de verdade — disse Maribeth.

Houve silêncio na linha.

— Nós íamos entrar numa reunião de planejamento. Quer que eu veja se consigo achar Elizabeth?

— Ah, não, obrigada.

— Se cuide, Maribeth.

— Você também, Finoula.

Maribeth desligou o telefone e fechou o laptop. Pela primeira vez em anos, não havia uma tarefa pairando sobre sua cabeça, nenhuma ameaça de um deadline. Ela devia sentir alívio, mas o que sentia era traição.

Não pense nisso. Foi o que dissera Elizabeth. Nesse meio tempo, ela havia contratado Andrea. *Já* a havia contratado quando fez sua visitinha. Nem mesmo esperou a cadeira de Maribeth esfriar.

Não se preocupe com isso.

Era aquilo que acontecia quando ela não se preocupava.

Maribeth chutou o laptop para a beira da cama, e ele caiu no chão com um baque. Ela não estava demitida. Sabia que Elizabeth jamais faria isso. E provavelmente nem poderia, legalmente. Mas, quanto a sua substituição, a verdade era que Elizabeth já vinha fazendo isso havia anos. Isso só completava o trabalho.

NAQUELA NOITE, JASON só chegou às nove horas. Os gêmeos ainda estavam acordados porque Maribeth não tinha energia para colocá-los na cama e a mãe fora dormir cedo.

— Por que as crianças estão acordadas? — perguntou Jason.

— Acho que o elfo mágico da hora de dormir não visitou nossa casa hoje.

Ele largou a bolsa.

— Está tudo bem?

Ela nem mesmo conseguiu responder.

Ele checou o relógio de novo, daí olhou com reprovação para o quarto dos gêmeos.

— Não se atreva a me criticar.

— Eu não ia — disse ele, na defensiva. — A atualização...

— Tá, a atualização do banco de dados — interrompeu ela. — Eu sei. O bairro de Tribeca inteiro sabe o quanto você está ocupado com sua atualização de banco de dados.

— Qual é seu problema?

— Qual é o problema? Eu fico aqui sozinha o dia inteiro com minha mãe e as crianças, e ainda me sinto uma merda. — Ela calou-se, esperando que Jason reagisse, mas ele não disse nada. — Você nunca está presente. Não sei se você está tentando evitar sua casa, ou se acha que uma semana no hospital, uma semana de recuperação, foi luxo suficiente para a velha Maribeth.

— Do que você está falando?

— Você me prometeu uma bolha — disse ela, a voz falhando.

— Estou tentando, Maribeth. Mas manter você na bolha, a casa em ordem e dar conta do trabalho não é uma proeza fácil.

— Bem-vindo à porra de todo dia da minha vida.

Ele torceu o maxilar.

— Olhe — começou, num tom controlado. — Sei que tem passado por uma provação e que você está sentindo dor, mas será que dá para não descarregar nas pessoas que a estão apoiando?

— Pode deixar que vou me lembrar disso na hora em que eu encontrar essas pessoas.

— Sabe de uma coisa, você está sendo muito...

Infantil. Era o que ela achou que ele fosse dizer.

— Egoísta.

Egoísta! Ela estava sendo egoísta? Tudo que fazia na vida era cuidar de todo mundo. Pela primeira vez precisava que cuidassem dela, e era isso que recebia? Sentiu as lágrimas de fúria chegarem aos olhos, depois a vergonha, porque de jeito algum Jason ia vê-la chorar.

Egoísta?

Jason. Elizabeth. Sua mãe. Podiam ir todos para o inferno.

10

Maribeth acordou na manhã seguinte lenta, fatigada e dolorida, como se à noite um caminhão a tivesse atropelado. Não se sentia tão miserável desde o hospital. Deveria dar uma caminhada, mas estava chovendo. Aquilo impediu que a mãe levasse as crianças à escola, porque ela não queria pegar um resfriado, e assim Jason teve de levá-las, o que o atrasou para uma reunião importante fora do escritório e o deixou de mau humor.

Ligou para o consultório do Dr. Sterling. A enfermeira perguntou sobre seus sintomas. Maribeth disse que o peito doía. E que estava dolorida.

— Durante atividade física? — perguntou a enfermeira.

— Não, quando estou descansando.

— Pedirei ao doutor que ligue para a senhora.

Cinco minutos depois, o telefone tocou. Mas não era o Dr. Sterling. Era do escritório de contabilidade, querendo confirmar se ela havia recebido e preenchido sua declaração.

— Nunca recebemos sua confirmação — disse a recepcionista.

— Que declaração? — perguntou Maribeth.

— Enviamos a declaração por encomenda expressa — explicou a recepcionista. — A FedEx confirma que foi recebida no dia 13.

Na época ela estava no hospital. Maribeth disse à recepcionista que ligaria de volta e foi à mesa do hall. Sempre lidava com a correspondência, separava malas diretas, pagava as contas, e desde que ela vinha ignorando isso parecia que tudo tinha se acumulado.

Rapidamente, descartou catálogos e ofertas de cartões de crédito e jogou na lixeira para reciclagem. Colocou de lado todos os cartões desejando melhoras, extratos bancários e contas. Não viu nada da contabilidade.

Então percebeu um envelope grosso da FedEx, metido entre a prateleira de correspondência e a parede. Tinha a etiqueta URGENTE! Ela o abriu. Ali dentro havia a declaração de renda com uma carta instruindo Maribeth e Jason a assinar e postar no correio até o dia 15.

Verificou a data no envelope. Dia 12 de outubro. O pacote ficou ali por mais de duas semanas, em um envelope expresso da FedEx, endereçado aos dois, marcado como urgente, e Jason sequer pensou em abri-lo.

Ela ligou para o contador a fim de perguntar o que fazer, mas ele estava em reunião. Telefonou para o trabalho de Jason. Ele não atendeu. Lembrou-se que ele estava fora, então mandou um e-mail e uma mensagem de texto para que ele telefonasse o quanto antes. "Urgente!", escreveu.

O telefone tocou. A voz incisiva, estilo Gomer Pyle, do Dr. Sterling no outro lado.

— Qual parece ser o problema? — perguntou ele.

— Ah, oi. Hoje acordei me sentindo muito mal.

— Mal quanto?

— Exausta, dolorida. Com dor no peito.

— Quando está ativa ou em repouso?

— Em repouso.

— É parecido com o que sentiu antes? Durante o infarto?

— Não. É mais semelhante a um latejar.

— Sente falta de ar?

— Na verdade, não.

— Vertigem?

— Não estou tonta, mas me sinto... instável. E cansada. Pior do que me senti desde que isso tudo começou.

— Eu não me preocuparia com isso. Em relação ao peito... parece ósseo.

— E quanto à dor? E a exaustão. Além disso, estou com dor de cabeça.

— Isso parece uma virose.

— Não é perigoso? Quero dizer, corro algum risco? Moro com duas crianças de 4 anos.

— Embora não seja ideal contrair uma infecção respiratória superior agora, não vai matá-la.

— Ah, isso me tranquiliza tanto.

— Se seus filhos são parecidos com os meus, eles sempre têm alguma coisa.

— Ele são vetores de doença.

— Se está realmente preocupada, afaste-os por alguns dias. Mas parece que você tem uma coisinha comum e a dor no peito é parte normal do processo de cicatrização.

— Não estou me sentindo bem — insistiu Maribeth. — Tem certeza de que não devo ir até aí?

— Se acha que é urgente, procure a emergência do hospital. Caso contrário, vou transferi-la para a recepção. Você pode vir amanhã.

— Vou ligar se não melhorar.

Ele riu da rima.

— Então até amanhã, Maryann.

— Maribeth — corrigiu ela. Mas ele já havia desligado.

Sua mãe botou a cabeça no vão da porta do quarto.

— Por acaso ouvi você ao telefone com seu médico?

— Sim. Não estou me sentindo bem.

— O que o médico disse?

— Ele não ajudou em nada.

A mãe franziu os lábios e meneou a cabeça.

— Os médicos não sabem de nada. Vou ligar para Herb Zucker. Ele passou pela mesma cirurgia.

— Por favor, não. — Maribeth não via como Herb Zucker, um aposentado de 78 anos, poderia ter algo relevante a dizer sobre sua vida.

— Deixe de ser boba. Estou aqui para ajudar.

Quando a mãe desapareceu para dar o telefonema, Maribeth pensou na pessoa com quem realmente desejava conversar: Elizabeth. A velha Elizabeth, aquela que, quando Maribeth teve catapora aos 24 anos, alugou todos os filmes de Cary Grant e lhe deu luvas de cashmere para que ela não se machucasse ao se coçar. A Elizabeth que a visitara na semana anterior parecia tão relevante para sua vida quanto Herb Zucker.

E, então, ela pensou na enfermeira Luca. O seguro cobria visitas da enfermeira por uma semana, mas ela podia pagar uma visita do próprio bolso.

Foi à pilha de correspondência e pegou o extrato bancário. Havia 52 mil dólares na poupança, aberta depois que ela recebera a herança do pai. Talvez não fosse o suficiente para cobrir a entrada e os custos da escritura de uma casa (ou, sejamos realistas, um apartamento) em outro lugar que não os cantos mais remotos do Brooklyn, mas certamente era o bastante para uma ou duas sessões com a enfermeira Luca.

Ela ligou para o serviço de enfermagem. Disseram que mandariam alguém no dia seguinte, de manhã cedo, e fizeram a requisição por Luca.

Caía um aguaceiro lá fora. O que significava que a janela da cozinha iria vazar. Ela desencavou um balde na despensa e colocou embaixo da goteira. A mãe estava sentada à mesa com uma xícara de chá, batendo papo ao telefone, presumivelmente com Herb Zucker. Não parecia que discutiam cuidados cardíacos. A certa altura, ela levantou a cabeça.

— O telefone está bipando.

— Provavelmente precisa ser carregado.

Depois o celular tocou. Era Jason.

— O que foi? — perguntou ele.

— Não pagamos os impostos — disse Maribeth.

— O quê?

— Os impostos. As declarações, os carnês de pagamento, estavam na mesa do hall com toda a correspondência que você não se deu o trabalho de abrir.

— Que merda, Maribeth, você me assustou! Pensei que tivesse acontecido alguma coisa *séria*.

— Aconteceu uma coisa *séria*. Nós não pagamos nossos impostos.

— Algo sério e irreparável. Você precisa parar de se preocupar com bobagem.

— Morte e impostos. Não é à toa que estão relacionados — disse Maribeth.

— Do que você está falando? — perguntou Jason.

— Não é uma bobagem! — gritou Maribeth.

— Tente manter as coisas em perspectiva — disse ele.

Perspectiva? Experimente esta perspectiva: o punho de Maribeth na cara de Jason.

— Eles não vão nos mandar para a cadeia — disse ele. — Vamos pagar uma multa ou coisa assim. Vai ficar tudo bem.

— *Vai ficar tudo bem?* Já olhou a sua volta ultimamente?

— Já.

— Por acaso tudo lhe parece bem?

— É, na verdade parece.

— Se você ainda não percebeu, merda, coloquei duas *pontes de safena.*

Ele ficou calado.

— Eu percebi. E você está melhorando.

— Não estou melhorando. — Agora ela gritava ao telefone. — Estou ficando pior!

— O médico disse que você está indo bem. Está nervosa à toa.

Nervosa? Ela dançava numa prancha de surfe, fazendo malabarismo com facas, enquanto todos levavam a vida de sempre. Mas a vida não era mais a mesma. Ela havia passado por uma cirurgia de coração aberto. E apesar do que pensavam Jason e o Dr. Sterling, não estava melhorando. E se ela não melhorasse... como eles iam se virar? Quando Jason nem mesmo conseguia pagar a porcaria do imposto a tempo.

— Eu odeio você! — gritou ela. Depois desligou o telefone e o atirou do outro lado do quarto, enterrando a cabeça embaixo do travesseiro e chorando até dormir.

11

Estava sonhando com água. Ela podia ouvi-la. O ir e vir das ondas.

Plink. Agora ela sentia. Chovia dentro de seu sonho. *Plink.* E dentro do quarto.

E, então, a cama se sacudiu e Liv gritou:

— Acorda! A gente tem piolho! Acorda agora!

Maribeth se obrigou a abrir os olhos. Liv estava parada acima dela, com Oscar e Niff Spenser. Os três pareciam encharcados.

— Houve um exame na escola — explicou Niff. — Tentamos telefonar, mas caía na caixa postal, então me ofereci para trazê-los para casa.

O bip. Era a chamada em espera.

— Cadê a vovó?

— Cochilando — respondeu Oscar.

— A porta estava aberta, então nós entramos — explicou Niff.

Maribeth piscou e olhou o relógio. Eram 12h13.

— Piolho?

— Infelizmente, Oscar e Liv pegaram. — Niff baixou o tom. — E a coisa é feia, segundo os professores.

— E o que vou fazer? — perguntou ela a Niff. — Uso aquele xampu?

— Ah, não, essas substâncias químicas são literalmente veneno — disse Niff.

Oscar não entendeu a hipérbole. Fez beicinho com o lábio inferior, um iminente sinal de lágrimas.

— Ninguém vai envenenar ninguém — assegurou Maribeth, estendendo o braço para afagar a cabeça do filho, depois desviando e tocando-lhe o ombro.

— Você pode contratar catadores para fazer isso, mas aprendi eu mesma — disse Niff. — Há vídeos na Internet. Você precisa ser muito meticulosa para pegar as lêndeas. Eles serão examinados antes de os receberem novamente em sala de aula, e amanhã, na festa de Dia das Bruxas, existe uma regra severa de não usar peruca nem chapéu.

Merda. O Halloween caía só na sexta-feira, mas por algum motivo a festa seria no dia seguinte.

— A gente não pode perder a festa de Dia das Bruxas — reclamou Oscar, agora com o queixo tremendo à toda.

— Você está estragando tudo! — gritou Liv para Maribeth.

— Liv! Que modo são esses! — Niff parecia horrorizada. Virou-se para Maribeth: — Posso ajudar se você quiser.

— Obrigada — agradeceu Maribeth. — Vamos assumir a partir daqui.

DEPOIS QUE NIFF foi embora, Maribeth procurou catadores on-line. Nenhum estava disponível aquele dia; além de tudo, o custo seria de 400 dólares para os gêmeos e mais ainda para examinar os adultos na casa.

A mãe de Maribeth, acordada do cochilo, entrou no quarto calçada com meias.

— Eu ouvi os gêmeos?

— A escola os mandou para casa porque estão com piolho — avisou ela. — Precisamos nos livrar deles.

— Acho que se usa querosene.

— Não, não se usa querosene. Usamos condicionador e um pente fino, como este aqui. — Ela apontou a tela. — Pode dar um pulo na drogaria para mim?

Os olhos da mãe foram rapidamente à janela. Caía uma chuva cinzenta e desagradável.

— Nesse tempo? Acho que não dá.

— Alguém precisa fazer isso.

— Peça a Jason.

— Hoje ele está trabalhando fora do escritório. Vai chegar tarde.

— Mas não entregam de tudo por aqui?

— A Rite Aid não faz entregas.

— Não pode pedir pelo computador? — A mãe gesticulou para a tela.

— Eu poderia, mas não vai chegar a tempo. Preciso passar o pente fino nos dois antes de irem para a escola amanhã. Eles só poderão voltar quando estiverem limpos.

— Jason não pode passar o pente essa noite, e você, amanhã?

— Amanhã é a festa de Dia das Bruxas — gritou Liv do outro lado do loft.

— A gente não pode perder a festa — berrou Oscar.

Maribeth suspirou.

— Vou sair para comprar o pente.

— Acho que você não deveria sair nesse tempo — aconselhou a mãe. — Não vai ser o fim do mundo se eles perderem uma festa.

Ao ouvirem isso, os gêmeos começaram a chorar.

Maribeth pegou o casaco.

ENQUANTO SE ARRASTAVA pela chuva, Maribeth se perguntou algumas vezes se aquilo tudo não *era* um sonho. Uma ideia reconfortante, porque assim não estaria acontecendo. Ela não estaria ali fora, na chuva, indo a pé à farmácia. Quando não encontrou o pente que procurava na drogaria do bairro, Maribeth quase chorou. O farmacêutico ficou com pena e telefonou para uma rede concorrente do outro lado da rua; lá tinha o pente.

Ela carregou tudo para casa. A tarefa, que em seus dias saudáveis tomaria quinze minutos, levou quase uma hora. Sentia frio até os ossos, estava molhada e esgotada, como se algo essencial estivesse sendo drenado de si.

De volta ao lar, negociaram um filme — *Encantada* — e os três se sentaram no sofá. Ela examinou Oscar primeiro, imaginando, corretamente, que ele seria mais dócil. Ele balançava a cabeça ao som de "Happy Working Song" enquanto Maribeth puxava as criaturas nojentas, uma após outra. Meia hora depois, ainda arrancava lêndeas.

— Quando vai ser minha vez? — perguntou Liv.

— Tô cansado disso — reclamou Oscar.

— Por que você não os troca por um tempo? — sugeriu a mãe. Tinha se juntado a eles e agora também assistia, como se fosse uma noite de cinema em família.

Maribeth foi lavar o pente e esvaziar o balde sob a goteira da janela. Fez uma nota mental para chamar o zelador e pedir mais uma camada selante, o que nunca resolvia o problema.

Ela umedeceu o cabelo de Liv e começou a escovar os fios embaraçados.

— Aaaaai! — gritou Liv, reagindo com tanta força que quase acertou uma cabeçada em Maribeth. — Tá doendo.

Com a maior gentileza possível, Maribeth tentou de novo. Liv girou a cabeça.

— Eu disse que tá doendo!

— Vamos tentar mais condicionador — disse, cansada. Ela começou a espremê-lo na cabeça de Liv.

— Tá gelado!

— Vai esquentar.

Passou o pente pelos cabelos.

— Aaai! — gritou Liv.

— Calma! — vociferou Maribeth.

— Calma você — rebateu Liv, sem lógica alguma.

Maribeth afundou no sofá. Lembrou-se daqueles comerciais de banho de espuma na TV quando era adolescente.

Calgon, me leve daqui, pensou ela.

Alguém?

— Por que está parando? — gritou Liv.

Maribeth espalhou o condicionador no cabelo de Liv. Depois pegou um pequeno chumaço de cabelo e passou o pente. Quatro insetos gordos. Ela passou na mesma mecha, mais insetos. Mais uma vez, e ainda havia insetos.

Estava infestada. Era a paciente zero. Provavelmente agora todos na casa tinham piolho.

Sua própria cabeça começou a coçar.

Ela voltou a passar o pente na mecha. Mais insetos e também as reveladoras lêndeas, parecidas com ovos. E de novo e de novo. E a porcaria continuava a surgir. Não acabava nunca.

— Você está me machucando! — gritava Liv sempre que Maribeth passava o pente fino.

— Não consigo escutar o filme — reclamava Oscar toda vez que Liv gritava.

— Cale a boca! — gritava Liv sempre que Oscar reclamava.

— Mãe — disse Maribeth depois de várias rodadas daquilo. — Pode se sentar entre eles?

— Ah, que ótima ideia. Abram espaço para a vovó.

O cabelo de Liv estava todo embaraçado. Quando os dentes agarraram num nó particularmente apertado, Liv gritou e se virou.

— Eu te odeio! — berrou ela. Depois empurrou Maribeth bem no peito.

Doeu. Deixou-a sem fôlego. Mas, acima de tudo, deixou-a chocada. Porém, o que mais a chocou foi o que ela fez. Que foi revidar o golpe de Liv. Não com força para machucar, mas o suficiente para magoar.

A boca de Liv se abriu em um O espantado enquanto a menina absorvia o ocorrido. Só depois de Maribeth se desculpar foi que Liv começou o berreiro.

Era a parte do filme em que a personagem de Susan Sarandon saía da animação para a "vida real". A mãe de Maribeth pensou que Liv estivesse chorando de medo.

— Está tudo bem, querida — disse ela. — A bruxa morre no final. — Como se a morte fosse uma ideia reconfortante para uma criança de 4 anos.

Liv continuava a chorar, e então Oscar a imitou. A mãe sugeriu que colocassem um filme diferente.

Maribeth pediu licença e foi para o quarto, onde também caiu em prantos.

12

Na manhã seguinte, Jean, a babá dos Wilson, chegou às sete para passar pente fino no cabelo dos gêmeos. Ao que parecia, ela os instruíra a dormir com algum óleo e uma touca de banho, o que parecia fácil demais, mas afinal, era o jeitinho de Jason também. Depois da choradeira da véspera, Maribeth telefonara para o marido com a notícia de que as crianças pegaram piolho. "Resolva essa merda", disse ela, furiosa, ao deixar recado na caixa postal. E ele ligou para os Wilson. Sensacional.

Jean se ofereceu para levar os gêmeos à escola com a mãe de Maribeth.

— Vá dar um beijo de despedida na mamãe.

Liv fez beicinho enquanto franzia os lábios com amargura e se virava para Maribeth. Parte de Maribeth queria rejeitar o beijo. Ela entendia que era a mãe e precisava ser a adulta ali, mas, pela primeira vez, será que alguém podia lhe dar um tempo?

Pelo visto, não. Jason dormira em um colchão inflável no quarto dos gêmeos. Muito trabalho para telegrafar seu desdém. Maribeth, enquanto isso, não dormiu nada.

O policial Oscar arrastou os pés para um beijo, e depois os gêmeos saíram com Jean e a mãe de Maribeth. Jason, que só iria para o trabalho dali a uma hora, parou perto da estante.

— Vai sair da cama hoje? — perguntou ele.

— Se eu tiver vontade — respondeu Maribeth, com azedume.

— Você acha, sinceramente, que faz um favor a si mesma ficando tão agitada? — questionou. Como se a parte injustiçada fosse ele.

— Não — respondeu Maribeth na lata.

— Então não fique — retrucou ele.

Às ONZE, A campainha tocou. Quando Maribeth abriu a porta e viu Luca, chorou baldes, lágrimas escandalosas e explosivas.

— Ah, não! Isso não é bom — disse Luca, levando Maribeth para a sala de estar. Ela se sentou no sofá. — O que está havendo?

Maribeth falou sobre os dias que tivera desde que havia voltado para casa. A sensação de retrocesso. A dependência incansável da família.

Luca ouviu pacientemente.

— Quem dera você fosse a primeira mulher com essa queixa — disse ela.

— Não sou? — perguntou Maribeth, sentindo-se ao mesmo tempo animada, por não ser a única, e desanimada, porque, sério?

Luca sorriu com tristeza.

— Você se surpreenderia ao descobrir que uma das maiores fantasias femininas é uma estada prolongada no hospital?

— Isso é um absurdo.

— Não, se você pensar bem no assunto. A mulher exausta, multitarefa. Uma ida ao hospital e parece que está tirando férias definitivas. Uma chance de ser cuidada em vez de cuidar dos outros. E sem culpa, ainda por cima.

— Mas eu *estive* no hospital, por uma coisa muito grave, e não mudou nada.

Não era inteiramente verdade. Tudo havia mudado, mas não do jeito que ela precisava.

— É por isso que só funciona na fantasia — respondeu Luca.

— Não sei o que fazer. Não sei nem como vou me recuperar assim. Parece que estou me curando ao contrário, e o resultado será...

Ela não conseguiu falar. E nem precisou. Luca reconheceu com um gesto de cabeça. Depois começou a pegar seu equipamento.

— Vamos dar uma olhada em você.

Luca fez o exame.

— Seu eletro está ótimo, e seu coração e pulmões parecem bem. A pulsação está um pouco fraca e eu não ficaria surpresa se você estivesse anêmica. Quando fizer o próximo exame de sangue, peça que chequem o nível de ferro. Mas, tirando isso, você parece saudável. Está claramente debilitada, mas não corre nenhum risco iminente, pelo que posso ver.

— Que ótimo, acho — disse ela antes de voltar a chorar.

— Isso *é* ótimo, Maribeth. — Luca apertou sua mão. — Pode ficar feliz.

Mas como poderia ficar feliz quando, a cada dia que supostamente ficava mais forte — mais saudável —, sentia-se cada vez mais apavorada? Antes o espectro da morte parecia abstrato, mesmo depois do enfarto, mesmo enquanto via a imagem de seu coração na tela do laboratório de cateterismo. Mas agora era real. Era uma presença tão física e exigente de atenção quanto os gêmeos. Talvez por isso ela quisesse costurar Oscar e Liv em seu corpo e, ao mesmo tempo, alijar-se dos dois.

— Está acontecendo mais alguma coisa? — perguntou Luca. Àquela altura, ela já estava ali havia mais que o dobro do tempo agendado.

— Não — respondeu Maribeth. — Quero dizer, provavelmente só estou debilitada, como você disse.

A enfermeira guardou suas coisas. Antes de ir embora, abraçou Maribeth. Depois a colocou à distância de um braço e a olhou como se decidisse alguma coisa.

— Acredito que você tem um coração saudável — disse ela. — Os médicos fizeram a parte deles. Mas, se quiser melhorar, de verdade, bem, terá de fazer isso sozinha.

Pittsburgh

13

Foi surpreendentemente fácil.

Maribeth desceu a escada e parou um táxi, carregando apenas uma bolsa de viagem, preparada às pressas com algumas mudas de roupa e os remédios. Deixou o celular, o computador — praticamente todo o restante — em casa. Nada daquilo parecia mais necessário. Mandou um e-mail para Jason. Um pedido de desculpas? Uma explicação? Não tinha certeza. Quando estava no táxi, os detalhes do bilhete já começavam a desbotar.

— Penn Station — disse ela ao motorista. Só percebeu qual seria o destino quando as palavras saíram de sua boca.

Vinte minutos depois, chegava à estação de trem. Do outro lado da rua havia uma agência de seu banco. Maribeth estava prestes a usar o caixa eletrônico, mas, em vez disso, entrou no saguão e perguntou a um caixa quanto poderia sacar.

Vinte e cinco mil dólares revelaram-se surpreendentemente portáteis. Couberam com folga na bolsa de viagem.

Fácil.

Quando entrou na caverna mofada da Penn Station, ela ainda não decidira para onde estava indo. Pensou, talvez, em alguma pitoresca cidade litorânea da Nova Inglaterra. E então viu o quadro de embarque.

Comprou a passagem para a Pensilvânia e foi a um dos quiosques de celular em busca de um aparelho descartável (testando o vocabulário adquirido durante aquela única temporada do seriado *The Wire* que conseguiu assistir). O atendente lhe entregou um telefone pré-pago com o prefixo 646. Ela pagou por 100 minutos de ligação de voz. Depois entrou numa farmácia e comprou uma garrafa de água, chiclete e xampu contra piolhos, só por garantia. Então embarcou no trem.

Fácil.

Quando o trem entrou nas Wetlands de Nova Jersey, Manhattan reluzindo no sol da tarde, Maribeth pensou que lembrava a cena de um filme. E era assim que parecia mesmo. Como alguma coisa acontecendo com uma atriz numa tela. Ela não era Maribeth Klein, mãe, abandonando os dois filhos pequenos. Era uma mulher em um filme, indo a algum lugar normal, talvez uma viagem de negócios.

No trem, o cansaço a dominou, com um caráter diferente da letargia arrastada que a atormentara em casa. Era o cansaço satisfatório e descontraído que se tem depois de um longo dia relaxando ao sol. Usando a bolsa de viagem como travesseiro, ela dormiu.

Fácil.

Quando acordou e foi ao vagão restaurante atrás de algo para comer, encontrou um jornalzinho local em uma das mesas. Em suas páginas internas, tinha uma seção minúscula sobre imóveis, onde não anunciavam muito, mas havia um quarto e sala em um bairro chamado Bloomfield. Ela telefonou do trem e falou com o senhorio, um homem que soava idoso, com sotaque forte (italiano? Do Leste Europeu?), que confirmou a disponibilidade do apartamento; e não só isso, era mobiliado. O aluguel custava 800 dólares por mês. Por mais 50, ela poderia se mudar dali a alguns dias, antes do dia primeiro do mês seguinte. Ela aceitou sem ver.

Fácil.

Passou a primeira noite de Pittsburgh em um hotel vagabundo, perto da estação ferroviária. Na manhã seguinte, pegou um táxi para seu novo apartamento e deu ao senhorio, Sr. Giulio, o valor do aluguel do primeiro mês, mais um mês de depósito, e assinou um contrato mensal. Não havia a exigência de uma verificação de antecedentes nível-FBI, como acontecia em Nova York. Nenhuma comissão de corretagem que chegava a 15% do aluguel anual. Apenas 1.600 dólares. Quando ela pagou em dinheiro, o Sr. Giulio nem piscou.

Fácil.

Quanto a ter partido, deixado Jason, deixado os filhos, ela ouvia insistentemente as palavras de Luca: *terá de fazer isso sozinha.*

Uma tarefa atribuída aos outros, recaindo sobre ela. De certo modo, era reconfortante.

Então deixá-los não foi exatamente fácil. Mas era algo que ela já sabia fazer.

14

A última coisa que ela queria era mais médicos. Porém Maribeth precisava de um cardiologista. Ou de um cirurgião. Faltaria à consulta de revisão marcada com o Dr. Gupta, então, antes de fechar a conta do hotel, encontrou um catálogo de páginas amarelas na cômoda, ao lado de uma Bíblia, e arrancou algumas folhas. Sentiu uma onda de culpa por destruir o livro, mas, sinceramente, quem já não tinha um smartphone? Bem, quem além dela?

Passou a manhã do Dia das Bruxas em seu novo apartamento, telefonando para clínicas de cardiologia. Havia várias; Pittsburgh era uma cidade médica. Seu novo bairro estava espremido entre dois enormes hospitais, fato que Maribeth considerou igualmente reconfortante e alarmante. A maioria dos médicos tinha a agenda lotada, mas, depois de uma dúzia de telefonemas, ela encontrou uma clínica com um cancelamento de última hora para a segunda-feira.

Enquanto esperava pelo táxi que a levaria à consulta, ela desejou ter roubado toda a lista telefônica. Passou a maior parte do fim de semana entocada, dormindo e vendo TV, subsistindo à base de minestrone e iogurte do mercadinho italiano da esquina. Agora que se sentia um pouco mais forte, tinha coisas a resolver. Onde havia um bom supermercado? Uma farmácia? Onde ela poderia conseguir um jogo de lençóis melhor que aquele manchado que viera com o apartamento? Sem o Google à disposição o tempo todo, ela não sabia como encontrar nada.

Um gato malhado e magricelo se aproximou, perdeu o interesse, depois farejou uma abóbora, habilidosamente entalhada para o Dia das Bruxas, que já começava a apodrecer. Trabalho manual, imaginou ela, dos vizinhos de cima, um jovem casal, os únicos outros inquilinos no pequeno prédio. O último andar, ela sabia, estava vago. O Sr. Giulio se ofereceu para mostrar o apartamento a ela, mas Maribeth declinou, alegando que só podia arcar com o aluguel de um quarto e sala. (O que ela não podia era lidar com dois lances de escada até o sótão).

A porta se abriu e surgiu um jovem de cabelo platinado. Abaixou-se para acariciar o gato, que fugiu.

— É seu? — perguntou Maribeth.

— Não podemos ter bichos de estimação no prédio — respondeu ele.

— Ah. Eu não sabia. Acabo de me mudar para o apartamento do térreo. — Ela apontou para o local. — Mas, por sorte, não trouxe nenhum bicho. — Ela percebeu que tagarelava e parou.

— Bem-vinda ao nosso lindo bairro — saudou ele jocosamente, gesticulando para a quadra melancólica e desprovida de árvores.

— Obrigada. Olhe, por acaso você tem as páginas amarelas?

— Ainda fazem essas coisas?

De repente Maribeth sentiu-se muito velha ao lado daquele jovem enquanto esperava um táxi para levá-la ao médico.

— Sunny! — chamou ele, olhando para trás. — A gente tem as páginas amarelas?

Uma jovem sul-asiática, presumivelmente Sunny, apareceu. Tinha covinhas fundas, rabo de cavalo e vestia leggings e uma enorme camisa esportiva.

— Não usamos como peso de porta no verão passado?

E agora Maribeth se sentia com 482 anos. Por sorte, o táxi encostou.

— Talvez em outra hora — disse ela.

Ela chegou ao médico dez minutos adiantada, como instruído, a fim de preencher a papelada. Descreveu em linhas gerais o histórico de saúde e deixou em branco os formulários do plano. Até agora, conseguira existir economicamente com dinheiro vivo. Não tinha planejado assim — não havia planejado nada daquilo —, mas, depois de tantos anos constantemente disponível a todos, queria que continuasse desse jeito.

— Com licença, senhora — disse a recepcionista depois de Maribeth entregar a papelada. — Vamos precisar do cartão do plano de saúde.

— Está tudo bem — disse Maribeth. — Vou pagar em dinheiro.

— Em dinheiro? — Ela olhou para Maribeth como se esta tivesse acabado de anunciar que pagaria com cartas de Pokémon.

— Sim — respondeu Maribeth.

— Você não tem plano de saúde?

— Vou pagar em dinheiro — insistiu.

— Se não pode pagar pelo plano — argumentou a recepcionista —, podemos ajudá-la a fazer um. É bem razoável, caso a senhora se qualifique para o Medicaid. E também damos descontos para indigentes.

Indigentes? Ela havia tomado banho para aquela consulta matinal, até lavara o cabelo, embora tenha sido com xampu contra piolhos, o que deixou os fios secos feito palha. Também havia se esquecido de comprar condicionador, então talvez sua aparência estivesse meio dedo na tomada. Ainda assim, os cuidados lhe consumiram algum esforço.

— Vou pagar em dinheiro — repetiu Maribeth pela terceira vez.

A recepcionista olhou os formulários.

— A senhora veio para um exame pós-operatório e vai pagar em dinheiro?

— É isso mesmo.

— Como pagou pela cirurgia? Em dinheiro?

Maribeth começava a se atrapalhar. Mas então se lembrou do conselho de Elizabeth para situações como aquela: comporte-se como se estivesse no comando.

Ela respirou fundo.

— Como paguei por minha cirurgia não é relevante. Só preciso ver um médico e posso pagar em dinheiro. Adiantado. Você não precisará cobrar de ninguém. — Seu tom era arrogante, muito diferente do usual.

Mas deu certo. A recepcionista foi ao escritório da administração.

Maribeth sentou-se e esperou, sentindo-se prestes a ser desmascarada. Como se não fosse o gerente a surgir ali, e sim o diretor da escola. Ou Jason.

— Sra. Goldman.

Maribeth levou alguns segundos para perceber que era ela a Sra. Goldman a quem se dirigiam. M. B. Goldman era o nome que colocara nos formulários. Um antigo apelido, o sobrenome de solteira de sua mãe.

— Sim. Sou eu.

A gerente, uma mulher atraente ligeiramente acima do peso e vestindo terninho vermelho, sorriu.

— Fui informada de que gostaria de pagar as consultas em dinheiro.

— Sim — confirmou Maribeth.

— O problema é que isso contraria a política da clínica.

— Não entendo por que seria um problema. — Por causa da própria cesariana e da cirurgia do tubo de ventilação de Oscar, Maribeth conhecia a montanha de papelada dos planos de saúde. Não deviam lhe agradecer por livrá-los de tanto transtorno?

— Pode ser que os médicos peçam exames. E com a Lei de Cuidados ao Paciente, todo mundo deve ter um plano. Em particular um paciente cardíaco.

— Essa não deveria ser uma preocupação minha?

— Só estou tentando explicar nossa política. — Ela hesitou. — A senhora não gostaria de ir a um pronto-socorro?

— Não preciso de um pronto-socorro — argumentou ela. — Tenho dinheiro. Posso deixar um depósito.

A gerente fez uma expressão genuína de quem se desculpava. Mas ainda balançava a cabeça em negativa.

— Pode, pelo menos, me indicar um cardiologista que aceitaria me atender? — Ela não mais soava como alguém no comando. Estava mais para alguém que implorava um favor.

— Que tal o Dr. Grant? — perguntou a recepcionista.

A gerente franziu a testa.

— O Dr. Grant é cirurgião torácico? — perguntou Maribeth.

— É cardiologista. Um dos fundadores desta clínica — respondeu a recepcionista ao mesmo tempo que a gerente dizia, "Não, não. O Dr. Grant, não".

— E por que não? Ele aceitaria dinheiro? — continuou Maribeth.

— Aposto que sim — começou a dizer a recepcionista.

— Só não tenho certeza se ele aceita novos pacientes — interrompeu a gerente. E lançou um olhar de alerta à recepcionista.

— Não pode me indicar mais ninguém? — perguntou Maribeth.

— Não alguém que não exija plano — respondeu a gerente.

Maribeth olhou para a recepcionista, que agora olhava para o chão.

Bem, lá se foi a facilidade. Maribeth tinha achado a largada promissora.

Derrotada, ela pegou suas coisas para ir embora. Estava quase saindo quando a recepcionista lhe deu um tapinha nas costas.

— Stephen Grant — sussurrou ela. — Ligue para ele.

15

Quando chegou em casa, ela pegou a seção roubada das páginas amarelas. Muitos médicos e clínicas publicavam anúncios. O Dr. Stephen Grant, não. Estava listado em uma linha apenas. Enquanto o telefone tocava, ela se lembrou do olhar esquisito da gerente, uma expressão quase de alerta. Uma recepcionista atendeu. Disse que tinha um horário para o dia seguinte. Maribeth hesitou. Era uma consulta. Quão ruim poderia ser?

O CONSULTÓRIO DO Dr. Stephen Grant ficava em um bairro chamado Friendship, não muito longe do novo apartamento de Maribeth. Em sua antiga vida, seria a distância de uma caminhada. Na nova vida, ela só conseguia andar três quadras.

Pela janela do ônibus, Maribeth admirava as elegantes casas de tijolos aparentes, que Pittsburgh parecia possuir em alegre abundância, como uma árvore madura demais largando suas maçãs pelo chão. Alguns dias antes, ao deixar a estação ferroviária num táxi, Maribeth ficou igualmente maravilhada com a beleza do lugar — achava que Pittsburgh seria, digamos, um buraco. Mas não era. Todas as graciosas árvores tingidas nas cores do outono, todas as casas bonitas com janelas de vitral, trabalho de alvenaria elaborado, jardins bem-cuidados. Quando o táxi a deixou na frente de seu prédio, insípido e com revestimento em vinil, ela ficou decepcionada, mas, principalmente, aliviada. Fugir já era ruim o bastante, mas acabar em um lugar no qual *gostasse* de morar seria obsceno.

Embora o escritório do Dr. Grant ficasse bem ao lado de um dos grandes hospitais, sua clínica não ocupava um dos modernos prédios adjacentes — como a primeira clínica à qual ela se dirigira —, mas era anexa a uma daquelas grandes casas de tijolos aparentes, que Maribeth tanto admirara. Ela passou a pé por ali duas vezes — era fácil passar direto, só uma placa pequena à entrada anunciava o consultório — e, quando abriu a porta, sentiu-se prestes a invadir a sala de estar de alguém.

Em vez disso, viu-se numa salinha de espera mínima, com duas cadeiras e uma mesa tripulada por uma senhora negra, o cabelo arrumado numa torre complicada de tranças. Ela entregou a Maribeth a mesma papelada da outra clínica, e Maribeth devolveu tudo depois de preencher, deixando os formulários de histórico familiar e do plano de saúde em branco.

Quando a recepcionista pediu o cartão do plano, Maribeth respondeu: "Vou pagar em dinheiro", preparando-se para uma discussão que não veio.

— Pagamento pelo atendimento — disse ela. — Cento e cinquenta dólares.

Cento e cinquenta dólares? Maribeth esperava pelo menos trezentos dólares, talvez mais, por causa dos exames. Por segurança, tirara quinhentos de seu esconderijo (ou esconderijos; havia entocado dinheiro por todo o apartamento, na esperança de que, se alguém invadisse, não encontrasse tudo e a deixasse a zero).

— Talvez eu precise de exames — disse ela.

— Cento e cinquenta dólares — repetiu a recepcionista.

Maribeth contou o dinheiro e entregou a mulher. A recepcionista preparou um recibo a mão e o deu a Maribeth.

— Está tudo bem — disse Maribeth. — Não preciso disso.

A recepcionista ergueu uma sobrancelha.

— Vou deixar em seu arquivo.

— Obrigada.

Maribeth ameaçou sentar, mas a recepcionista se levantou e gesticulou para ela.

— Venha aqui atrás.

Em uma pequena sala de exame, a recepcionista, que aparentemente também era a enfermeira, tomou seus sinais vitais. Depois lhe entregou um avental azul.

— O Dr. Grant não vai demorar nada.

Enquanto aguardava sentada e tremendo sob o avental, Maribeth começou a questionar a sensatez de procurar esse tal Dr. Grant, que tinha horários vagos de última hora, não podia pagar uma recepcionista *e* uma enfermeira, e, agora ela desconfiava, provavelmente fizera alguma coisa para ser excluído da prática cardiológica maior. Ela imaginou o encurvado vilão nefasto de cada drama de tribunal da televisão.

Mas quando o Dr. Grant entrou, folheando sua ficha, não parecia nem remotamente vil; na verdade, era bem bonito, daquele jeito que os homens ao final da meia-idade tendem a ser.

— Srta. Goldman — disse ele, estendendo a mão para um cumprimento. — Sou Stephen Grant.

— Oi, eu sou M.B., M.B. Goldman. — Maribeth se atrapalhou com o nome. Parecia falso, embora fosse dela. Era o que dizia sua ficha.

— Vejo que está em pós-operatório devido a uma cirurgia de ponte de safena realizada há três semanas.

Ela concordou com a cabeça e esperou que ele comentasse sobre sua idade, a anomalia de alguém tão jovem ser submetido a um procedimento daqueles, a "sorte" por ter recebido somente duas pontes.

— E então, o que a trouxe aqui?

— Bem, como o senhor notou, estou em pós-operatório e... — Ela parou. Quase revelou que perdera a consulta de revisão com seu cirurgião, mas aquilo seria jogar a merda no ventilador. Àquela altura, só queria que alguém dissesse que ela estava bem e pronto. — Imaginei que devia ver um cardiologista enquanto estou na cidade.

Os olhos do médico vacilavam entre a ficha e Maribeth.

— Você não é daqui?

— Não exatamente.

— Onde fez sua cirurgia? No Centro Médico da Universidade de Pittsburgh?

— Não foi em Pittsburgh.

— E onde foi?

— Prefiro não dizer.

Ele a encarou novamente, um olhar direto. Seus olhos tinham uma cor incomum, quase âmbar. Talvez fosse isso que o deixava tão desconcertante.

— Quem a realizou?

— Mais uma vez, prefiro não dizer.

Ele coçou uma costeleta.

— Mas não em Pittsburgh.

— Não.

— Você se mudou três semanas depois da cirurgia?

Havia certa surpresa em sua voz, e ela sentiu os pelos da nuca se eriçando. Eles já tinham discutido a cronologia. Não podiam passar logo para o exame?

— Isto parece estar fechando. O curativo caiu. — Ela deu um tapinha na incisão do peito.

O Dr. Grant chegou mais perto para examinar. Tinha dedos finos e delicados, mais adequados, pensou Maribeth, para tocar um piano que apalpar um peito.

— Está cicatrizando bem — disse ele.

— Minha perna ainda está meio inchada. — Ela começou a baixar a meia de compressão, mas ele havia voltado à ficha, folheando as páginas, agora lendo com atenção. Ela sentia-se exposta naquele avental fino. Como se ele não estivesse decifrando apenas as anotações, mas a ela própria.

Uma folha de papel flutuou para o chão: era o recibo. Ele o pegou e leu, e ela o viu apreendendo os fatos — em dinheiro, sem plano. Ele ia rejeitá-la a qualquer minuto.

Ele olhou para Maribeth, que percebeu a crítica. *Você está sempre com tanta pressa?*, ela ouviu o Dr. Sterling perguntar. Sentiu uma onda repentina de ódio por esse tal Dr. Grant. Ela entendia que era uma transferência, sua raiva pelo Dr. Sterling, que provavelmente também era uma forma de transferência em si. Ainda assim, estava muito cansada de todos brincando de Deus. Não estava pedindo que examinassem sua vida, suas decisões, suas prioridades. Só queria que vissem seu coração.

— Sabe, a decisão é minha, não sua — disse Maribeth.

O Dr. Grant ergueu a cabeça, confuso.

— Como disse?

— Cabe a mim decidir se será meu médico. E não o contrário.

Ela parecia uma adolescente petulante, defendendo alguma idiotice; uma mecha de cabelo roxa ou uma banda horrível que adorava.

O Dr. Grant parecia perplexo. Retirou-se para sua banqueta e colocou a ficha de Maribeth na bancada.

— Supus que você tivesse me escolhido no momento em que marcou uma hora — respondeu ele.

— Não. Fui à clínica onde você costumava trabalhar, e eles não me aceitaram porque não usei o plano. Alguém lá falou que você talvez o fizesse.

O rosto dele ficou sombrio. Então acontecera algo ruim na antiga clínica. Ele se levantou da banqueta, e Maribeth levantou-se também, esperando ser conduzida à porta. Em vez disso, ele desenrolou o estetoscópio do pescoço e se aproximou.

— Quer que eu examine seu coração ou não? — perguntou ele.

— Claro. Pode ver se ainda tenho um.

DEPOIS DO EXAME, depois do eletro, depois de tudo verificado — verificado o bastante para que ele fosse dissuadido do exame de sangue; ela ia precisar de um dali a seis semanas, de qualquer forma, depois que o nível do colesterol se estabilizasse, e poderia ver os níveis de ferro, caso ainda estivesse preocupada —, o Dr. Grant a instruiu a acertar tudo com Louise.

Ela sabia que 150 dólares não iam cobrir a coisa toda.

— Quanto mais eu devo? — perguntou ela a Louise, agora de novo uma recepcionista, embora não houvesse outros pacientes a receber.

— A senhora pagou quando chegou.

— É verdade, mas ele fez alguns exames, o eletro.

— A consulta custa 150 dólares.

— Ele me disse para acertar com você.

— Sim. O Dr. Grant gostaria de vê-la novamente na semana que vem. Ele está aqui às segundas, terças e sextas-feiras.

Na semana que vem? O Dr. Sterling só quisera vê-la de novo após seis semanas. Será que o Dr. Grant a estava explorando? Os médicos faziam isso, engordavam as contas com tratamentos desnecessários.

Só que o Dr. Grant não cobrou nenhum extra pelos exames que fizera. Não recomendou o exame de sangue, por causa do custo. Não estava tentando enganá-la.

Mas havia alguma coisa estranha nele; ela sentia. E isso devia preocupá-la — negligência, provavelmente —, porém, estranhamente, era meio tranquilizador. Ele agora não podia se fazer tanto de Deus. Não se ele também tinha a reputação prejudicada.

Ela decidiu no ato. Ele seria seu médico. Não porque foi o único que quis recebê-la, mas porque ela o escolhera.

Marcou uma consulta para a segunda-feira seguinte.

16

Maribeth começou a se organizar. Perguntou ao Sr. Giulio onde ficava a biblioteca mais próxima (em Lawrenceville) e descobriu que ônibus a levaria até lá. A biblioteca teria computadores, que teriam Google, que a ajudariam a navegar por todo o restante.

Também pensou em escrever um e-mail aos gêmeos na biblioteca. Não sabia o que diria a eles. Como explicar o que havia feito? Como não explicar?

A biblioteca ficava a cerca de um quilômetro e meio de seu apartamento, descendo uma ladeira e subindo outra menor. Aquela era outra surpresa a respeito de Pittsburgh, a quantidade de morros, na verdade a cidade era montanhosa. Tudo virava um desafio para uma paciente em pós-operatório cardíaco. Enquanto seguia no ônibus, Maribeth pensava que, quando ela conseguisse fazer o percurso a pé, talvez fosse um sinal de sua melhora. Talvez aí então pudesse voltar para casa. Talvez fosse isso que diria a Oscar e Liv. As crianças gostavam que os adultos fossem assertivos. Você pode comer três biscoitos. Pode ver um episódio de *Phineas e Ferb*.

Mas, quando chegou à biblioteca, algo a impediu de sequer se aproximar da série de computadores, embora houvesse vários terminais desocupados. Ela já havia quebrado a promessa mais importante feita por uma mãe — não abandonar. Não podia quebrar mais nenhuma. Não podia dizer a eles quando voltaria porque não sabia quando isso aconteceria.

Maribeth, então, seguiu para a seção de periódicos, pretendendo ler um jornal, ou algo edificante, e fazer bom uso de seu tempo livre. A biblioteca tinha exemplares do *Pittsburgh Post-Gazette* e do *New York Times* em uma mesa de madeira, além de várias revistas, inclusive uma edição antiga da *Frap*.

Era de agosto último. Trazia um perfil de celebridades que condenavam abertamente a vacinação, um artigo que ela e Elizabeth discutiram na sala de reuniões, diante de toda a equipe principal.

Para Maribeth, o artigo era servil demais, pelo menos no formato adotado na época. Se queriam publicar uma matéria sobre celebridades que condenavam a vacinação, insistira ela, o artigo precisava ser crítico. Precisava ser um exemplo sério de jornalismo, para variar. "É uma questão de saúde pública", dissera ela a Elizabeth.

"Pode até ser, mas precisamos manter o tom respeitoso", respondera Elizabeth.

"Mas o que isso significa?", perguntara Maribeth.

Desde que passara a trabalhar na Frap, não era a primeira vez que ela sentia que na verdade não conhecia Elizabeth, embora as duas tivessem sido grandes amigas e confidentes quase desde o instante em que se conheceram, mais de duas décadas antes, naquele mesmo prédio; na verdade, em um banheiro dois andares abaixo da sala de reuniões onde discutiam no momento.

Maribeth iniciava na profissão, e não foi um começo particularmente promissor. Quando conheceu Elizabeth, Maribeth estava escondida em um reservado do banheiro, chorando. Havia acabado de desligar o telefone depois de uma conversa com a antiga colega de quarto na faculdade, Courtney, que lhe contara que Jason tinha uma namorada nova. Ela e Jason haviam terminado — por acordo mútuo — depois de mais de dois anos juntos. Mas isso havia acontecido apenas três semanas antes. A velocidade com que foi substituída a deixou sem chão.

Ela estava chorando no banheiro no maior silêncio possível, mas pelo visto não foi tão silenciosa assim, porque ouviu alguém falar, "Você vai me dizer que não é de minha conta, mas está tudo bem aí dentro?"

Maribeth abriu a porta. Lá estava Elizabeth, escovando os dentes em uma das pias.

"Eu estou ótima", respondera Maribeth, que não estava nada bem.

Elizabeth molhou duas toalhas de papel e estendeu para o lado. Como um cachorro cauteloso aproximando-se de um petisco, Maribeth chegou perto da pia.

— Sabe de uma coisa, estamos traçando o perfil de uma mulher que mandou matar o marido infiel — disse Elizabeth, cuspindo a pasta de dentes com delicadeza. Ela falava para o reflexo de Maribeth, em deferência, talvez, ao fato de as duas não se conhecerem. Maribeth trabalhava como temporária no editorial da revista onde Elizabeth tinha um cargo. — Ela está cumprindo dez anos em San Quentin — continuou Elizabeth —, então não sei se no fim valerá a pena, mas só estou dizendo que pode ser feito.

De imediato Maribeth foi do choro ao riso.

— Ele não é mulherengo, é só um babaca.

Agora Elizabeth ria também.

— Esse é o espírito.

— Na verdade, eu terminei. O namoro a distância não estava funcionando.

Elizabeth sorriu, como se tivesse gostado do que Maribeth falou.

— Então, talvez, em vez de chorar, eu possa sugerir uma bebida. Conheço um barman que é generoso com Cosmopolitans grátis. A propósito, meu nome é Elizabeth.

— O meu é Maribeth.

— Duas Beths.

— Ah, é, acho que somos.

Elas saíram para beber naquela noite. E em muitas outras noites. Até Maribeth e Jason reatarem dez anos depois — e talvez mesmo depois disso —, Elizabeth foi a pessoa de confiança de Maribeth. E vice-versa. Entretanto, naquela sala de reuniões, ela parecera mais uma editora-chefe bajuladora e desligada, alguém que Maribeth não conhecia, alguém que Maribeth não conheceria, pedindo que ela fizesse um artigo "respeitoso" sobre celebridades que condenavam a vacinação.

— Está brincando? — Maribeth ficara furiosa. — Essa gente é idiota.

— Eles não são idiotas — respondera Elizabeth. — E eu não estou brincando.

— Se você tivesse filhos, pensaria de outra forma. — Assim que tais palavras saíram de sua boca, Maribeth se arrependeu, e não só porque a temperatura na sala de reuniões pareceu cair dez graus. Às vezes, se perguntava se as crianças teriam erguido um muro entre ela e Elizabeth, embora Elizabeth jamais tivesse desejado filhos e, nos dois primeiros anos, tivesse mostrado apreço suficiente pelos gêmeos.

Elizabeth revirou os olhos, algo que Maribeth já a vira fazer mil vezes, porém raramente com ela.

— E se você fosse editora-chefe desta revista, pensaria de outra forma.

MARIBETH DEVOLVEU A revista à mesa, sem abri-la. A *Frap* nunca fora particularmente relevante para ela, mas agora, assim como sua relação com Elizabeth, parecia Pompeia — algo do passado, sepultado em cinzas.

17

Ao saltar do ônibus perto de seu prédio, Maribeth percebeu que deixara de pensar na única coisa que realmente precisava fazer na biblioteca: encontrar a versão de Pittsburgh do FreshDirect, o mercadinho que fazia entregas em domicílio onde morava.

Ela ligou para o serviço de informações pelo celular, mas não estava familiarizada o suficiente com as ruas locais para saber o que ficava próximo e o que ficava longe. Subiu a escada e bateu na porta. O cara de cabelo platinado atendeu.

— Ah, você queria uma lista telefônica. Esqueci.

— Está tudo bem. Só quero encontrar um mercado que entregue em casa. Sou nova no bairro e não sei onde fica nada.

Ele virou a cabeça de lado, olhos arregalados, espantado, como se ela tivesse perguntado sobre uma loja que vendesse carne de cavalo.

— Sunny — chamou ele para o interior do apartamento. — A Whole Foods entrega em casa?

— Whole Foods? — Veio a resposta. — Você ganhou na loteria?

— Não é para mim, a nova vizinha quer saber. — Ele olhou para Maribeth. — Qual é seu nome?

— M.B.

— Que significa...

— M.B.

Ele quase sorriu. Depois gritou de novo para dentro do apartamento:

— M.B., nossa nova vizinha misteriosa, precisa de um mercado que entregue em casa.

— Ah, não pode perguntar a Todd. — A jovem apareceu na porta, balançando a cabeça. — Ele é muito esquisito com essas coisas. A propósito, meu nome é Sunita. Tem uma ShurSave bem na Liberty. É andável.

Talvez fosse andável para alguém que não estava proibida de carregar nada que pesasse mais de 3 quilos.

— Mas eles fazem entrega? — perguntou Maribeth.

— Eles podiam ter Clive Owen entregando mantimentos, sem camisa e montado em um unicórnio, e nem assim eu compraria lá — disse Todd.

— Entendeu o que eu quis dizer? — comentou Sunita, revirando os olhos. — Se não a ShurSave, a Giant Eagle é boa e funciona 24 horas se você precisar de alguma coisa que fique aberta até tarde.

— Não é o horário. No momento eu não tenho carro.

Todd e Sunita trocaram um olhar, surpresos por alguém da idade de Maribeth não ser motorizada.

— Ah. Bem, talvez a gente possa te levar — disse Sunita. — Não é, Todd? — Antes que Todd pudesse responder, Sunita se virou para Maribeth. — Também não temos carro, mas o papai de Todd sempre deixa a gente usar o dele.

— Não o chame assim — disse Todd.

— Desculpe. Prefere papaizinho?

— Prefiro chefe, é o que ele é.

— Chefe colorido?

Maribeth pigarreou.

— Quando vocês pensavam em ir?

— Agora! — disse Sunita. — Estamos sem bolo de arroz e picles. Todd, pode pedir ao Miles?

— Vou mandar uma mensagem essa noite — disse Todd, cansado. — Podemos ir amanhã.

— Tudo bem para você, M.B.? — perguntou Sunita.

Era engraçado. Daquela vez, não houve lapso. Ela entendeu de imediato que estava sendo chamada de M.B. Era incrível, sinceramente, a rapidez com que era possível se transformar em outra pessoa.

— Tudo bem para mim.

NAQUELA NOITE, QUANDO Maribeth pegou a agenda para preparar uma lista de compras, o canhoto de sua passagem de trem para Pittsburgh caiu. Ela virou para a página do verso, onde, antes de sair, havia metido às pressas uma fotografia dos gêmeos. Desde que saíra de casa, não fora capaz de olhar para a foto.

Ela segurou o canhoto da passagem, lembrando-se de como ficara em paz no trem, quando não mais era Maribeth Klein, a mãe fugitiva, mas a mulher numa viagem a negócios. Ela conseguiu abandoná-los sendo aquela mulher. Talvez, como aquela mulher, pudesse olhar seus rostos. Afinal, era só uma mãe viajante, contemplando carinhosamente uma fotografia dos filhos.

Lançou um olhar breve para a foto e descobriu que afinal não fora um golpe inesperado. Deixou a foto de lado, mas depois teve uma ideia. Abriu numa página em branco da agenda e, em vez de fazer uma lista de compras, começou uma carta.

Queridos Oscar e Liv, mamãe teve alguns dias muito agitados.

Escreveu para eles a carta que imaginava redigida por uma mulher viajando a negócios. Sem explicações torturadas nem calendários duvidosos, só detalhes rápidos sobre seu dia. Escreveu sobre o cachorrinho de sobretudo que vira durante uma caminhada. Como ele a fez lembrar-se de casa, quando haviam visto uma velha empurrando um carrinho de brinquedo com um poodle. *Liv se lembra que depois disso você cedeu seu carrinho para sua boneca Clifford? E que você não andou mais no carrinho porque disse que Clifford precisava do lugar?*

Oscar continuou no carrinho por mais um ano e, como Liv andava muito devagar, às vezes levavam dez minutos para cruzar uma quadra. Jason achava que eles deviam obrigar Liv a ir no carrinho, mas, pela primeira vez, foi Maribeth quem aconselhou paciência. É claro que eles eram mais lentos que um bando de turistas na Time Square, mas ela admirou a determinação da filha.

Ela finalizou a carta e arrancou a página da agenda cuidadosamente, colocando a folha na mesa de cabeceira. Sabia que não a enviaria. Não podia. No momento, porém, isso não importava.

Era engraçado. Daquela vez, não houve lapso. Ela entendeu de imediato que estava sendo chamada de M.B. Era incrível, sinceramente, a rapidez com que era possível se transformar em outra pessoa.

— Tudo bem para mim.

NAQUELA NOITE, QUANDO Maribeth pegou a agenda para preparar uma lista de compras, o canhoto de sua passagem de trem para Pittsburgh caiu. Ela virou para a página do verso, onde, antes de sair, havia metido às pressas uma fotografia dos gêmeos. Desde que saíra de casa, não fora capaz de olhar para a foto.

Ela segurou o canhoto da passagem, lembrando-se de como ficara em paz no trem, quando não mais era Maribeth Klein, a mãe fugitiva, mas a mulher numa viagem a negócios. Ela conseguiu abandoná-los sendo aquela mulher. Talvez, como aquela mulher, pudesse olhar seus rostos. Afinal, era só uma mãe viajante, contemplando carinhosamente uma fotografia dos filhos.

Lançou um olhar breve para a foto e descobriu que afinal não fora um golpe inesperado. Deixou a foto de lado, mas depois teve uma ideia. Abriu numa página em branco da agenda e, em vez de fazer uma lista de compras, começou uma carta.

Queridos Oscar e Liv, mamãe teve alguns dias muito agitados.

Escreveu para eles a carta que imaginava redigida por uma mulher viajando a negócios. Sem explicações torturadas nem calendários duvidosos, só detalhes rápidos sobre seu dia. Escreveu sobre o cachorrinho de sobretudo que vira durante uma caminhada. Como ele a fez lembrar-se de casa, quando haviam visto uma velha empurrando um carrinho de brinquedo com um poodle. *Liv se lembra que depois disso você cedeu seu carrinho para sua boneca Clifford? E que você não andou mais no carrinho porque disse que Clifford precisava do lugar?*

Oscar continuou no carrinho por mais um ano e, como Liv andava muito devagar, às vezes levavam dez minutos para cruzar uma quadra. Jason achava que eles deviam obrigar Liv a ir no carrinho, mas, pela primeira vez, foi Maribeth quem aconselhou paciência. É claro que eles eram mais lentos que um bando de turistas na Time Square, mas ela admirou a determinação da filha.

Ela finalizou a carta e arrancou a página da agenda cuidadosamente, colocando a folha na mesa de cabeceira. Sabia que não a enviaria. Não podia. No momento, porém, isso não importava.

18

Na noite de quinta-feira, Maribeth encontrou-se com Todd e Sunita no térreo. Todd dirigia uma velha station wagon Volvo; Sunita ocupava o banco do carona. Maribeth sentou-se no banco de trás.

— Não repare no pelo de cachorro — pediu Sunita. — O papai de Todd gosta de vira-latas.

— Vira-latas? Por favor. Ele cria cães para exposição. E pare de chamá-lo assim! — Ele olhou para Maribeth pelo retrovisor. — Mas tem pelo de Jack Russell em todo canto. Eu tenho um rolinho aderente se quiser.

— Está tudo bem.

Eles serpenteavam pelo trânsito da hora do rush, passando por vários mercadinhos. Maribeth deve ter demonstrado perplexidade porque, depois de um tempo, Sunita se virou para explicar.

— Todd só gosta da Giant Eagle em East Liberty.

— Não é verdade — retorquiu Todd. — A do Market District é mais cara. De qualquer modo, vamos a essa porque fica perto do mercado indiano e Sunny está tentando se conectar com suas origens.

— *Sunita* — disse ela, no tom de mãe exasperada que já havia discutido aquilo muitas vezes.

— Encerro minhas alegações — disse Todd.

— Sunita é mesmo seu nome? — perguntou Maribeth.

— É. Era até meus 6 anos. Aí tivemos o 11 de Setembro e todas aquelas represálias contra os paquistaneses. Somos indianos, mas meus pais morriam de medo de que as pessoas pensassem que éramos terroristas, então no primeiro ano virei Sunny. Porque é claro que ninguém saberia que éramos do sul da Ásia.

Maribeth levou um tempo para absorver a informação. Alguém com 6 anos no 11 de Setembro.

— Quando comecei na faculdade, voltei a usar Sunita. Isso quando eu era caloura. Agora estou no último ano. — Ela olhou de soslaio para Todd.

— O que posso dizer? — falou Todd. — Você sempre foi Sunny para mim. — Ele hesitou. — Exceto quando está na TPM.

— Ah, cale essa boca — disse ela.

Eles pararam no estacionamento e trocaram números de celular. (Maribeth precisou procurar o dela; ultimamente tinha dificuldade em lembrar qualquer coisa.) Combinaram de se encontrar no carro meia hora depois.

O supermercado era igual aos do subúrbio da infância de Maribeth, com corredores generosamente largos — ela não teria problemas em manobrar um carrinho duplo ali —, e vendia de tudo, de queijo importado a romances.

Depois de entrar, Todd e Sunita viraram à esquerda, para o setor de hortifruti. Maribeth foi diretamente à seção de refrigerados. Sabia vagamente o que queria, o mesmo de sempre; seguia uma alimentação saudável, mas, quando estendeu a mão para a marca preferida de iogurte, fez uma coisa inédita: olhou o rótulo.

Oito gramas de gordura. Vinte e cinco por cento da dose diária recomendada.

Parecia muito, mas iogurte era um item altamente proteico. Talvez o iogurte fosse como o abacate, alto teor de gordura e saudável. Para comparar, ela pegou outra marca. Tinha zero grama de gordura.

Voltou a olhar o rótulo de seu iogurte. Era iogurte integral? Ela esteve comendo iogurte *integral* aquele tempo todo? Procurou pelas palavras na embalagem, *integral* ou *leite integral,* algum tipo de alerta ameaçador, como nas embalagens de cigarro, de que o conteúdo podia levar à morte. Mas não encontrou nada semelhante. O rótulo só dizia que era francês.

Meu Deus. Ela era uma mulher instruída. Trabalhou em revistas que publicaram incontáveis reportagens sobre gordura. E esteve comendo iogurte com 8 gramas daquilo!

Ela devolveu o iogurte e procurou um substituto. Havia dezenas de variedades enfileiradas na geladeira, como coristas de um espetáculo. Desnatado. Semidesnatado. Grego. Probiótico. De soja. Talvez ela devesse virar vegana. Não foi o que Bill Clinton fez depois da ponte de safena?

Pulando os iogurtes, ela avançou o carrinho alguns metros até a seção de leite e manteiga. Manteiga estava descartada, é claro. Mas e margarina? Espere aí. Margarina não causa câncer em ratos? O que era melhor? Um ataque cardíaco ou câncer?

Olhou o leite, que quase nunca consumia, só nos cereais e com café. Em geral roubava o leite integral dos gêmeos ou usava *half and half*, a mistura de leite com creme de leite, para o café. Mais uma vez, leu os rótulos. *Half and half*: uma colher de sopa, dois gramas de gordura. Leite integral, não muito melhor. No curso de um dia, ela provavelmente tomava quatro xícaras de café (já demais, ela sabia), o que significava quatro colheres de sopa de *half and half*. Oito gramas de gordura. Isso, somado ao iogurte, era metade de sua dose diária.

Ela levou o carrinho, ainda vazio, ao porto seguro do corredor de pães e cereais, e pegou granola, mais um de seus alimentos de apoio. Depois verificou o rótulo. Vinte e cinco gramas de açúcar por porção. Comparou aos cereais com chocolate. Estes continham *menos* açúcar. Que a granola. A crocante granola hippie de sovaco cabeludo. E o açúcar a mais, agora ela sabia, aumentava seu risco de doença cardíaca.

Vegetais! Os vegetais eram seguros. Cinco porções por dia, melhor se consumidos crus, suco era trapaça. Sabia disso agora. E couve! Couve era um remédio maravilhoso. E mirtilo. Cheio de antioxidantes. Porque ela não se empanturrava de couve e mirtilo todo dia em vez de iogurte integral?

Quando Todd mandou um torpedo, *Pronta?*, seu carrinho continha uma triste constelação de couve, amêndoas e café, e ela estava à beira de um colapso total.

Sentiu-se desmascarada. Ela acreditara que fazia tudo direitinho. Passara a vida toda fazendo listas, seguindo todo o processo, verificando, tudo para ter certeza de que esse tipo de coisa jamais aconteceria.

E vejam só aonde isso a levou. Olhe só essa merda.

19

Maribeth levara apenas três mudas de roupa e percebeu, depois de uma semana em Pittsburgh, que não seria suficiente caso fosse ficar mais tempo. Foi a uma loja de roupas populares e comprou roupa íntima e meias, depois seguiu para um brechó no quarteirão de seu prédio para achar jeans, alguns suéteres e um par de botas, pois os meteorologistas já previam neve. Não se deu o trabalho de procurar pérolas entre os porcos, embora em outras épocas ela e Elizabeth já tivessem sido campeãs das pechinchas, passando um pente-fino nas lojas de segunda mão, desencavando Prada e Versace a preço de Banana Republic. É claro que agora Elizabeth comprava Prada a preço de Prada, e Maribeth comprava Banana Republic a preço de Banana Republic. Ou pelo menos tinha sido assim antes de ela começar a fazer compras em lojas populares, como agora.

Quando terminou, tinha um sólido, se não glamouroso, guarda-roupa, com peças suficientes para durar vários meses. Uma decisão passiva que parecia desvirtuar sua lógica ao partir. Porque ela não mais se sentia doente. Agora conseguia subir um lance de escada sem descansar. Podia tomar banho sem ficar tonta. Havia começado a caminhar mais além, localizando outras coisas importantes no bairro: uma cafeteria, um hortifruti, um sebo. Entretanto, comprara roupas apenas para atravessar o outono.

Ela tinha escrito mais duas cartas ao gêmeos, mas quando foi à biblioteca, com a intenção de digitá-las e mandá-las por e-mail a Jason para que passasse aos filhos, não conseguiu fazê-lo.

Pensou na única outra vez em que havia se afastado, quando o pai sofrera o derrame. Sempre que ligava para casa, os gêmeos choravam. Jason tinha alegado que eles ficavam bem até ela ligar, lembrando os dois de sua ausência. Talvez escrever para os filhos só servisse para lembrá-los de que ela estava longe. Talvez só fosse piorar tudo.

Assim, em vez de mandar um e-mail, ela comprou um bloco ofício amarelo e continuou a escrever cartas como a mulher numa viagem de negócios:

Queridos Oscar e Liv,
Deve nevar essa noite. Mas não muito. Não o bastante para durar, mas dizem que será a primeira neve do ano.

Ela imaginou se também nevaria em Nova York e, caso nevasse, se alguém mais saberia de seu costume de levar os filhos à sofisticada loja de doces para comprar chocolate quente a seis dólares e comemorar a ocasião.

Mas não perguntou. Não era o tipo de pergunta de uma mulher numa viagem de negócios. Em vez disso, depois da previsão do tempo, voltou às lembranças dos gêmeos, como fizera nas cartas anteriores.

Não sei se vocês se lembram, mas em janeiro passado houve uma enorme nevasca. Eles fecharam a escola, e eu não fui trabalhar. As ruas ficaram vazias, e então andamos no meio da Church Street, porque não havia trânsito. Liv, você corria na frente e pulava nos montes de neve, gritando de alegria. Oscar, você foi um pouco mais cauteloso e berrava: "Yiv, Yiv, espera o Oskie. Espera o Oskie!"

Liv, Oscar, esperem a mamãe.

20

Quando chegou para a segunda consulta com o Dr. Grant, Maribeth descobriu que o preço baixara.

— Setenta e cinco dólares — disse Louise.

— Pensei que fossem 150 — argumentou Maribeth.

— Na primeira consulta. Esta é de revisão.

— É um preço especial para quem paga em dinheiro?

Louise soltou um hum-hum indiferente, e Maribeth começou a se preocupar. No mês anterior havia editado uma série de reportagens sobre os segredos dos spas de celebridades, onde pedicuros podiam custar 75 dólares. Que médico cobrava tão pouco? Talvez um clínico do interior, mas quem já ouvira falar em saldão cardiológico? Não havia outros pacientes na sala de espera naquela semana, nem da última vez em que esteve ali.

Você o escolheu, lembrou-se Maribeth enquanto Louise preenchia o recibo.

Louise a conduziu à sala de exames. Nada de avental.

— Não quer que eu troque de roupa? — perguntou Maribeth.

— Não precisa — respondeu Louise.

Maribeth teve de se perguntar se o dinheiro para aventais havia acabado.

O Dr. Grant entrou quase de imediato. Maribeth chegara a ver o Dr. Sterling sem jaleco em algumas ocasiões, mas este sempre parecera um médico: todo gravata-borboleta e clichês. Mesmo de jaleco, o Dr. Grant não era assim, embora não houvesse nada particularmente amador em sua aparência, a não ser, talvez, pela calça jeans. E pela beleza. Os médicos podiam ser parecidos com George Clooney quando não interpretavam um papel nos seriados de TV?

Ele auscultou o coração e os pulmões de Maribeth, e a colocou no monitor de eletro. Verificou os sinais vitais.

— Você emagreceu um pouco, mas, tirando isso, parece tudo bem. Por que não conversamos em minha sala?

Ela sabia, por experiência própria, que os convites para conversar nas salas privativas dos médicos nunca eram um bom sinal. O Dr. Simmon, médico da fertilização in vitro, escolhia seu santuário secreto para dar a má notícia quando a gestação não havia vingado. Mas Maribeth sempre soubera. Ela percebia pelos exames.

— Qual é o problema? — perguntou ela ao Dr. Grant.

— Nenhum. Já falo com você num segundo. Quer um chá?

— Não. — A recusa saiu ríspida. Ela tentou de novo. — Não, obrigada.

Sozinha na sala, Maribeth aproveitou oportunidade para xeretar. Na parede havia diplomas da Faculdade de Medicina do Noroeste e um certificado de uma bolsa de pesquisa em cardiologia na Universidade de Pittsburgh. Aquilo era tranquilizador. Ele não se formara em um lugar qualquer, tipo a Universidade de Phoenix.

Na estante, havia várias fitas cor-de-rosa da luta contra o câncer de mama, e, em sua mesa, uma foto de uma jovem afro-americana magra e sorridente numa canoa. Filha? Ou talvez esposa. Pela idade e profissão, ela seria a segunda esposa. A esposa-troféu.

— Desculpe-me por fazê-la esperar.

Maribeth virou-se, culpada, enquanto o Dr. Grant entrava, segurando uma caneca de chá com as duas mãos, um gesto estranhamente monástico.

— Fico de mau humor se não bebo meu estimulante das quatro horas. — Ele gesticulou com a cabeça para as duas cadeiras em frente à mesa. Ela se sentou em uma, ele na outra.

— Qual é o problema? — perguntou Maribeth novamente.

Ele colocou a caneca em um descanso e, ainda sorrindo, perguntou:

— Por que você passa a impressão de que sempre espera que o outro salto quebre?

É sério? Qual o problema dos homens com metáforas de sapato?

— Ataque cardíaco aos 44 anos — respondeu ela. — Uma perfuração arterial durante um procedimento de stent. Duas pontes de safena. Me desculpe se fico atenta a saltos quebrados.

Ela esperou que ele recorresse ao usual jargão médico. Que não valia a pena se incomodar com isso, que o estresse só agravaria tudo, que ela já havia passado pelo pior. Em vez disso, ele apenas disse:

— Sim, entendo sua posição.

— Porque certamente eu não era atenta antes. Nem mesmo me dei conta de que estava tendo um ataque cardíaco — disse ela. — Achei que fosse comida chinesa estragada.

Ele soprou o chá. Maribeth sentiu cheiro de tangerina. Earl Grey.

— Não é incomum.

— Mesmo? Então todo mundo culpa a cozinha do Kung Pao?

— Porco agridoce tem péssima reputação.

— Se você come porco agridoce, a culpa é toda sua.

— É mesmo?

— Sim. Leia as letras miúdas. Estão no cardápio.

Ele riu.

A agitação que ela então sentiu não foi diferente de achar uma nota de vinte dólares no bolso de um casaco velho. Há muito tempo Maribeth não fazia alguém rir.

— Se isso faz com que se sinta melhor — continuou o Dr. Grant —, as mulheres, em particular, costumam confundir ataques cardíacos com gases intestinais.

— Nenhuma frase com a expressão "gases intestinais" vai me fazer sentir melhor — comentou ela.

Ele riu de novo. E Maribeth se lembrou. Costumava ser engraçada. No trabalho, era famosa pela mordacidade, pelo menos até começar na *Frap* e um de seus muitos comentários ter soado mal. Ela se lembrou de uma das primeiras reuniões de equipe; discutiam uma atriz magricela de veias saltadas que, na matéria de capa, se gabava do talento para "comer feito uma porca" quando Maribeth fez algum comentário sobre como devia ser o mítico porco que come ar, primo daquele voador. Elizabeth lhe abriu um sorriso amarelo, mas não deu sua gargalhada habitual. Os outros editores ficaram horrorizados.

O Dr. Grant gargalhou, e Maribeth riu também. Doeu, mas só um pouco.

— E que tal isso — começou o Dr. Grant. — A doença cardíaca manifestada na casa dos 40 e sem nenhum outro fator de risco mais provavelmente é resultado de uma hiperlipidemia familiar. Provavelmente você herdou isso. Então pode dar um desconto para o frango do Kung Pao.

Parecia uma de suas piadas na *Frap*. Bum. Abafou a sala.

— Eu só disse isso porque, se for hereditário... — Ele pegou a ficha de Maribeth, abrindo o histórico familiar. Percebeu que estava em branco. — Hum.

— Sou adotada — revelou ela, esforçando-se ao máximo para aparentar despreocupação. — Então, mesmo que quisesse culpar minha mãe, não posso.

— Ou seu pai. A doença cardíaca não discrimina.

— Mas que avançada. — Ela fez uma pausa. — Avançada. Ha. Entendeu?

Daquela vez, ninguém riu.

— Você não sabe nada sobre sua família biológica? — perguntou ele.

— Não. — Ela sentia um gosto acre na língua. Como chegaram àquele ponto? De piadas com comida chinesa a isso?

— Já pensou em procurar? — Ele levantou as mãos como quem se defende de um ataque. — Eu não pretendia entrar numa questão pessoal, mas você não é a primeira paciente que se vê na mesma situação. Uma crise na saúde geralmente é um catalisador da busca por mais informações.

— Já tive drama suficiente. Não estou interessada em desencavar mais nada.

— Desculpe-me. Não é da minha conta — disse ele.

— Não — respondeu ela, com irritação. — Não é.

É CLARO QUE era mentira.

Não a parte sobre não querer drama. Mas a parte a respeito de não procurar. No dia anterior ela havia ido à biblioteca e finalmente criara coragem para acessar a internet, não para verificar o e-mail, mas para entrar no BurghBirthParents.org, um site que descobrira quando os gêmeos nasceram. Não conseguiu passar da homepage, cheia de testemunhos de adotivos e pais biológicos que se reencontraram. Mas desconfiava de que passaria. Por que mais fora até ali?

21

Maribeth não vira muito dos vizinhos depois da desastrosa ida ao supermercado. Quando todos se encontraram na fila do caixa, Todd havia franzido a testa para o triste carrinho com as provas de sua rendição.

— Você podia ter comprado *isso aí* na ShurSave.

No mercadinho asiático, ela decidira continuar no carro. Não queria se arriscar a outra crise de pânico. Só depois de Todd e Sunita a terem deixado lá, percebeu o quanto provinciana — ou pior, racista — podia parecer. Na volta para casa, os dois conversaram entre si enquanto Maribeth ficou sentada em silêncio no banco traseiro. Ela não causara uma boa primeira impressão.

Mas depois ela recebeu uma mensagem de texto de Todd, dizendo que ele estaria com o carro novamente na quarta-feira, caso ela quisesse fazer compras.

Sim!, respondeu ela. Dessa vez, estaria preparada. Na biblioteca, havia pesquisado alguns livros de receitas. Agora sabia o que devia comer. Peixe. Carnes magras. Tofu. Leguminosas. Massa. Ovos (só as claras). Verduras e frutas silvestres coloridas. E iogurte desnatado.

Eles se encontraram às cinco.

— Pode se sentar na frente — disse Todd. — Sunny foi ao cinema com "amigos".

Enquanto seguiam de carro, Todd ficou em silêncio, tamborilando os dedos no volante.

— Está tudo bem? — perguntou Maribeth.

— Tudo ótimo — respondeu ele. — Ela me deu uma lista, mas eu disse que não íamos à loja asiática, não depois que ela me deu o cano. Não sou moleque de recados. — Ele bufou. — Ela acha que está aprendendo a cozinhar, mas, ai, meu Deus, prefiro comer terra.

— Sei — disse Maribeth.

— A única coisa que ela faz pior que cozinhar é limpar a casa. Devia ver o quarto dela. É um desastre. — Ele fez uma curva fechada, entrando na Liberty. — Só estou morando com ela como um favor a seus pais.

— É mesmo?

— O pai foi transferido para a Índia no ano passado e queria que Sunny morasse no alojamento, mas ela se recusou. Então fui a solução de conciliação. A família me conhece desde sempre, e eu posso ser homem, mas sou gay, então comigo é seguro. Agora estou preso a ela.

Ele contou tudo aquilo com tanta indiferença e revirar de olhos que Maribeth entendeu a origem da bronca. Toda relação, independentemente do quão igualitária, tinha alguém com mais poder, mais carisma, mais alguma coisa. É difícil ser o beta.

— Uma vez tive uma amiga assim — disse Maribeth.

— Desmazelada?

— Desmazelada, não. Só era alguém, você sabe, muito íntima. Até chegamos a morar juntas.

— Não foi um saco?

Então eles trocaram um olhar, fugaz, porém revelador.

— Não. Na verdade foi maravilhoso.

Todd pareceu murchar. Parou de batucar no volante e afundou no banco. Então, numa voz diferente, mais baixa, falou:

— A verdade é que a única coisa que não amo sobre morar com Sunny é saber que um dia não vou morar mais.

Maribeth lhe tocou de leve o ombro.

— Mas ela não entende nada de cozinha — acrescentou ele.

22

Queridos Oscar e Liv

Hoje vi uma banda-de-um-homem-só na rua. Uma pessoa tocava banjo, gaita e bateria, tudo ao mesmo tempo. Vocês podem pensar que ele era péssimo, mas, na verdade, era maravilhoso. Fiquei na calçada para ouvi-lo até não conseguir mais sentir os dedos dos pés, aí coloquei duas notas de cinco dólares na cesta, uma por cada um de vocês.

Isso me fez pensar nos dois e nas músicas que vocês inventam às vezes. Lembram-se daquela dos ratos? É minha preferida. Acho que era assim.

Tem gente que gosta de cachorro
Tem gente que gosta de gato
Tem até quem goste de camundongo
Mas ninguém gosta de um rato.

Jason havia gravado a música, chamando de hino dos direitos proto-humanos, e Maribeth a transferiu para o celular. Queria ter uma cópia agora. Não só para ouvir as vozinhas finas (mesmo que a de Liv fosse estridentemente desafinada), mas também porque a canção parecia proporcionar uma espécie reconfortante de prova. Oscar tocou seu único acorde no violão; Liv inventou encantadores versos rimados. A musicalidade de Jason. O jeito dela com as palavras.

Maribeth se perguntava se os gêmeos veriam a coisa dessa maneira quando ficassem mais velhos. Se olhariam para ela e Jason, ou para si mesmos, vislumbrando de onde vinham, aonde poderiam ir, e se enxergariam aquilo como um conforto. Ou como uma maldição.

23

— Quanto você pesava antes do infarto? — perguntou o Dr. Grant. Era a terceira consulta de Maribeth em menos de três semanas, só que aquela fora marcada durante uma crise de pânico depois que o jeans tamanho 40, que coubera perfeitamente no brechó uma semana antes, escorregou dos quadris. Perda de peso repentina, ela sabia, era um mau sinal.

— Não sei. Uns 55. Por aí.

— Agora você tem 51.

Cinquenta e um quilos. Ela não pesava tão pouco desde a adolescência.

— Tem alguma coisa errada? Devo fazer um exame de sangue?

— Talvez. Mas primeiro me diga uma coisa: o que você anda comendo ultimamente?

Ela estava comendo o que devia estar comendo. Grãos integrais. Verduras. Peito de frango. Pouca gordura. Pouco sódio. Pouco sabor.

Muito embora na visita ao mercado com Todd ela praticamente tivesse tido um ataque de desejo diante da seção de carnes, lembrando-se simultaneamente do sabor de cada prato que comera na vida: o filé que o pai assava na grelha até ficar crocante, o *côte de boeuf* que ela e Elizabeth dividiram em um bistrô de Paris, a carne que cozinhara para Jason depois que eles reataram.

Então perdera as estribeiras de novo, dessa vez na frente do freezer. Podia sentir o gosto, com muita clareza, dos sanduíches de sorvete napolitano que costumava comer de sobremesa toda noite quando criança. Começando pelo morango duro e congelado, passando à baunilha amolecendo no meio. Quando chegava ao chocolate, o sorvete e a crosta de biscoito estavam moles e deliciosos. "Você tem muita sorte por seu metabolismo permitir que coma de tudo", dizia a mãe, sentada ali, bebendo o café instantâneo enquanto observava Maribeth tomando o sorvete.

— Aveia e mirtilo no café da manhã — disse ela ao Dr. Grant. — Salada de couve no almoço. Peito de frango no jantar. — A simples declamação do cardápio matava seu apetite. Não era de admirar que estivesse emagrecendo. — Estou sendo muito vigilante.

— Vigilante?

— Para não comer nada de errado de novo.

— Às vezes a dieta tem um papel importante, em particular se está acima do peso ou se come o tempo todo no McDonalds. Mas, conforme já conversamos, em vista de sua idade, peso, alimentação e outros fatores de risco, eu apostaria que é hiperlipidemia, a incapacidade do organismo de metabolizar o colesterol. Você não fez nada de errado. Então pode chutar o balde.

— Ótimo. Estou chutando o balde. — Ela fez a mímica de quem chuta um balde e afundou na cadeira. — Estou muito aliviada.

— Não sei se você é pior mímica ou mentirosa.

— Ei! Isso é ofensivo — retrucou Maribeth. — Sou uma excelente mímica. — Ela fez a mímica de uma parede diante de si.

Ele riu. Depois olhou o relógio de pulso. Era o tipo de homem que ainda usava um.

— Você tem uma hora? — perguntou ele.

— Tenho todas.

— Ótimo. Venha comigo.

ELES FORAM DE carro a uma sorveteria gourmet em Shadyside. Ele pediu para ela se sentar enquanto ia ao balcão. Voltou com dois sundaes e duas colheres em cada um.

— Teste de sabor — avisou ele.

— Do que é? — perguntou ela, desconfiada.

— Este é de baunilha com figo e balsâmico — disse ele, apontando um. — E este é de menta com calda quente e creme batido. Um yuppie e um clássico. Tudo bem?

— O médico é você — disse ela.

Ela olhou fixamente o sorvete.

— Não vai te matar — garantiu ele.

Ela pegou uma colher.

— Tem certeza?

— Tenho.

Ela mergulhou a colher no sundae de figo e balsâmico.

— Isso faz parte de meu tratamento oficial?

— Faz.

— O plano cobre essas coisas?

— Você não tem plano. Paga em dinheiro — respondeu ele. — Mas duvido que tenha pago em dinheiro por isso. — Ele gesticulou para o peito de Maribeth. — Estou começando a me perguntar se é uma foragida de Cambridge Springs.

— Que tal se você não me perguntar sobre meu plano, aí eu não pergunto por que tem tanto tempo livre para levar pacientes a uma sorveteria?

Alguma emoção lhe passou pelo rosto. Não foi raiva nem ressentimento, nem mesmo constrangimento, mas outra coisa. Foi como se um véu tivesse caído.

— Desculpe-me — pediu ela.

— Não precisa — respondeu ele. Então estendeu a mão. — Temos um acordo. Agora tome seu remédio.

Eles trocaram um aperto de mãos. Ela tomou uma colherada hesitante. *Era mesmo* muito bom.

— Viu só? — disse ele. — Você não morreu.

— Dê alguns minutos a ele — brincou ela.

— Dê minutos suficientes, e estaremos todos mortos.

— Alguém já falou que você tem excelentes maneiras ao leito?

— Tome, experimente outro. — Ele deslizou o sundae de menta para ela. Maribeth provou uma colherada. Delicioso também.

— Este aqui — começou ele, apontando o yuppie — é feito com sorvete vegano. Sem gordura saturada. O outro — agora ele colocava uma porção de sorvete de menta na boca — é seu sorvete clássico. Os dois são deliciosos. Com moderação, os dois são ótimos.

— Só que este aqui é cheio de colesterol! — rebateu ela, apontando o de menta, imaginando o sorvete escorregando pelo esôfago e fazendo um desvio direto para as artérias. Afastou o sundae. — Nunca mais vou conseguir tomar sorvete como uma pessoa normal, vou?

— Talvez. Considere uma meta digna. — Ele empurrou o sundae de menta de volta para ela.

Ela pegou uma porção pequena. Tentou não pensar nas artérias obstruídas, o que a fez pensar mais ainda em artérias obstruídas. Talvez ela tomasse uma dose dupla de sua estatina aquela noite.

— Sabe o que não consigo parar de me perguntar? — indagou ela.

— O quê?

— O que teria acontecido se eu já não tivesse uma consulta médica naquele dia? Teria simplesmente continuado a tomar sorvete alegremente e, depois, infartaria mais uma vez e cairia morta?

Ele deu de ombros.

— Não necessariamente. Sua dor no peito poderia ter se resolvido e você não teria sofrido outro incidente. Sua dor no peito teria piorado, e você acabaria num pronto-socorro. Ou a dor no peito teria piorado ou não, e você teria um evento repetido potencialmente grave e, como você diz, cairia morta.

— Eis aí as excelentes maneiras ao leito de novo.

— Você não me parece alguém que queira ser paparicada.

— É aí que você se engana. Eu *quero* ser paparicada — confessou ela. — Só não quero ouvir mentiras.

— Às vezes as duas coisas são mutuamente excludentes.

Ela concordou com a cabeça.

— Meu pai, meu pai adotivo, não fazia ideia de que tinha alguma doença cardíaca. Um dia sofreu um derrame, entrou em coma e morreu duas semanas depois. Não sei o que é melhor, ter essa coisa pairando sobre sua cabeça, ou continuar alegremente ignorante até o dia de sua morte.

Ela esperava que ele dissesse que era melhor saber. Afinal aquele era seu ganha-pão, informar às pessoas, consertar as coisas caso dessem errado. Em vez disso, porém, o que ele falou foi:

— Imagino que seja como a maioria das coisas na vida. Você sacrifica algo em troca do conhecimento, seja ele paz de espírito, um senso de invencibilidade, ou algo menos quantificável.

— A verdade o libertará, mas primeiro o deixará infeliz — disse ela, recitando de cor um cartaz inspirador da época da escola.

— Exatamente.

24

No dia seguinte, na biblioteca, Maribeth entrou no site BurghBirthParents. org e clicou no botão Encontre seu Genitor Biológico. Havia um questionário, informações básicas, nome, data de nascimento, religião, nomes dos pais adotivos, dados de contato.

Ao preencher o formulário, sentiu como se estivesse completando qualquer ficha on-line, para matricular os gêmeos em um curso ou comprar fraldas no atacado.

Quando apareceu a caixa de dados de contato, ela inseriu o número do novo celular, mas hesitou antes de colocar o antigo endereço de e-mail. Não havia entrado naquela conta desde que partira. Imaginou as páginas de mensagens à espera — gritos de Jason, bilhetes de preocupação cuidadosamente elaborados por Elizabeth, hipocrisia disfarçada como preocupação dos pais no Grupo dos Gêmeos, isso sem falar do habitual entulho dos spams e dos vários grupos e listas de e-mails nos quais estava inscrita — e estremeceu. Não podia voltar para isso. Deixou essa parte do formulário em branco.

Ficou pensativa por um momento, o dedo pairando sobre o botão de enviar.

— Não quer mesmo encontrá-la? — perguntara Jason ainda na faculdade, quando os próprios pais estavam se divorciando. Ele voltou a fazer a pergunta depois que um de seus bons amigos foi à Coreia do Sul se reencontrar com os irmãos biológicos. Abordou o assunto mais uma vez depois que os gêmeos nasceram. — Você não quer mesmo descobrir sobre sua família?

"Você é minha família" havia sido sua resposta padrão.

Maribeth se perguntou se aquilo ainda seria verdade.

Clicou em enviar.

25

Maribeth bateu na porta dos vizinhos, nervosa. Havia cogitado se deveria mandar o convite por mensagem de texto, mas parecia informal demais. O que era ridículo. Ela não estava convidando os dois para o Baile de Inverno do Harry Potter. Só para jantar.

Ela descobrira uma peixaria perto da biblioteca e pensou em fazer uma paella. Mas a despesa com todos aqueles frutos do mar, sem falar em todo o trabalho, parecia demasiada para uma pessoa. Além disso, a saída para tomar sorvete com o Dr. Grant fora animadora. Não só a comida, mas também a conversa. Ela precisava socializar mais, e Todd e Sunita eram as únicas opções.

Maribeth ficou aliviada quando Sunita atendeu a porta. Mesmo depois do momento de compreensão entre ela e Todd no dia de compras, o rapaz a intimidava. Então Maribeth ficou meio surpresa ao ver Sunita reagir ao convite com um aceno de cabeça tão vigoroso que chegou a bater o rabo de cavalo.

— Ah, não — respondeu Sunita. — Não podemos. Não podemos de jeito nenhum.

Maribeth sentiu a cara esquentar. O que estava pensando? Todd e Sunita tinham 20 e poucos anos; ela, 40 e tantos. Havia confundido afabilidade com amizade, quando, na verdade, ela era só uma senhora que os dois estavam ajudando a atravessar a rua.

— Ah, tudo bem, sem problemas — disse Maribeth, recuando.

— É só que amanhã é segunda — explicou Sunita. Como a declaração não foi compreendida, ela acrescentou: — Futebol de Segunda à Noite. Jogamos contra os Titans.

— Ah, tudo bem, futebol — admirou-se Maribeth. Tinha uma vaga consciência dessas coisas. Jason era no máximo um torcedor ocasional, mas seu sogro era completamente louco por um time. Os Giants? Ou talvez fossem os Jets.

— Vamos acabar com eles — acrescentou Sunita.

— Ah. — Maribeth não sabia o que dizer. — Bem, boa sorte então.

— Espere. O que você vai fazer? — perguntou Sunita. — Ninguém me prepara um jantar há um tempão.

— Estava pensando numa paella.

— Todd é alérgico a vieiras — revelou Sunita.

— Nada de vieiras nessa receita.

— Você poderia trazer para cá. Se não se importar de assistir ao jogo com a gente.

— Sério?

— Começa às cinco e meia, mas venha mais cedo, assim podemos curtir juntos.

Curtir juntos.

— Tudo bem.

— Mas fique avisada: Todd pode ser um tirano quando alguém fala de qualquer coisa que não seja futebol quando a bola começa a rolar. — Ela revirou os olhos como quem diz: *homens.*

Maribeth sorriu.

— Vejo vocês às cinco.

A RECEITA ERA complicada de maneira agradável, muita barba e inervações para retirar, cortar e fatiar. Ela a obedeceu metódica, porém vagorosamente, com uma taça de vinho ao lado. (Uma coisa que iria lhe fazer bem, insistira o Dr. Grant). Até comprou cabeças de peixe para fazer o próprio caldo.

Quando um cheiro de mar tomou o apartamento, Maribeth tentou se lembrar da última vez em que a cozinha lhe parecera um luxo, e não uma amolação. Não precisava se preocupar em preparar, servir a refeição e lavar os pratos naquele intervalo mínimo entre a chegada do trabalho e o desabar de exaustão (em geral das crianças, mas nem sempre). Não precisava se preocupar se Liv ia comer ou não o molho de tomate, o arroz ou o brócolis naquela semana. Não precisava se preocupar se a visão dos camarões com cabeça iria traumatizar Oscar. Não precisava fazer uma análise de custo-benefício de uma refeição variada: o sabor da comida *versus* o tempo gasto na limpeza.

Até limpar a cozinha lhe pareceu recompensador. Uma tábua de corte estava suja. Foi lavada. Agora estava limpa. A simples satisfação disso. Deixava Maribeth feliz de um jeito muito fundamental, assim como o trabalho de editora já fizera.

Às cinco, ela levou a travessa fumegante para o vizinho. Sunita atendeu, usando uma camisa enorme dos Steelers, os olhos escurecidos com aquelas pinturas que os jogadores usavam por motivos que Maribeth desconhecia. Todd apareceu atrás de Sunita. Vestia-se exatamente do mesmo jeito. Maribeth já vira Sunita usando camisa de times várias vezes, mas Todd sempre havia adotado um estilo mais mauricinho.

— É para dar sorte — explicou Todd, entendendo o olhar. — Se não os Steelers perdem.

— É verdade — garantiu Sunita. — Perdemos o Super Bowl de 2011 porque Todd queria impressionar um cara e vestiu J. Crew.

— Juventude — disse Todd, meneando a cabeça.

— Aqui, está pesado — indicou Maribeth, assentindo para a travessa.

— Ah, sim. Coloque na mesa — pediu Todd.

— Está quente. Vocês têm um descanso?

— Pegue um catálogo ou coisa assim, Sunny — disse Todd.

Sunita apanhou uma revista da pilha de correspondência. Era uma edição recente da *Frap*.

— Essa aí eu ainda não li — avisou Todd.

— Não está perdendo grande coisa. — brincou Maribeth.

— Você lê a *Frap*? — Todd arqueou as sobrancelhas, e Maribeth suspeitou ter ganhado uns pontinhos a mais com ele.

— Lia de vez em quando.

— Viu? — disse ele a Sunita. Para Maribeth, ele falou: — Sunny enche meu saco, mas jamais deixou em branco um quiz que fosse do Harry Potter no Buzzfeed.

— Não compare HP com suas revistas bobas.

— Ah, desista. São dois contra um. M.B. lê e ela é inteligente. Ela deve ser professora convidada ou coisa assim.

Ela observou a edição da *Frap*, a capa molhada devido ao vapor da paella.

— Uma consultora.

— Uma *consultora* lê a revista — disse Todd. — Então, vê se não torra.

— Que outra razão eu teria para viver? — brincou Sunita. — M.B., quer dar um giro pela casa antes da preliminar?

— Claro.

— Já a avisei de que você é desmazelada — disse Todd, e trocou um olhar conspiratório com Maribeth.

O apartamento era muito parecido com o dela, os mesmos eletrodomésticos envelhecidos na cozinha, o mesmo carpete sujo na sala de estar, a mesma mesa genérica de jantar com verniz imitando carvalho. Entretanto era totalmente diferente, talvez porque parecesse habitado. Havia uma corrente de luzinhas no peitoril da janela, uma estante meio bamba, repleta de romances e livros didáticos. Havia o que parecia um santuário aos Steelers: uma primeira página emoldurada, proclamando uma vitória no Super Bowl, alguns bonecos com pescoço de mola, uma placa que dizia MEU SANGUE É PRETO E DOURADO. Havia algumas fotos em porta-retratos dos dois, mais jovens, o rosto mais suave, encantadoramente desajeitados.

O quarto de Sunita, conforme Todd havia alertado, era uma bagunça: almofadas jogadas e mosaicos de parede em cores vivas, uma pilha de roupas se derramando do armário.

O quarto de Todd, em comparação, era espartano: uma cama digna de uma inspeção militar, um pôster emoldurado da tabela periódica dos elementos no estilo de um Warhol e um enorme quadro de cortiça, cheio de canhotos de cinema habilidosamente arrumados em forma de uma flor. Maribeth foi olhar.

— Vamos muito ao cinema — esclareceu Todd. — Imaginei que, se eu ia gastar todo esse dinheiro, podia muito bem ter alguma coisa para exibir.

— Você gosta de cinema? — perguntou Sunita.

— Gosto, mas não vou com muita frequência. — Quando aceitara o emprego na *Frap*, Maribeth pensou que usaria pelo menos algumas sextas-feiras em escapulidas para matinês. Mas não foi assim. Nem uma vez. Ela olhou os canhotos, que eram principalmente de filmes recentes, e não havia visto nenhum deles: *007 - Operação Skyfall. A escolha perfeita. Trapaça. Uma ladra sem limites. Jogos vorazes. Ted. Ensina-me a viver.*

— *Ensina-me a viver*?! — exclamou ela, surpresa.

— Eu sei — respondeu Sunita. — Ele me arrastou para ver isso. É muito esquisito. Já assistiu?

Não desde a faculdade. Não desde a primeira noite com Jason.

Após ter aceitado o desafio de Courtney para traçar o perfil de Jason no jornal da faculdade, Maribeth havia ido ao escritório da emissora de rádio, disposta a passar exatamente uma hora com um feioso esnobe da música.

Mas, depois de conversar com ele, Maribeth encontrou um motivo para continuar a entrevista no dia seguinte. E depois ele insistiu que ela ficasse em um de seus programas, para ter a experiência completa, alegou ele.

Por acaso tudo que Maribeth esperara do tal Jinx estava errado. É claro que, quando confessou não ser fã do Nirvana, ele implicou um pouco — "Quem a criou?" —, mas foi tudo muito gentil. De cara ela viu que ele não criticava o gosto das pessoas, desde que gostassem de alguma coisa. Todo o seu lance era que amava música. Ser DJ não era um jeito de ser descolado, nem de se distinguir, mas o jeito de expressar esse amor.

E ele não era feio. Nem um pouco. Quando ela o viu pela primeira vez na sala da emissora, achou Jason uma graça: aquele cabelo grande, os olhos castanhos, a boca cor de ameixa. Quando se empolgou com uma faixa que estava tocando para ela — porque, quando ela não reconhecia uma banda da qual falava, ele a arrastava para um estúdio vazio a fim de instruí-la —, ele fechou os olhos e mordeu os lábios, e Maribeth, em reação, umedeceu os dela. No terceiro dia de entrevista, depois de ter admirado Jason tocar os discos em seu programa, ela atualizara a avaliação de uma graça para lindo, e seus lábios chegaram a rachar de tanto passar a língua por eles.

Normalmente, escrever era uma agonia para Maribeth — por isso preferia editar —, mas ela redigiu o artigo sobre Jason em um frenesi de inspiração, e o entregou de imediato. Quando o viu impresso no dia seguinte, entendeu o que havia escrito. Não um perfil, mas uma carta de amor com circulação de 11.500 exemplares.

"Em um dia mediano, Jason Brinkley caminha pelo campus anonimamente, uma espécie de Clark Kent de jeans e camiseta. Mas, quando entra na cabine, nesse caso a cabine de transmissão de rádio da KLXR, transforma-se em Jinx, um Super-Homem da música", leu Maribeth em voz alta para Courtney em seu quarto do alojamento. Ela pulou várias partes, incapaz de digerir a coisa toda. Então chegou ao X da questão. "Em uma época de cinismo ensaiado, quando todos fingem ser descolados demais, Brinkley é aquela rara exceção, alguém que verdadeiramente se importa e, por isso, é o mais descolado de todos". Maribeth jogou o jornal no chão. "Por que me obrigou a fazer isso? Eu te odeio. Não, eu me odeio". Ela pôs a cabeça nas mãos. "Me mate agora. Por favor."

"Achei meigo" disse Courtney. "A Maribeth sensível, se declarando publicamente".

Maribeth amassou o jornal e o jogou na lixeira. "Vou ficar em casa hoje. Não posso correr o risco de esbarrar com ele."

Ainda estava escondida no alojamento aquela noite quando Courtney a convenceu a ir ao cinema. "Uma exibição tardia de *Ensina-me a viver*. Quem vai estar lá?"

Quase ninguém, ao que parecia. A não ser por Jason Brinkley, sentado sozinho, segurando um saco de pipoca e uma caixa de jujubas. Não foi armação — Courtney não conhecia Jason —, mas Maribeth sentiu um formigamento na barriga, prenúncio do destino em ação, embora estivesse travada demais para falar com ele durante o filme, ou na caminhada de volta ao campus. Em vez disso, apenas ficou ouvindo Jason e Courtney empolgados com a trilha sonora do filme.

Eles se demoraram na frente de seu alojamento. Courtney lançou um olhar aos dois e entrou. "Tenho uma espécie de pergunta literária para você", revelou Jason a Maribeth.

"Tudo bem", disse ela, com cautela.

"Gosto de dar título às fitas que preparo. É uma parte importante do processo. Estou trabalhando em uma que pensei chamar de "Indiferente Demais para se Importar", mas não sei se a contradição inerente foi clara o bastante, ou se foi exagerada." Ele abriu um sorriso malicioso que, nos anos seguintes, se tornaria mais familiar a ela que o próprio sorriso. Maribeth entendeu, então, para quem era a fita e que, se um artigo emocionado era a declaração de amor de uma repórter, então uma fita gravada era o equivalente de um DJ.

"É sutilmente ambíguo", declarou Maribeth.

"Mais uma pergunta", disse ele, ainda sorrindo. "Se eu sou o Super-Homem, isso faz de você Lois Lane?"

Todo o seu corpo corou de prazer. Era tão raro na vida que as coisas acontecessem exatamente como a gente fantasiava. "Só se você parar de falar e me beijar", disse ela.

— Eu vi *Ensina-me a viver* — disse ela a Sunita e Todd. — Mas já faz um milhão de anos.

A PRELIMINAR COMEÇOU. Sunita trouxe uma bandeja de ovos recheados, as claras numa nada apetitosa tonalidade cinzenta.

— Ovos Steelers — explicou ela. — Você precisa comer pelo menos dois ou vamos perder.

Maribeth deve ter traído seu pânico, porque Todd riu.

— Acho que só é válido se você for torcedora dos Steelers.

— Então pelo visto vocês dois são grandes torcedores.

— Desde que nasci — admitiu Todd, batendo no peito.

— Eu também — reforçou Sunita. — Quando meu pai se mudou para cá, disse que virar torcedor dos Steelers o fez se sentir mais americano que conseguir sua cidadania. — Ela balançou a cabeça. — Quando soube que seria transferido de volta à Índia, sua primeira preocupação foi comigo. A segunda foi como ele assistiria aos jogos?

—· Agradeça ao satélite — lembrou Todd.

— Eu sei, tá bom? — retrucou Sunita. — Às vezes ele telefona quando discorda do árbitro.

— Algumas coisas não mudam nunca — disse Todd. Ele explicou para Maribeth: — Se você é de Pittsburgh, o amor pelos Steelers está no sangue. Seja você da cidade, um transferido da Índia, ou mais gay que um saco de pirocas arco-íris.

Maribeth quase disse alguma coisa. Que ela *era* dali.

A TV interrompeu a conversa.

— Aaah. Está quase começando — avisou Sunita.

— Explicou as regras a ela? — perguntou Todd.

Sunita assentiu.

— Nenhuma conversa extracurricular enquanto a bola estiver em jogo.

— Entendi — disse Maribeth.

Eles encheram seus pratos de paella e se sentaram para assistir. Durante os comerciais, explicaram os detalhes do jogo e falaram longamente sobre o quarterback estreante, por quem os dois eram apaixonados.

— Quando ele se aposentar, vai ser nosso fim — queixou-se Todd.

— Ah, por favor! — exclamou Sunita, batendo no amigo com uma almofada. — Por isso se chama *time*. E as pessoas costumavam dizer isso sobre Terry Bradshaw.

— Certo, e, quando ele se aposentou, viu o que aconteceu? — argumentou Todd. — Vamos torcer para que 2014 seja nosso ano.

Tudo se tornou um agradável borrão. A comida, o vinho, as implicâncias, o falatório dos comentaristas, os constantes replays. No intervalo, Maribeth se sentia acolhida e sonolenta, e, durante o último quarto do jogo, adormeceu num sono preguiçoso. Talvez fosse a lembrança de *Ensina-me a viver*, mas, quando Todd a acordou com uma gentil sacudidela, por um breve momento pensou estar em casa, no sofá, e que era Jason quem a acordava, pronto para levá-la para a cama.

26

Maribeth caminhava até o sebo na Liberty para comprar outro livro, algo que vinha fazendo com tanta regularidade que o livreiro passara a recomprar dela os livros antigos, tornando-se essencialmente sua biblioteca pessoal. O que era conveniente porque a biblioteca de verdade não emitia um cartão sem uma identidade local, coisa que ela não tinha e não podia ter sem estragar seu anonimato.

Pela manhã, ela havia terminado um suspense lançado no ano anterior — lembrava-se de ter visto os cartazes por todo lado no metrô — e, naquele dia, caso ainda estivesse disponível, ela o trocaria por aquele supercomentado romance inglês que sempre quisera ler, mas não lera, embora tivesse recebido vários exemplares do editor. Em Nova York, o único momento disponível para ler era antes de dormir. (As viagens de metrô sempre eram passadas com os e-mails de trabalho que ainda não conferira). Na cama, porém, por melhor que fosse o livro, depois de duas ou três páginas, suas pálpebras ficavam pesadas, e, quando ela voltava a si, já era de manhã — ou de madrugada, se um dos gêmeos tivesse um pesadelo — e o livro estaria de volta à mesa de cabeceira, com um marcador de páginas, colocado ali por Jason, presumivelmente para acompanhar seu progresso glacial.

Mas ali estava ela, disparando pelos livros, lendo com uma voracidade que havia anos não sentia. Alguns dias, ficava sentada horas a fio em uma cafeteria, lendo. Em outros, ia à biblioteca de Lawrenceville, pegava um livro na estante e se sentava na rotunda perto das janelas, folheando as páginas enquanto a luz da tarde esmaecia.

Ela havia acabado de entrar na Liberty quando o telefone tocou. Ele tocou algumas vezes antes que Maribeth percebesse que era o seu. Embora o tivesse comprado há quase três semanas, o celular jamais tocara. Só Todd e Sunita sabiam seu número, e eles sempre mandavam torpedos. O consultório do Dr. Grant também, mas ninguém jamais telefonara para confirmar as consultas.

— Alô? — disse ela.

— Estou procurando por Maribeth Klein.

Era uma pergunta tão familiar que ela levou um tempinho para captar a estranheza da coisa. Ninguém que tivesse aquele número deveria perguntar por essa pessoa.

— É Maribeth Klein? — repetiu a voz. Era mais velha. De mulher.

— Quem fala? — Por que uma mulher estava telefonando? Seria ela detetive particular? Será que Jason tinha contratado uma para localizá-la? Jason faria uma coisa dessas?

— Ah, desculpe-me. Aqui é Janice Pickering, do site BurghBirthParents.org.

Maribeth soltou o ar, sem saber se ficava aliviada, decepcionada ou as duas coisas.

— Estou ligando por causa de seu formulário online. Essa é uma boa hora?

— Espere um pouco. Fazia barulho na avenida. Maribeth entrou numa farmácia.

— Tudo bem. Desculpe. Oi. Descobriu alguma coisa?

Janice Pickering riu.

— Ah, não. Ainda não estamos lá. Mas posso ajudá-la, se quiser procurar por seus pais biológicos. Estou muito familiarizada com o processo.

— Pode me dizer como funciona? — perguntou ela.

— É um assunto delicado para ser tratado por telefone.

— Tudo bem. Devo ir ao seu escritório?

Um farmacêutico de jaleco branco perguntou se Maribeth precisava de ajuda, depois viu que ela estava ao telefone e a olhou feio. *Desculpe*, articulou Maribeth.

— É melhor se nos encontrarmos na sua casa ou em uma cafeteria — dizia Janice.

— Cafeteria — respondeu Maribeth.

— Estou livre essa tarde. Você está mais perto de Mount Lebanon ou Squirrel Hill?

Maribeth não fazia a menor ideia de onde era Mount Lebanon. Squirrel Hill ficava perto, avaliou.

— Moro em Bloomfield. Não tenho carro, mas posso pegar um ônibus.

— Ah, se não tem carro, eu vou até você. Está em Bloomfield, foi o que disse?

— Por que não nos encontramos em Lawrenceville? — sugeriu Maribeth. Ela não sabia por quê, mas queria alguma proteção. Deu o nome de uma cafeteria perto da biblioteca, e combinaram de se encontrar às cinco.

Ela desligou e pediu desculpas ao farmacêutico. Na verdade, foi bom que houvesse parado ali. Tinha um suprimento de estatina e de betabloqueador para três meses, mas talvez precisasse de um lugar onde o Dr. Grant pudesse pedir medicamentos para a semifictícia M.B. Goldman. Ela se perguntou vagamente se seria crime encomendar remédios controlados sob falso nome. Além disso, havia desenvolvido uma alergia no pescoço. Ela a mostrou ao farmacêutico, que disse parecer um eczema e indicou uma pomada de cortisona.

JANICE PICKERING CHEGOU vinte minutos atrasada ao encontro, expondo pastas e pedidos de desculpas aos borbotões.

— Tive de passar em casa correndo para pegar meus arquivos, depois houve um acidente no túnel. Na pista contrária, mas sabe como é, todo mundo quer olhar.

— Não se preocupe com isso — disse Maribeth, deixando o novo romance de lado. Já havia lido metade dele. — Eu me sinto mal por ter feito você vir até aqui.

— Ah, estou acostumada. Compramos a casa em Mount Lebanon por causa das escolas, mas trabalho em Squirrel Hill, então estou sempre indo e vindo.

— Mount Lebanon? Onde fica?

— Num subúrbio do outro lado do rio. Bem rápido quando não tem trânsito.

— Entendi. Bem, posso pedir um café para você? Um bolinho?

— Ah, já passa das quatro. Não vou dormir se tomar café agora.

— Talvez um chá.

— Hummm, que tal um daqueles lattes de caramelo, se pedir descafeinado? Acha que eu deveria?

— E por que não?

— Então, que seja.

Maribeth entrou na fila das bebidas. Quando voltou à mesa, Janice tinha as pastas abertas e arrumadas. Maribeth lhe passou a xícara, da qual ela tomou um gole ruidoso, não muito diferente dos gêmeos atacando o chocolate quente à primeira neve.

— Ai, meu Deus, isto aqui está uma perdição. Tem certeza de que é descafeinado?

— É o que diz no copo.

Elas tomaram suas bebidas e trocaram amenidades. Janice perguntou de onde era Maribeth. "Nova York", respondeu ela. Não valia a pena mentir quando boa parte do que elas fariam juntas — elas fariam isso juntas? — exigia informações pessoais. Além de tudo, Janice, com o cabelo cinza-pombo caindo do coque, não parecia um detetive particular disfarçado. E era ridículo pensar que Jason teria contratado um, antes de mais nada.

— Filhos? — perguntou Janice.

— Sim, dois. E você?

— Agora são adultos.

— E onde você trabalha?

— Em uma escola para crianças com necessidades especiais. Não fica muito longe daqui. Sou assistente social.

Maribeth sorriu e assentiu.

— Então — começou ela. — Este é seu segundo emprego? — As assistentes sociais de escolas deviam ganhar muito mal.

Janice riu. Exibia um bigode mínimo de espuma sobre o lábio superior.

— Ah, não é um emprego. É um hobby. Ou talvez uma vocação.

— Então a BurghBirthParents.org é exatamente o quê?

Janice baixou o copo.

— Suponho que seja eu.

— Oh. — Maribeth ficou decepcionada. Tinha se preparado psicologicamente para aquilo e agora tomava um chá festivo com a avó de alguém.

— Diga-me, você veio a Pittsburgh à procura de sua mãe biológica?

— Não sei bem — respondeu Maribeth.

— Entendo. É um grande passo depois de passar grande parte da vida pensando no assunto.

— Não passei grande parte da minha vida pensando nisso.

Janice franziu a testa, como se não gostasse do tom. Ou talvez não acreditasse. Ninguém acreditava. Nem Jason. Nem mesmo seus pais. Quando Maribeth estava no fundamental, o musical *Annie* fazia um tremendo sucesso na Broadway. Alguns amigos tinham ido com os pais à cidade para ver e voltaram cantando "Tomorrow", como se estivessem em um teste constante para a peça. Maribeth aprendeu todas as músicas de segunda mão e pediu, por fim implorou, que os pais a levassem para assistir. Mas eles jamais a levaram.

Na quinta série, uma amiga ofereceu um ingresso extra a Maribeth para que a acompanhasse e à família, mas a mãe de Maribeth não deixou. Houve uma briga feia. Maribeth não conseguia entender. Algumas crianças não tinham permissão para ver *Grease*, porque era indecente, mas sua mãe não via problema naquilo. O que havia de errado com *Annie*?

Finalmente, o pai explicou:

— *Annie* é sobre uma órfã que tenta encontrar os pais.

— E daí? — perguntou Maribeth.

— Sua mãe tem medo de que vá meter ideias em sua cabeça.

Naquela época, fazia alguns anos que Maribeth já sabia ser adotada, mas, até aquele momento, a ideia de outra dupla de pais jamais entrara em cena. "Não ligo para eles", retrucara Maribeth ao pai, numa última tentativa inútil de assistir à peça.

— Pode explicar como funciona o processo? — perguntou Maribeth a Janice. — Li que a legislação mudou.

— Mudou e agora reconhece o direito do filho adotivo buscar seus antecedentes. Isso não quer dizer que os pais biológicos vão querer algum contato, ou que estarão vivos, infelizmente, mas quase sempre conseguimos encontrar um rastro, descobrir de onde a pessoa veio.

Quase sempre. Muito conclusivo.

— E como começamos?

— Sabe qual agência de adoção foi usada?

— Não.

— Tem alguma lembrança de piqueniques ou festas? Muitas agências de adoção fazem isso todo ano.

— Nós nos mudamos para Nova York quando eu era pequena, depois que meu pai terminou a faculdade de odontologia aqui. Só o que sei é que nasci em Pittsburgh.

Janice folheou uma pasta.

— Aqui diz que você é judia.

Maribeth ficou rígida. Quase deixara essa parte em branco, perguntando-se se alguém contestaria seu grau judaico, assim como fizera Brian Baltzer, um advogado que namorou. Depois de saírem por cerca de um mês, ele informou a ela que, se fossem se casar um dia, Maribeth precisava se converter, porque, embora ela tivesse sido criada frequentando uma escola hebraica e tivesse comemorado seu bat mitzvah, não podia ter certeza de que era judia "de sangue". Terminaram logo depois disso.

— Não vejo qual a relação — argumentou Maribeth.

— Estreita a busca — explicou Janice. — Pode significar que sua mãe biológica era judia, e, se assim for, sua adoção muito provavelmente passou pela única agência judaica da cidade.

— Ah.

— Mas... estou me adiantando. Se você foi adotada através de qualquer uma das agências em operação hoje em dia, seja judaica ou não, é muito mais simples. Eles têm todos os arquivos da época. Solicitamos uma pesquisa. Se houver alguma correspondência, eles podem entrar em contato com a família biológica em seu nome.

— Isso parece fácil.

Janice sorriu com complacência.

— Direto é o termo mais adequado. Nada nesse processo é fácil.

— E se não foi por nenhuma dessas agências, essas que ainda estão na ativa?

— É uma boa possibilidade. Muitas agências de adoção fecharam. Ou sua adoção pode ter sido intermediada por um médico ou advogado, e assim talvez tenhamos de entrar com uma petição para pesquisa independente no Tribunal dos Órfãos.

— Tribunal dos Órfãos?

— Sim. Esta bebida é mesmo uma delícia. Como se chama mesmo?

— Mocha de caramelo.

— Descafeinado?

— Sim, descafeinado — respondeu Maribeth. — O nome é mesmo Tribunal dos Órfãos?

— Sim — respondeu Janice.

Houve um silêncio por um tempo, Maribeth pensando, Janice saboreando sua bebida ruidosamente.

— Tudo bem, e essa pesquisa? O que envolve?

— Você entra com um pedido por escrito no tribunal. Um juiz analisa e dá uma ordem, aí a busca é iniciada. Um representante autorizado pesquisa os registros, tentando encontrar uma combinação. Sou uma agente de pesquisa autorizada, então você pode me designar como sua representante.

— Tudo bem. Vamos fazer isso.

— Vamos deixar essa busca para depois. O fato de sua família adotiva ser judia pode realmente diminuir o palheiro.

No verão anterior, Maribeth e os gêmeos saíram para caçar vagalumes no Battery Park. Quando apanhou um pela asa, Oscar ficou apavorado, como se não soubesse o que fizera. Era exatamente assim que Maribeth se sentia agora. Ela esperava um palheiro maior.

— E o que vai acontecer? Se a encontrarmos? — perguntou ela.

— É feito um contato. Uma espécie de carta genérica, seguida de uma carta sua, caso ela se mostre disposta. Você e ela assumem a partir daí.

— E se ela já tiver morrido?

— Sempre há um parente próximo.

— E se ela não quiser nada comigo?

Janice respirou fundo algumas vezes, como se a negatividade de Maribeth fosse irritante.

— Isso também pode acontecer — admitiu. — Então deixe de lado e tenha fé. Só porque esteve sonhando com isso há muito tempo, não quer dizer que seja recíproco.

— Eu já falei. Eu *não estive* sonhando com ela — retrucou Maribeth.

Janice franziu a testa, o bigode de leite curvando para baixo.

— O que quero dizer é que foi uma decisão repentina, precipitada por problemas de saúde. Na verdade só estou procurando um histórico genético, esse tipo de coisa.

— Mas então por que você veio até aqui para encontrá-la? Podia ter feito isso de Nova York.

Maribeth soltou um suspiro.

— Essa parte é complicada.

Janice sorriu com gentileza.

— Normalmente é.

JÁ PASSAVA DAS seis quando a conversa terminou, mas a noite estava agradável, então Maribeth decidiu voltar a pé para o apartamento. Sua mãe biológica sempre fora uma figura abstrata e obscura. Talvez estivesse por aí, talvez não, mas não tinha como saber, sendo assim não havia nenhum motivo para obcecar com isso. Era bem parecido com o jeito como Maribeth se sentia em relação a Deus. Ela supunha que aquilo a fazia uma agnóstica de mãe biológica.

Mas agora podia haver uma prova real de sua existência. Quantos anos teria? Sessenta e cinco? Setenta? Será que pensava em Maribeth? Será que se perguntava se as duas teriam os mesmos olhos. (Os de Maribeth eram acinzentados). Ou o mesmo cabelo. (O de Maribeth era castanho e cacheado, e começava a ficar grisalho nas têmporas). O joelho estalava quando acordava de manhã? Será que a mãe tinha uma risada engraçada? Será que alguém, algum dia, se referira àquela risada como "latido sexy de foca?", que era como Jason costumava descrever a dela? Teria ela um Jason? Será que era casada? Divorciada? Tivera outros filhos?

E Maribeth? Por que a mãe abrira mão dela? O que levaria uma mãe a fazer isso?

Você pode se fazer essa mesmíssima pergunta, pensou ela.

27

Ela ainda escrevia cartas aos gêmeos, a pilha de papéis crescendo na mesa de cabeceira. Certa tarde, passou em uma papelaria em Shadyside e gastou 40 dólares num pacote de papel decorado, e mais vinte numa caneta-tinteiro. Foi sua compra mais extravagante desde que saíra de casa.

Ela não conseguia se lembrar da última vez em que havia escrito cartas num papel assim. Os cartões de agradecimento do casamento? Quando os gêmeos nasceram, ela mandou e-mails agradecendo os presentes. Não muito elegante, mas foi sorte ter conseguido ao menos isso. Atualmente, os bilhetes de agradecimento tendiam a cair no fundo da pilha, exceto aqueles da mãe de Jason, que ficava ofendida quando seus presentes não eram reconhecidos adequada e prontamente.

Era bom escrever num papel que tinha cheiro de biblioteca antiga. A caneta arranhava a página ruidosamente enquanto a enchia de palavras. Parecia imbuir as letras de mais significado.

Queridos Oscar e Liv,

Há muitos museus onde estou. Na semana passada, comecei a explorar alguns. Primeiro fui a um museu de arte e ontem visitei um de história natural. São tantos fósseis de dinossauros, mas nenhuma baleia azul.

Lembram-se de quando vimos a baleia azul no Museu dos Dinossauros?
Lembra-se do que você disse, Liv?

Museu dos Dinossauros era como eles chamavam o Museu de História Natural de Nova York, porque foram até lá principalmente para ver o esqueleto gigantesco do Tiranossauro Rex. Mas naquele dia em particular — que tinha sido muito raro, um domingo sem festas de aniversário, encontros para brincar e aulas —, os quatro exploraram o museu mais a fundo, observando as rochas lunares, depois o Salão da Vida Marinha, de cujo teto a enorme baleia azul estava pendurada.

Ficamos todos deitados, o que os dois acharam uma loucura, e ficamos admirando a baleia. E Liv, você disse "Na escola, aprendemos que a baleia azul tem um coração tão grande que dá para andar por ele". E Oscar, você disse "Eu quero andar pelo coração de alguém". E eu apertei as mãos de ambos e falei, "Vocês já andam pelo meu".

Eles ainda andavam. Mas ela não escreveu isso. Uma mulher em viagem de negócios não teria motivo para tal sentimentalismo, nenhuma necessidade de provar as habilidades do coração defeituoso.

28

Uma semana depois daquilo que batizara como intervenção do sorvete, houve uma nova consulta de revisão com o Dr. Grant para verificar seu peso. Maribeth havia engordado um quilo, o que pareceu agradar ao Dr. Grant, e passara a fazer compras com Todd e Sunita sem drama algum, o que agradava a ela.

Enquanto eles terminavam o exame, ela pediu ao Dr. Grant para dar uma olhada em seu pescoço.

— Achei que fosse um eczema. Estive usando esta pomada aqui, mas não adiantou — revelou ela. — Troquei de sabonete, de xampu. Procurei na internet e agora estou com medo que seja deficiência de vitamina. — Falar no assunto causou coceira não apenas no pescoço, mas no corpo todo. — Estava pensando se você poderia me indicar alguém que não fosse avesso a meu, hum, problema do plano.

— Hum. Talvez eu conheça um dermatologista compreensivo, mas é melhor eu dar uma olhada primeiro. — Ele deu um tapinha na banqueta. — Sente-se aqui.

Ela se sentou e se curvou. Ele separou seu cabelo, e, por um segundo, a coceira foi substituída pelo calor de ser tocada por outra pessoa.

— Então, a boa notícia é que não é uma deficiência de vitaminas — disse ele.

— E a má notícia?

— Parece que você tem piolho. — Ele fez uma pausa. — Um episódio bem grave, devo acrescentar.

Ela baixou a cabeça nas mãos.

— Usei um frasco inteiro de xampu contra piolhos. — Ela coçou a cabeça de novo. — Aquela coisa é literalmente um veneno.

— Mas só mata os insetos vivos, não os ovos. Estes, você precisa catar.

— Ele coçou a têmpora como se a conversa estivesse lhe causando coceira também.

— Ah, sim, estou familiarizada com o processo. — Ela tentou se imaginar passando um pente-fino no próprio cabelo, tal como fizera com os gêmeos. Lembrou-se daquele horrível dia em casa. Niff com suas críticas. A caminhada pela chuva. Liv a empurrando. Sua palmada em Liv.

Maribeth começou a chorar.

— Não é tão ruim assim — consolou ele. — Os piolhos não discriminam ninguém. Não quer dizer que você seja suja.

— Não é isso...

— O que é, então?

— É só que parece que não vai acabar nunca.

De certo modo, Maribeth detestava a si mesma. Qualquer ponto ganho no placar da autopiedade já havia sido gasto. E um pouco mais.

— Desculpe-me. — Ela se levantou e enxugou os olhos, preparada para ir embora, muito embora adorasse as conversas depois da consulta, na sala do Dr. Grant. — Preciso procurar um daqueles pentes. — Ela se imaginou passando o pente pelo ninho de cabelo na altura do ombro. — Merda.

— Tenho uma ideia melhor — disse ele. — Vamos subir, e eu tiro para você.

— Você?

— Sim, eu.

— Ensinam a catar lêndea na faculdade de medicina?

— Não. Mas eu tenho uma filha. Tenho uma filha, e ela já teve piolho algumas vezes.

— Mas não precisa de um pente especial?

— Quem disse isso?

Niff Spenser.

— Você só precisa de um bom par de olhos e uma boa dose de paciência — garantiu ele. — E, embora meus olhos não sejam os mesmos de antigamente, minha paciência está melhorando com a idade.

Ela o encarou. Ele falava sério.

— Não posso deixar que faça isso. É muito... — Íntimo, ela queria dizer. — Nojento.

— Estou acostumado com o nojento. Afinal, sou médico. E pai.

Aquilo a fez sorrir.

E quando, numa voz mais branda, ele acrescentou, "Não é crime nenhum pedir ajuda, sabia?", Maribeth amoleceu.

ELE DISSE A Louise que havia encerrado as consultas do dia. Não havia outros pacientes na sala de espera, e, evidentemente, não viria ninguém. Não foi a primeira vez que Maribeth se perguntou se não seria a única paciente. Lá fora, ela seguiu para a calçada, indo até o carro do médico, mas ele tomou a direção contrária, subindo para a varanda da casa.

— Você mora aqui? — perguntou Maribeth.

— Sim.

— Ah.

Ele abriu a porta, conduzindo Maribeth para dentro com um gesto de primeiro-as-damas. Ela entrou em um hall grandioso; a luz penetrava pelo vitral da porta, tingindo o turbilhão de poeira de azul e dourado. À direita havia uma escada de mogno, à esquerda, uma sala de visitas com estante embutida e uma lareira com uma boa pilha de lenha ao lado.

— Passe para dentro — disse ele.

Passe *para dentro*. Os amigos dela em Nova York podiam dizer "entre", mas ninguém dizia "passe para dentro", porque poucas residências eram largas ou compridas o bastante para garantir um "passar". A não ser, talvez, pela casa de Elizabeth e Tom, mas Maribeth não aparecia lá desde a festa de Natal do ano anterior, quando foi recebida na porta por um guarda-casacos.

Ela o acompanhou por um comprido corredor estreito, as paredes cobertas de fotografias emolduradas, então passou por uma sala de jantar, a mesa com uma pilha alta de correspondência e publicações médicas, e depois entrou numa ampla cozinha iluminada, com eletrodomésticos de aço inox supermodernos e armários laminados vermelhos. Parecia um showroom, imaculado, como se a cozinha jamais tivesse sido corrompida pelo mundano ato de cozinhar.

Ele abriu uma porta de correr na extremidade da cozinha. Ali dentro havia um banheiro feminino.

— Vamos fazer a proeza aqui — disse ele.

Maribeth ergueu uma sobrancelha.

— Os piolhos — esclareceu o Dr. Grant, ruborizando um pouco. — Preciso pegar alguns instrumentos.

Ele voltou, trazendo uma luminária com lente de aumento, uma toalha, um pente-fino e um vidro de azeite de oliva.

— Vai me dar uma palestra sobre os benefícios da dieta mediterrânea? — brincou ela.

— Sim. — Ele lhe entregou uma toalha. — É melhor quando aplicado diretamente no cabelo.

— Vai colocar isto em meu cabelo?

— Vamos deixar aí por uma hora. O azeite sufoca os insetos. — Ela se lembrou da babá Jean, dos Wilson, colocando óleo de coco nos gêmeos. Talvez, afinal, não fosse trapaça. — Depois vou catar as lêndeas.

— Como virou um especialista nisso?

— Bem, há uma história envolvida. Minha filha, Mallory, detestava trançar o cabelo. Dizia que doía. Queria usar cabelo solto. Mas a mãe, Felicity, insistia para que ela usasse tranças — contou ele, enquanto massageava o azeite no cabelo de Maribeth.

Maribeth agora só entreouvia. O toque lhe causava um efeito um tanto estranho, ao mesmo tempo tranquilizador e revigorante. Embora ele já tivesse colocado as mãos nela — afinal era seu médico —, aquilo, de algum modo, parecia diferente.

— Mall tinha lindos cachos, então eu disse a Felicity que ela devia deixar que a menina usasse o cabelo solto. Ela me chamou de banana e disse que, se eu quisesse me encarregar da bagunça, era problema meu. Então eu fiz. Desenvolvemos um belo ritual da hora do banho, Mall e eu.

Ela o imaginou dando banho numa garotinha, penteando seus cabelos delicadamente.

— Você me parece um bom pai.

— Não particularmente. Eu ficava muito tempo fora, e tornamos esse momento especial. Depois, quando tinha talvez 7 ou 8 anos, Mallory veio para casa com o primeiro episódio de piolhos. Felicity falou que se o cabelo de Mall estivesse trançado, aquilo não teria acontecido. Sendo assim, foi minha responsabilidade me livrar dos bichos. — Ele parou de falar por um instante, como se lembrasse alguma coisa. — Não preciso dizer que aquelas sessões de catação de lêndeas não eram tão agradáveis. — Depois ele sorriu com tristeza. — Ah, como a menina gritava.

— Ah, sei bem como é. — Maribeth parou, percebendo que tinha revelado mais um pedacinho a seu respeito. Porque... quem senão uma mãe ou pai diria algo assim? Mas quem, senão uma mãe ou pai, teria um caso grave de piolhos, para começo de conversa?

Mas, se a nova informação foi registrada, o Dr. Grant não deixou transparecer. Continuou a massagear o azeite nos cabelos de Maribeth, que relaxou.

— A ironia — disse ele — é que agora Mallory usa tranças o tempo todo.

— Ela ainda mora aqui? — perguntou Maribeth, quase dopada.

— Cresceu e se mudou.

— Então você mora sozinho?

— Eu devia vender. É uma casa grande demais para uma pessoa só. — Ele suspirou. — Mas moro aqui há muito tempo. Acho que estou preso.

Quando o cabelo de Maribeth estava saturado, ela quase se sentia líquida. Quando o Dr. Grant anunciou que tinha terminado, ela ficou meio triste. Gostaria que continuasse para sempre. Ele lhe ofereceu uma xícara de chá, que ela rejeitou. Ele disse que precisaria dar uma passadinha breve no consultório e que logo retornaria.

Sozinha na casa, Maribeth foi ao corredor para admirar a galeria de fotografias. Lá estava o Dr. Grant quando mais jovem, o cabelo com poucos fios grisalhos. Ali estava ele com Mallory. E ali, com Felicity, pele escura, ossatura angulosa, olhos risonhos e brilhantes. Era uma mulher bonita. Ou havia sido. Deve estar morta, e o Dr. Grant seria viúvo. Nenhum divorciado exibiria tantas fotos da família, nem falaria de uma ex com tanto carinho.

Ela olhou a cozinha mais uma vez. Era quase nova. E era uma cozinha muito feminina. Sim, viúvo. E recentemente.

A hora passou rapidamente. Quando ele voltou, Maribeth estava no banheiro.

— Opções: você pode lavar aqui mesmo, ou eu posso passar o pente com o óleo e você lava mais tarde.

Ela não suportava a ideia de tomar um banho ali.

— Vou passar xampu depois — disse ela.

— Tudo bem. — Ele colocou os óculos. — Vamos ver o que temos. — Ele passou um pente em seus cabelos. Quando este agarrou nos fios, ela sobressaltou-se.

— Desculpe-me — pediu ele. Tentou de novo. O pente prendeu mais uma vez. Maribeth se retesou de novo. Ela começou a se solidarizar com Liv.

— Aqui está a origem de sua infelicidade. — Ele estalou o pente na unha do polegar e mostrou um inseto mínimo. Ela o examinou, fascinada. De um jeito estranho, parecia que uma parte dos filhos tinha viajado com ela. O que não significava que ela não quisesse se livrar dos piolhos.

Mas a coisa toda foi se revelando um desafio. O Dr. Grant parecia não conseguir passar os dentes do pente pelo cabelo rebelde.

— Está muito embaraçado — disse ele.

— Eu sei. Está um desastre. Não tenho tido tempo para cuidar dele. — O que era mentira. Havia um salão em sua esquina que anunciava escovas por vinte dólares; ela poderia fazer uma por dia se quisesse. Em vez disso, metia os fios num rabo de cavalo, frequentemente dormindo com ele embolado na base do pescoço. Como sua mãe diria, ela estava se deixando desabar até o fundo do poço.

Ele pegou outro nó.

— Nossa, em alguns lugares praticamente tem dreadlock.

— Quer saber? — disse ela enquanto ele tentava soltar o pente. — Vamos cortar.

— Se eu consegui no cabelo de Mallory, vou conseguir no seu.

— Não precisa cortar tudo. Corte só uma parte. Até aqui. — Ela apontou o alto da nuca. — Tem tesoura?

— Não para corte de cabelo.

— Qualquer uma das antigas serve.

— É sério, posso cuidar disso. Não acho que seja necessário cortar.

Ela não sabia se era necessário, mas agora parecia urgente.

— E você pode se arrepender — acrescentou ele.

Maribeth não usava o cabelo curto desde o verão anterior ao último ano de faculdade, quando o adotou bem curtinho, inspirada por Demi Moore em *Ghost*. A mãe alertara que ela poderia se arrepender — cabelo cacheado e curto não combinam, dizia ela —, mas Maribeth adorou o visual picotado. Ou pelo menos adorou até ver a expressão de Jason ao voltar à faculdade algumas semanas depois. "Você cortou o cabelo", dissera ele num tom melancólico, como se ela tivesse amputado uma perna.

— Não vou me arrepender — garantiu ela ao Dr. Grant. — Olhe, se não quiser fazer isso, basta me dar uma tesoura. Vou cortar 10 ou 12 centímetros, então podemos continuar.

Seus olhares se encontraram no espelho. Depois o Dr. Grant largou a mecha de cabelo que segurava e saiu do banheiro.

Assim que ele fez isso, Maribeth pensou nas fitas cor-de-rosa em seu consultório. Pareciam tão incongruentes nas prateleiras. Ela viu mais na estante da sala de estar.

Eram fitas de câncer de mama. Felicity provavelmente havia morrido de câncer mamário. (Agora ela se lembrava de que ainda não tinha feito uma mamografia). Talvez o cabelo de Felicity tivesse caído com a quimioterapia. Talvez ele houvesse raspado a cabeça da esposa preventivamente. Talvez tivesse raspado o próprio cabelo, num gesto de solidariedade. Por isso ele não quisera cortar o cabelo de Maribeth. E ela praticamente o atormentara para fazê-lo.

Às vezes ela sinceramente pensava que seu coração não funcionava mais. É claro que o músculo batia direitinho, mas a parte sentimental parecia completamente danificada.

— Deixe pra lá — berrou ela numa voz aguda. — Está tudo bem.

— Por quê? Perdeu a coragem? — O Dr. Grant voltou, fazendo o gesto de corte com uma tesoura cirúrgica. Não parecia nem um pouco chateado.

Ela não conseguiu evitar um sorriso.

— Não.

Ele se postou atrás dela, passando os dedos pelas mechas gordurosas.

— Não devíamos enxaguar primeiro? — perguntou ele. — Assim posso cortar com mais precisão.

— Passei a maior parte da vida tentando domar o cabelo — confessou ela. — Acho que vou simplesmente deixar uma zona.

Ele gostou daquilo. Ela percebeu.

— Até onde? — perguntou ele.

— Aqui. — Ela apontou uma vértebra ossuda no alto do pescoço.

— Esta é a C-5, se se interessar por anatomia. — Ele juntou o cabelo num rabo de cavalo e o torceu. Doeu, mas de forma agradável, a força paradoxalmente drenando qualquer tensão remanescente. Maribeth se sentia um filhote de gato sendo agarrado pelo cangote.

— Preparada? — perguntou ele. — Um, dois...

Três.

Ela ouviu o baque molhado do cabelo caindo no chão, sentiu o arrepio de uma brisa no pescoço agora exposto.

Levantou a cabeça. A coceira havia parado, embora ela soubesse que ainda teria piolhos. E o rosto parecia mais leve, menos fatigado. Pela primeira vez desde a cirurgia, sentiu vontade de passar batom.

— Melhor assim? — perguntou ele.

Ela não respondeu. Apenas sorriu.

— Devemos terminar o trabalho?

— Vá em frente.

Ele arrumou o corte o melhor que pôde no olhômetro, depois catou as lêndeas. Enquanto fazia isso, eles conversaram com tranquilidade. Ele contou outras histórias sobre Mallory, que havia se formado na faculdade no ano anterior e agora vivia na Califórnia, abrindo caminho no mercado de trabalho. Maribeth, por sua vez, contou a ele que começou a busca pela mãe biológica.

Nas entrelinhas do bate-papo, Maribeth sentia acontecer toda uma outra conversa. Sobre a família que ela abandonara. Sobre a família que o abandonara. Era como se eles já se conhecessem, como se decidissem por acordo mútuo se desviar das partes grandes da história de ambos e ir diretamente ao cerne da questão.

29

Maribeth, Todd e Sunita dirigiam até o mercado, para a visita semanal, quando a conversa recaiu sobre os planos para o feriado que se aproximava.

O Dia de Ação de Graças seria dali a quatro dias, fato que Maribeth conseguira ignorar até alguns dias antes, quando olhou pela janela da sala e viu um peru inflável com um boné dos Steelers, e então percebeu que o feriado era iminente. Ela tinha partido há quase quatro semanas. Como aquilo aconteceu?

Não que ela não tivesse senso do tempo. Mas sem prazos a cumprir, sem reuniões de equipe, sem jantares com grupos de pais, encontros para brincar, semana letiva, sem semana útil, os indicadores mudavam. Alguns acontecimentos na vida se repetiam — idas à biblioteca, comprar mantimentos com Todd e Sunita, consultas com o Dr. Grant —, mas não era mais assim que demarcava o tempo. Em vez disso, ela notava a passagem dos dias pelo modo como a perna não inchava se ficasse um dia inteiro sem a meia de compressão, ou como desenterrava palavras do fundo do baú (ubíquo, semianual) com mais facilidade. Ou pela pilha de cartas aos gêmeos, quase na espessura de seu polegar.

— Não sei bem o que vou fazer — disse ela a Todd e Sunita. — E vocês?

— Os pais de Sunny vão desfrutar do ritual tradicional de Ação de Graças de americanos naturalizados que moram em Hyderabad — respondeu

Todd. — E minha família vai desfrutar do ritual tradicional de Ação de Graças de um lar desfeito.

Sunita fez um carinho no ombro do amigo. Virou-se para Maribeth.

— Os pais dele se separaram há cinco anos. Ele não superou.

— Nunca vou superar. — Soltou um suspiro teatral. — Meu pai vai passar o feriado com a Barbie Esposa, e minha mãe viaja com o novo namorado para *Altoona*. — Todd estremeceu. — Eu não quero ir para Altoona.

— Eu entendo — disse Maribeth, embora jamais tivesse ido a Altoona e, até onde sabia, podia ser a Shangri-Lá da Pensilvânia.

— A gente pensou em convidar um monte de amigos que não têm para onde ir — disse Sunita.

— Um jantar dos órfãos — comentou Maribeth. Ela costumava recebê-los sempre, primeiro com Elizabeth, mais tarde com Jason. Refeições épicas, com dez, quinze, às vezes vinte pessoas metidas no loft. Jogos estridentes de mímica e de tabuleiro. Muito vinho. Todo mundo esparramado no chão, vendo filmes. Um bufê à meia-noite que dizimava qualquer esperança de marmitas com restos. (Jason se acostumou a assar um segundo peru na sexta-feira só para ter um recheio para seus sanduíches.)

— É, um jantar dos órfãos. Gostei — disse Todd. — Só que a gente não sabe preparar peru.

— E pensamos que, se você não vai fazer nada — sugeriu Sunita —, podia aparecer também.

— E preparar o peru? — perguntou Maribeth.

— Não — respondeu Todd. — Não queremos que você nos dê o peixe; queremos que nos ensine a pescar, *sensei*.

— E também queremos sua presença — acrescentou Sunita. — Mas a gente não tinha certeza se você é, sei lá, uma órfã.

Naquela manhã, Janice telefonara com uma notícia decepcionante. A agência de adoção judaica não tinha nenhum registro de Maribeth. Era um contratempo menor, mas mesmo assim a desanimara. Por um momento, sentira certo pânico de que sua existência jamais teria sido registrada. "Não, não, não. Só significa que você foi adotada por outros meios", tranquilizara Janice. "Vamos verificar as outras agências e começar aquela busca no Tribunal dos Órfãos."

Maribeth pensou no convite de Todd e Sunita. Não tinha certeza do que queria fazer no feriado, mas quanto à pergunta sobre sua condição de orfandade, pelo visto a resposta era um sim.

30

Janice estava atrasada. Dissera a Maribeth para encontrá-la às quatro, perto da fonte no pátio de um prédio da prefeitura, no centro, mas às quatro e quinze o céu carregado escurecia e ainda não havia sinal de Janice. Maribeth estremeceu e amarrou a cara, tentando não olhar para o casal no banco da frente, entretido numa séria sessão de amassos. Sentiu a primeira gota de chuva gelada, o clima um reflexo perfeito de seu estado de espírito.

Janice chegou meia hora depois, desculpando-se pelo atraso, que atribuiu a um defeito na impressora. Considerando que o que ela imprimia era a papelada de Maribeth, esta não poderia se queixar.

— Um *timing* perfeito também — comentou Janice. — Está chovendo.

— Sim — disse Maribeth, olhando o casal, que parecia não se importar nem um pouco com a chuva. — Vamos entrar. — Ela fez menção de entrar no prédio, mas Janice a conduziu de volta à rua.

— O Tribunal dos Órfãos fica por ali — explicou. — Quis me encontrar aqui porque é um de meus lugares preferidos na cidade. Não é lindo?

— Talvez quando não está chovendo — retrucou Maribeth.

— Ai, meu Deus. Se tirar pontos de Pittsburgh por causa da chuva, nada será lindo. O pátio é tão tranquilo. Você jamais imaginaria que antigamente era uma prisão.

Outro casal entrou no pátio, de mãos dadas, pausando para um beijo longo e molhado.

— E o que é agora? — perguntou Maribeth. — Um motel?

Janice riu.

— Uma corte de justiça, mas o registro de casamentos fica na esquina. Sabe como é o amor jovem.

— Acho que me lembro vagamente — ironizou Maribeth.

Mais que vagamente. Havia um casal se beijando daquele mesmo jeito na frente de Maribeth e de Jason quando deram entrada na certidão de casamento em Nova York. Ela evitara espiar, mas não conseguira deixar de ouvir: os estalidos dos beijos, os arrulhos.

"O que têm as filas para as pessoas perderem toda a inibição?", cochichara Maribeth para Jason.

"Alívio do tédio", respondera Jason. "A gente pode fazer a mesma coisa. Dá um beijinho, Maribeth Brinkley." Ele se curvou para ela, projetando os lábios.

"Maribeth *Klein*", respondeu ela, empurrando Jason.

"Ainda dá tempo de mudar de ideia. Maribeth Brinkley. Soa legal."

"Soa careta."

"Quando estávamos na faculdade, você dizia que era louca para se livrar de seu nome culturalmente confuso."

Bem, verdade. Era um nome peculiar. Klein, tão judeu. Maribeth, tão *goy*. Pelo menos seu nome não era tão ruim quanto o de uma garota da escola hebraica, chamada Christine Goldberg.

"Naquela época, sim" disse ela. "Agora sou conhecida profissionalmente como Maribeth Klein."

"Você ainda pode ser Maribeth Klein na assinatura dos artigos."

"Eu *não vou* adotar seu nome!" A voz saiu alta, ecoando pelo hall. Até o casal afoito parou a fim de tomar fôlego e de ver o que estava acontecendo. Ela acrescentou, numa voz mais branda: "Quero dizer, e se nos separarmos? Vou ficar presa a ele."

Por um momento ele não disse nada, só olhou fixamente o casal diante deles, que agora tinha as mãos nos bolsos um do outro. Depois falou em voz baixa:

"Vamos dar entrada na certidão de casamento, e você já está pensando no rompimento?"

"Não estou. A espera na fila me deixa nervosa", justificou ela.

O que ela não disse foi: *Mas nós já rompemos uma vez.*

O Tribunal dos Órfãos ficava num imponente prédio histórico, cheio de madeira opulenta, mármore e bronze, tudo aparentando ter sido polido recentemente. Dois leões de bronze montavam sentinela acima da entrada, e um vitral gigantesco de uma mulher flutuava sobre o saguão. Ao que parecia, era de um artista famoso.

— O nome daquele ali é *A fortuna e sua roda* — disse Janice, enquanto esperavam pelo elevador. — O que combina muito bem com nossos esforços, não?

Maribeth não respondeu. Estava enjoada de tão nervosa, como se o elevador fosse se abrir no quinto andar e a mãe biológica fosse estar ali, à espera.

Mas só havia outro saguão, bonito, embora um pouco mais pobre que o do térreo. Janice anunciou a chegada de ambas, e, após uma breve espera, uma mulher apareceu para pegar a papelada, e então entregou a Maribeth um formulário para ser assinado.

— É só isso? — perguntou Maribeth, depois que a mulher retornou a seu escritório, dizendo que entraria em contato.

— Por enquanto — respondeu Janice.

Uma desolação se abateu sobre Maribeth. Todo o processo era deprimente. Metade de si queria distância de Janice, de tudo aquilo, e metade não queria ficar sozinha.

Elas encontraram uma cafeteria deserta, e Maribeth pediu um café para ela e um *pumpkin spiced latte* descafeinado para Janice. Depois as duas se acomodaram a uma mesa no canto.

— Está tudo bem, querida? — perguntou Janice, acariciando a mão de Maribeth.

Maribeth fez que sim com a cabeça.

— Imagino que pensar em sua mãe biológica mexa com vários sentimentos. E tudo piora perto do feriado. — Ela parou e tomou a bebida ruidosamente. — Você pode pensar em começar sua carta.

— Minha carta?

— Aquela que vai escrever a sua mãe quando a localizar, explicando quem você é, por que a está procurando. Pode ajudá-la a processar tudo.

— Ajudou você?

Janice mexeu a bebida com o pauzinho de madeira. Ela não havia oferecido muito da própria história, mas para Maribeth era evidente que a outra também havia procurado pela mãe biológica.

— Sim, ajudou — respondeu ela por fim.

— Não sei o que dizer.

— Basta falar de coração. Conte sobre você, sua família. O que lhe parecer verdadeiro.

Maribeth tentou se imaginar escrevendo a carta. Sabia que devia ser a filha abandonada e chorosa, cheia de perguntas, mas na realidade só queria saber seu histórico cardíaco. Era tão importante agora para os filhos quanto para ela.

— Sabe de uma coisa — disse ela a Janice. — Acho que concebi meus filhos no Dia de Ação de Graças.

— Sério?

Bem, ela não tinha certeza se havia sido exatamente *no* Dia de Ação de Graças. E o procedimento através do qual o Dr. Simon implantara os embriões fertilizados em seu útero só podia ser chamado de concepção no contexto da ficção científica. Era a quarta e última tentativa de fertilização in vitro. Eles já estavam sem paciência, sem tempo, sem dinheiro. Tiveram de pedir alguns milhares de dólares à mãe de Jason para cobrir aquela última tentativa. Nora emprestou o dinheiro, mas, em troca, havia destinado a Lauren um bracelete de diamantes que aparentemente daria a Maribeth.

O implante aconteceu na terça-feira anterior ao Dia de Ação de Graças. Quando acabou, o Dr. Simon acariciou a barriga de Maribeth.

— Três é o número de sorte.

— Esta é a quarta vez — retrucara Maribeth, carrancuda.

Ela não achava que daria certo. Estivera se abstendo de beber, mas naquele ano ficou totalmente bêbada no Ação de Graças. Acordou na manhã seguinte, vomitando. "Acho que pegou", disse Jason. "É muito cedo. Eu só bebi demais", respondeu ela. Porém, algumas semanas depois, o teste deu positivo. Mesmo assim, ela não acreditava que os embriões se fixariam. Já engravidara antes, e sempre sofria um aborto espontâneo antes de completar a sexta semana. Quando o ultrassom mostrou dois corações batendo — eles jamais haviam conseguido um batimento cardíaco até então —, Jason brincou, dizendo que era nisso que dava se embriagar. "Talvez devêssemos ter feito isso o tempo todo", dissera Maribeth, rindo. "Tomar um porre e trepar no banco traseiro do carro de nossos pais."

Contar a Janice então sobre os falsos começos e as perdas fez surgir um bolo na garganta de Maribeth. Ela o empurrou para dentro com o café morno.

— O caso é que, quando meus filhos nasceram, quando eu os vi, pensei, *Isso. Foi por isso.* Como se todos aqueles outros zigotos que não se fixaram tivessem sido impostores. *Aqueles* eram meus filhos o tempo todo.

Ela ergueu os olhos, surpresa ao flagrar lágrimas brilhando nos olhos de Janice Pickering.

Que fraude era Maribeth, contando uma história de maternidade amorosa. Olhe para ela agora. As forças haviam voltado. E ela ainda estava ali.

— Eu me pergunto se isso era mesmo verdade, ou se eu só precisava acreditar que fosse — disse ela.

— As duas coisas são assim tão diferentes?

31

Ela tentou. Tentou escrever uma carta à mãe biológica. Mas foi meio como escrever para o Papai Noel, isso sendo adulta e judia. Que tipo de coisa ela deveria dizer?

Maribeth não sabia. Então deixou a carta de lado e, em vez disso, escreveu aos gêmeos.

Queridos Liv e Oscar,

A decoração de Ação de Graças está pronta por aqui. Do outro lado da rua tem um peru feito de balões; não como os do desfile da Macy's, mas balões de festa mesmo. Lembra-se no ano passado, Oscar, quando você perguntou por que não tinha presentes no Dia de Ação de Graças? Acho que o papai disse que era o único feriado que as corporações não haviam cooptado, e acho que eu respondi que o Chanucá e o Natal estavam chegando, então não precisávamos de presentes no Ação de Graças também.

Mas a verdade verdadeira é que ganhamos vocês dois no Dia de Ação de Graças. Não foi quando vocês nasceram, mas quando foram concebidos. (Um dia isso vai fazer sentido). Então como algum presente pode competir com isso?

Ela pousou a caneta. Porque o que queria escrever mesmo era um pedido de desculpas. Por estragar esse Dia de Ação de Graças. Por estragar todos os Dias de Ação de Graças até então.

Ela não mentira para os gêmeos. De fato os considerava o presente definitivo de Ação de Graças, a origem de grande parte de sua gratidão na vida. Por isso era tão desconcertante que todo feriado de Ação de Graças tenha sido terrível desde seu nascimento. Um ano pior que o outro.

No primeiro, todos viajaram para a casa da irmã de Jason — os jantares dos órfãos foram interrompidos sem discussão alguma. Os filhos de Lauren haviam pedido para segurar os gêmeos, e Maribeth não queria ser "aquela" mãe, aquela obcecada com a higiene das mãos, mas, como consequência, Oscar e Liv pegaram uma gripe e Maribeth passara o feriado segurando, ninando e cuidando de dois bebês irritadiços. "Os dias são longos, mas os anos são curtos", dissera uma das tias de Jason. O que Maribeth achara difícil de acreditar, pois só aquele fim de semana já parecia durar um ano.

No feriado de Ação de Graças seguinte, seus pais vieram visitar e "ajudar" na preparação da comida e nos cuidados com as crianças, uma proeza nada desprezível porque Oscar e Liv agora eram destrutivos mísseis teleguiados de 15 meses de idade. Maribeth deixara os outros encarregados por vinte minutinhos para tomar um banho e, quando retornou, Oscar tinha conseguido derrubar o peru que estava esfriando. Levaram meia hora para resgatar a ave, uma hora para acalmar Oscar. Quando estavam em volta da mesa, enumerando suas graças, Maribeth, sentindo-se rancorosa, disse: "Passo".

Do que se arrependeu. Em particular porque, no ano seguinte, o pai faleceu. E foi por isso que ela, Jason e os filhos pegaram um avião até a Flórida, para ficar com sua mãe. Depois da chegada, a mãe anunciara que, após cinquenta anos preparando comida para os outros, tinha se aposentado dos deveres na cozinha. Maribeth, continuara ela, era bem-vinda para preparar a refeição. Maribeth tinha ficado acordada até as duas da madrugada na noite anterior, a fim de terminar um artigo freelance e não precisar trabalhar no feriado, e gastara, sem realmente poder, 1.800 dólares nas passagens aéreas. Ela entendia que a mãe estava de luto, mas aquilo não a impediu de querer matá-la. Eles tiveram a refeição mais deprimente da história, em um restaurante quase vazio no centro de Boca.

No ano anterior, viajaram até o norte para ver o pai de Jason, e não havia sido ruim. Já parte da equipe *Frap*, Maribeth fora obrigada a levar trabalho consigo, mas Jason e Elliot mantiveram as crianças entretidas para que ela se concentrasse na revista e na preparação da comida. Na volta de carro para casa, ela tentava terminar uma edição. Ao olhar pelo retrovisor, teve um vislumbre de Liv colorindo e sorriu por um momento, saboreando a ligação, mãe e filha, dedicadas ao trabalho.

"Você se divertiu?", perguntou ela.

"Não. Você trabalhou. Você só trabalha", respondeu Liv. O tom foi brando, mas aquilo tornou a acusação ainda mais pesada.

Maribeth pôs o artigo de lado pelo restante da viagem e, naquela noite, ficou acordada até tarde tentando terminá-lo.

"Venha para a cama", chamou Jason.

"Só um minuto", respondeu ela, batendo a caneta na página.

"Pensei que tivesse finalizado isso no carro." Como Maribeth não respondeu, ele continuou: "Liv?"

Havia algo em seu tom de voz. Simultaneamente repreendendo Maribeth por permitir que uma criança de 3 anos a vencesse e admirando uma criança de 3 anos por ser tão poderosa.

"Ela nos fará cortar um dobrado, aquela ali", acrescentou Jason, sorrindo.

As pessoas costumavam dizer isso. Mas em geral era dirigido a Maribeth: "Ela vai fazer *você* cortar um dobrado."

Como se ela já não soubesse disso.

32

Na manhã de Ação de Graças, Maribeth decidiu demonstrar sua gratidão tomando um banho de banheira. Já fazia quase sete semanas desde a cirurgia e ela se lembrava, pelos folhetos que recebera do Dr. Sterling, que o pós-operatório de seis semanas era como o aniversário de 21 anos para o paciente cardíaco, a data a partir da qual eram permitidas muitas atividades antes proibidas — sexo, imersão de corpo inteiro na água, exercícios vigorosos.

Enquanto esperava que a banheira enchesse, Maribeth examinou o corpo nu no espelho. Embora tivesse recuperado um pouco do peso, ela ainda estava mais magra do que estivera em anos — dava para notar pela luz do dia brilhando entre as coxas —, mas não era uma magreza invejável. E, mesmo que fosse, havia as cicatrizes. Agora eram três: a prega na perna, o vergão furioso no peito e o sorriso branco e pálido da cesariana.

"Cicatrizes são só tatuagens com histórias melhores." De novo, ela se lembrou do que dissera Jason quando ela havia lhe mostrado as suturas cruzadas após o nascimento dos gêmeos. Teve medo de que ele pensasse que ela estava desfigurada (ela achava que sim). E então ele dissera aquela coisa linda.

Agora as cicatrizes eram piores. Ou seriam. Ainda não pareciam cicatrizes, lembravam mais feridas. Se tinham histórias para contar, ainda estavam sendo escritas.

Maribeth entrou na banheira, segurando algumas revistas que Todd lhe dera na véspera, quando deixara a lista de compras para o Dia de Ação de Graças. Prometera ajudá-los a rechear e temperar a ave, mas, depois disso, eles ficariam por conta própria. Aquele ano, ela não comemoraria o feriado de Ação de Graças.

Passava os olhos por uma importantíssima reportagem sobre a evolução da moda de Nori Kardashian West quando ouviu batidas na porta.

— M.B., você está aí? — Era Todd.

— Estou, espere um pouco. — Ela saiu da banheira, enxugou-se e vestiu as roupas sujas.

Todd e Sunita estavam à porta, cambaleando sob o peso do maior peru que Maribeth já tinha visto. Parecia um poodle pelado.

— Achei que vocês quisessem colocar no forno ao meio-dia — disse Maribeth. — Mas esta coisa é enorme, então talvez precisem de mais tempo.

— *Muito* mais tempo — reforçou Todd.

— Está totalmente congelado — explicou Sunita.

— Não tinha nenhuma ave fresca?

— Estava fresca ontem à noite.

— O que aconteceu?

— Era grande demais para caber na geladeira, então Sunny achou que devíamos deixar no peitoril da janela — explicou Todd.

— Não teríamos comprado um peru tão grande se Todd tivesse feito as compras no início da semana, quando havia mais opções, como M.B. disse que a gente devia fazer — argumentou Sunita, num tom igualmente desdenhoso.

Na noite anterior, a temperatura havia caído para - 6ºC. Maribeth deu uma boa pancada na ave. É. Solidamente congelada.

— O que vamos fazer? — perguntou Sunita.

— Descongelar de algum jeito — respondeu Maribeth.

— Isso nem cabe em nossa pia — disse Sunita.

Ela pensou em sua banheira.

— Talvez na banheira.

— Já pensamos nisso. A nossa não tem tampão.

— A minha tem. É melhor trazer para dentro.

A banheira ainda estava cheia, a água suja de bolhas cinzentas. Todd torceu o nariz.

— Não quero ser chato, mas acho que Fred merece um banho fresco.

— Fred? — perguntou Maribeth.

— Ele batizou o peru — explicou Sunita.

Ela escorreu a água, limpou a banheira rapidamente e a encheu com água fresca. Todd deitou o peru ali com toda delicadeza.

— Isto vai aquecer você.

— Já notou que ele está morto? — perguntou Sunita.

Todd cobriu as asas da ave com as mãos.

— Claro que sim. Mas *ele* não sabe — zombou ele aos sussurros.

Maribeth foi preparar uma xícara de café para si. Quando viu o espaço da cozinha, com um forno pequeno igual ao de Todd e Sunita, voltou ao banheiro.

— Infelizmente vocês têm problemas maiores que o Frio Fred.

— O quê? — perguntaram eles.

— Acho que ele não cabe no forno.

— Ai, eu nem tinha pensado nisso! — Sunita subiu a escadaria correndo.

Maribeth ouviu o barulho da porta de seu forno sendo aberta, depois se fechando num baque, e aí Sunita berrou "Gah!"

— Não tem jeito — continuou ela, quando retornou ao banheiro. — Nem mesmo tirando as prateleiras. E temos umas 15 pessoas vindo para cá.

— Não dá para comprar outro peru? — perguntou Maribeth.

— A loja já quase não tinha nenhuma ave — explicou Todd. — Por isso acabamos comprando esse monstro aí.

— Tentem uma loja diferente — sugeriu Maribeth.

— Mas a gente torrou todo o dinheiro no Fred. Custou, tipo, 100 dólares.

— Eu posso pagar.

— Mas você nem vai à festa — argumentou Sunita.

— Além do mais, estamos sem carro — emendou Todd. — Miles foi para a Filadélfia hoje.

— Acho que podemos ver o que tem nos mercados por aqui — disse Sunita.

— Não vou ao ShurSave — decretou Todd.

— Quem sabe a gente não pode cozinhar no forno de outra pessoa? — sugeriu Sunita. — Na casa de sua mãe.

— Teríamos de ir ao subúrbio. Como?

— De ônibus.

— No Dia de Ação de Graças? Com Fred?

— Acho que a gente podia simplesmente cancelar — disse Sunita.

Eles estavam tão abatidos. Maribeth não suportava aquilo.

— Talvez eu conheça alguém que pode ajudar — disse ela.

— Sério? — Eles a olharam com esperançosa meiguice.

Ela deixou um recado na secretária.

— Não é uma emergência — repetiu Maribeth, sem querer alarmá-lo. Mas, quando ele telefonou dez minutos depois, ela sabia que havia suposto o pior.

— Não é uma emergência médica; é do tipo avícola. — Ela contou sobre o peru, naquele momento sendo descongelado em sua banheira.

— Aah, muito inteligente. É o que fazem com pacientes com hipotermia.

— É bom saber que nossas práticas são aprovadas pela medicina. Agora só precisamos de um lugar onde cozinhá-lo. Ele não cabe no forno de nossos apartamentos. E pensei em você, bem, com aquela cozinha enorme. Mas provavelmente você vai sair.

— Não vou a lugar algum — garantiu ele. — Diga onde você está, e vou buscar você e o peru.

— Fred — disse ela.

— O quê?

— O nome do peru é Fred.

33

O Dr. Grant chegou por volta de meio-dia. Sunita e Todd embrulharam um Fred meio descongelado num saco de lixo e o carregaram para o meio-fio.

— Tem certeza de que não quer que a gente vá? — perguntou Sunita.

— Parece que empurramos a coisa toda para cima de você.

— Vocês sabem cozinhar um peru? — perguntou Maribeth.

Sunita balançou a cabeça.

— Vou cuidar da ave. Façam todo o restante. Voltarei quando estiver pronto.

— Tudo bem, mas agora você precisa vir para o jantar — insistiu Sunita. — Seu amigo também. — Ela acenou para o Dr. Grant. — Obrigada — agradeceu ela.

— Veremos — falou Maribeth.

O Dr. Grant já havia preaquecido o forno e separado uma assadeira.

— Nossa, você está preparado.

— Fico muito à vontade como sous-chef.

Maribeth espiou o interior do forno. Imaculado. Ela e Sunita já haviam feito o recheio e colocado num saco Ziploc, e Maribeth havia embalado uma cebola extra porque suspeitara, corretamente, que o Dr. Grant não tivesse nenhuma.

Maribeth instruiu o Dr. Grant no corte da cebola enquanto temperava a cavidade da ave com sal e se preparava para recheá-la.

Quando tinha colocado todo o recheio, perguntou:

— Ainda tem azeite, ou gastou todo em meu cabelo?

— Acho que sobrou um pouco. Ou manteiga.

— Manteiga! E você ainda se diz cardiologista!

Ele sorriu e passou a ela um vidro de azeite.

— A coisa toda fica pingando gordura no fim, então não sei se a essa altura faz diferença.

Enquanto a cebola era salteada, ela procurou algumas ervas desidratadas na despensa. Estavam cobertas de poeira.

— Acha que os temperos perderam a validade? — quis saber Maribeth.

— Se têm validade, então perderam.

— Quando foi a última vez que usou sua cozinha? — perguntou ela.

— Hoje de manhã. Fiz um chá.

— Quando foi a última vez que usou o forno?

— Por quê? Não está funcionando?

— Funciona muito bem.

— Esquentar pizza conta?

— Não.

— Então, há uns dois anos.

Sendo assim, Felicity tinha morrido uns dois anos antes.

— Mallory não vem passar o Dia de Ação de Graças em casa? — perguntou ela, enquanto despejava o azeite com a cebola no peru e esfregava na pele ainda gelada de Fred.

Ele balançou a cabeça.

— Eu a verei daqui a algumas semanas, no Natal, quando for à Califórnia.

— E você não ia fazer mesmo nada hoje? — Ela salpicou ervas e sal na ave.

Ele parecia petrificado de horror, como se nunca tivesse visto ninguém preparando um peru.

— Louise me importunou para ir até lá. Mas eu me sinto um de seus projetos da igreja. — Ele fez uma careta. — Eu pretendia assistir ao futebol durante o dia todo.

— Você ainda pode fazer isso.

— Posso.

— Tem barbante aí? Ou qualquer coisa para amarrar as pernas?

— Espere aí. Tenho a coisa certa — avisou ele, e foi ao consultório, voltando com um pacote de suturas cirúrgicas.

Ela usou as suturas para atar as pernas.

— A não ser que você prefira dar pontos.

— Eu me rendo à especialista — disse o Dr. Grant.

Ela torceu o moedor de pimenta mais algumas vezes e fez menção de levar a assadeira ao forno.

— Permita-me — pediu o Dr. Grant.

— Já se passaram seis semanas da cirurgia — esclareceu Maribeth.

— Isso tem a ver com cavalheirismo, e não com enfermidade.

— Nesse caso... — Ela deu um passo para o lado.

Quando a ave já estava no forno, Maribeth ajustou o temporizador. Era meio-dia e meia. Levaria pelo menos cinco horas para assar, possivelmente mais, porque não fora inteiramente descongelado. Na verdade, deveria ser banhado no molho depois de uma hora, mas não seria o fim do mundo se passasse sem isso.

— Eu vou embora e depois volto? — perguntou ela. — Ou posso ficar aqui, de babá da ave, se você quiser ir a algum lugar. Não quero incomodar.

— Você não me incomoda. E não tenho para onde ir. Pode deixar a ave se precisar sair.

— Também não tenho para onde ir — confessou ela.

QUANDO FRED FICOU pronto, eram quase seis horas e Maribeth estava em algum lugar na estrada entre a tontura e a completa embriaguez. Lá pelas três, ela e o Dr. Grant haviam descido à adega do porão e separado várias garrafas para o jantar a que, através de algum acordo tácito, ambos decidiram comparecer. Lá pelas quatro, abriram uma garrafa de Rioja. Por volta das cinco, ela tinha parado de chamá-lo de Dr. Grant.

— Ah, graças a Deus! — exclamou Todd, quando eles chegaram com Fred em uma travessa. — A gente pensou que ia ter de comer o pão de nozes.

— Pão de nozes? — perguntou Maribeth.

— Fritz, amigo de Sunny, fez um pão de nozes, porque pensou que ela fosse vegetariana por ser indiana. E porque ele está doido para pular nela.

— Cale a boca, ele não está — retrucou Sunita. Ela se virou para o Dr. Grant, Stephen, e estendeu a mão. — Oi, meu nome é Sunita. Muito obrigada por nos ajudar.

— Stephen — apresentou-se ele. — E não há de quê.

— E vocês trouxeram vinho! Excelente! — disse Todd, gesticulando para as garrafas na mão de Stephen. — Todos os amigos grosseiros de Sunny trouxeram cerveja. E pão de nozes.

— Pare de falar no pão de nozes — pediu Sunita.

— Posso tomar uma taça disto? — perguntou Todd a Stephen, apontando o Shiraz.

— Sinto que primeiro devo pedir sua identidade.

— Ele é imaturo, mas é maior de idade — garantiu Sunita.

— Então mostre-me o saca-rolhas.

— Venha comigo — disse Sunita.

Assim que Stephen saiu, Todd cutucou as costelas de Maribeth.

— Quem é a raposa prateada?

— Um amigo.

— Hummmm. Um *amigo*? É o amigo que corta seu cabelo?

Sim, era o amigo que *tinha cortado* seu cabelo, mas Maribeth não disse nada.

— Seu sorriso é a maior bandeira — avisou Todd.

Ela mordeu o lábio, mas que bandeira tinha para dar? Ele era seu médico e havia se tornado seu amigo. Agora parecia oficial, mas não estava indo nessa direção? Pense nas consultas: exames físicos cada vez mais curtos, seguidos de conversas cada vez mais longas em sua sala. E aquelas conversas — metafísicas, intelectuais, filosóficas, divagantes — vinham se transformando no ponto alto da semana de Maribeth. Ela não conseguia se lembrar da última vez que conversara com alguém daquele jeito.

— Ele é só um amigo. Como você e Sunny.

— Então ele é gay? — perguntou Todd, entendendo mal.

— Não que eu saiba.

— Então por que exatamente ele é só um amigo?

DEPOIS DA REFEIÇÃO, depois das garrafas de Shiraz australiano, do Pinot chileno e do muito caro Burgundy francês, depois que todos recitaram seus motivos para gratidão — quase todos da cidade disseram algo relacionado aos Steelers; Maribeth, àquela altura bêbada, mandou um "agradeço por não estar morta", para risada de muitos; Stephen agradeceu "pelo inesperado", para confusão de muitos; e Fritz citou seu curso de estatística, para escárnio de muitos, até que Todd perguntou se não foi naquele curso que ele conhecera Sunny, e o coitado do Fritz ficou vermelho como o molho de amoras. Depois de Sunita e Todd tentarem quebrar o ossinho da sorte ainda úmido e derrubarem uma vela, depois de metade do grupo ter desertado para a sala de estar a fim de assistir ao jogo dos Eagles, depois da outra metade ter ido à cozinha lavar os pratos a esmo, Maribeth afundou no sofá e Sunita sentou-se ao lado dela, dando-lhe um beijo no rosto e dizendo que tinha sido seu melhor Dia de Ação de Graças em séculos, e Maribeth respondera: "O meu também". Só então ela pensou em Oscar e Liv.

Era a primeira vez naquele dia que pensara neles.

34

A ressaca viera, tal como fazem as ressacas, no dia seguinte.

Maribeth acordou e viu uma luz fraca penetrando pelas frestas das persianas. A cabeça martelava.

Tateou em busca do celular. Já passava do meio-dia. Desde que tivera filhos, ela sempre lamentara a incapacidade de dormir até tarde, mas agora que conseguiu fazê-lo, lembrou-se de que dormir até tarde, assim como a inconsciência, tinha uma razão. Seu corpo sabia que você não conseguiria lidar com a realidade.

Cambaleando até o banheiro, pôs a cabeça embaixo da torneira e bebeu água. Depois escovou os dentes e pôs-se a fazer um bule de café. Enquanto o café era preparado, abriu as persianas e estreitou os olhos. Lá fora, o céu estava cinzento e monótono, ameaçando neve. Mas ninguém parecia se importar. Até as humildes ruas de Bloomfield fervilhavam com consumidores da Black Friday.

Baixou as persianas e foi para a cozinha, onde preparou um mingau de aveia, mas, enquanto borbulhava no fogo, começou a lhe parecer um monte de vômito, possibilidade da qual agora ela se aproximava perigosamente. Maribeth jogou tudo na lixeira e preparou uma torrada.

Pegou o mais recente livro da biblioteca, uma coletânea de contos pós-modernos, mais um livro grosso que um dia quisera ler — e embora estivesse desfrutando inteiramente dele nos últimos dois dias, naquele flagrava-se lendo o mesmo parágrafo repetidas vezes.

Não era um dia para a leitura. Era um dia para capitular. Serviu-se de café, pôs a torrada num prato e amontoou todos os cobertores do apartamento em um ninho no sofá. Depois zapeou pelos canais até cair em alguma coisa tranquila e tediosa, um daqueles filmes do estilo Lifetime, embora sua TV não sintonizasse o Lifetime, só os canais abertos e alguns a cabo, esquisitos e sem nome, que pareciam chegar com a recepção. Estava assistindo havia uns 10 minutos quando percebeu que a história girava em torno de uma mãe alcoólatra que havia abandonado os quatro filhos.

Devia mudar de canal, mas não conseguia tirar os olhos da tela. Ficou fixada na cena melodramática da mãe rebelde chorando numa cabine telefônica — a cabine telefônica datando o filme tal qual o pedido pelas páginas amarelas datara a própria Maribeth —, batendo em si mesma com o fone quando a ligação a cobrar para casa lhe fora negada. Embora a cena fosse trágica, Maribeth sabia que haveria um final feliz. Aquela mãe seria redimida porque ela era a mãe do cinema. Era quando a mãe não se fazia presente, quando jamais dava nenhum sinal de vida, quando era definida apenas por sua ausência, porque faltava às audiências com o juiz ou esquecia os aniversários, que você entendia implicitamente que ela era uma vilã, tendo como único propósito ser o veículo para a redenção de outra pessoa.

Quando vieram os comerciais, Maribeth perguntou-se sobre o filme feito-para-a-TV de sua própria vida. Que tipo de mãe seria ela? A resposta lhe veio, imediata e óbvia. A mãe que tinha se levantado e saído de casa um mês atrás, que não pronunciara uma palavra que fosse à família, que nem mesmo se dera o trabalho de verificar se os filhos de 4 anos estavam bem, aqueles que ela alegava amar acima de qualquer coisa na vida. Que tinha se embriagado e desfrutado de uma festa maravilhosa de Ação de Graças na noite anterior, embora as crianças provavelmente estivessem chorando sua ausência. A mãe que não telefonara nem uma vez para esses filhos, que não mandara nem mesmo um e-mail.

Claro, ela havia escrito cartas. Mas tais cartas jamais apareciam no filme *dela*. Não seriam enviadas como provas em sua defesa, como provas de seu amor, mesmo que agora este parecesse falho.

Na produção-para-a-TV de Maribeth, ela era a vilã.

35

Em geral, a biblioteca era silenciosa quando Maribeth a visitava, no final das manhãs, mas naquele dia, quando se arrastou até o local um pouco mais tarde, estava lotada de adolescentes, que não só haviam tomado posse de todos os computadores — aqueles da seção adolescente e os outros para uso geral —, como também da biblioteca em si. Conversavam num tom inadequado para uma biblioteca, monopolizando todos os terminais para assistir a vídeos no YouTube. Enquanto Maribeth pairava por ali, esperando que liberassem uma das máquinas, os adolescentes a olhavam com aquela desconfiança que as mães normalmente reservam para homens sozinhos em parquinhos.

Ela não sabia o que diria aos filhos. Só sabia que tinha de dizer alguma coisa, precisava comunicar a eles que não era *aquela* mãe. Era uma das boas mães, a que lutava para se reunir aos filhos. Mas como podia falar aquilo e explicar por que não voltava para casa? Se a caminhada de ida e volta da biblioteca fora seu barômetro da saúde, então Maribeth já a alcançara. Já dava conta de subir aquela ladeira. Mas, agora que podia, havia passado a enxergar todos os outros morros além. E sabia que não estava pronta para voltar.

Mas estaria. Precisava que Oscar e Liv soubessem disso. Precisava que soubessem que ela não era a vilã, aquela que os deserdaria para sempre.

Quando enfim um computador fora liberado na seção adolescente, Maribeth correu para ele antes que uma jovem de franja cor-de-rosa e piercing no lábio o tomasse.

— Ei! — disse a garota, com raiva. — Você não pode ficar aqui.

Maribeth a ignorou e abriu o Gmail. Não passava tanto tempo sem verificar o e-mail desde que tinha criado um login, e a expectativa e o medo lhe provocavam ondas de pânico. Era muito pior que naquela vez em que ficou offline no retiro de Tom e Elizabeth. Ela só podia imaginar o que Jason escrevera enquanto os dias de sua ausência se acumulavam. E ai, meu Deus, e se sua mãe tivesse encontrado quem enviasse um e-mail por ela?

Foi quase um alívio quando a primeira tela se encheu de spams: propaganda de liquidações da Black Friday, ofertas de cartões de crédito, pedidos de doações filantrópicas de fim de ano. Maribeth deletou tudo, e uma nova página de mensagens carregou. Havia alertas sobre o Dia Vocacional na BrightStart, correntes intermináveis sobre a melhor comida orgânica para bebês e carrinhos duplos à venda na lista de e-mail dos gêmeos, mas nada de Jason.

Ela correu cinco, então dez, depois quinze telas de mensagens. Duas, três, quatro semanas. Não havia nada de Jason. Fez uma busca em seu endereço de e-mail pessoal e do trabalho. O último e-mail de Jason Brinkley era do final de outubro. Dois dias antes de ela pegar o trem para Pittsburgh.

Ela havia partido com a saúde precária, duas semanas e meia depois de uma cirurgia emergencial de ponte de safena. E ele não mandara um e-mail sequer, nem unzinho. Nem para perguntar: Você está bem? Nem para gritar: Vai se foder. Nem para implorar que ela voltasse para casa, ou para pedir que ficasse longe dele.

Ela começou a rir, só que não era exatamente uma risada, porque dois segundos depois estava chorando. Os adolescentes irritadiços agora a encaravam com algo semelhante a preocupação.

— Você está bem? — perguntou a garota de cabelo rosa e piercing no lábio.

— Ele não me mandou nem uma merda de e-mail.

A garota se assustou. Talvez com o palavrão. Ou talvez jamais tivesse visto uma adulta tão espetacularmente descontrolada. Mas, depois de um segundo, a adolescente recuperou a compostura e revirou os olhos.

— Os homens são uns babacas.

36

Na sexta-feira à noite, ela estava uma pilha de nervos. Todo aquele trabalho — pagar por tudo em dinheiro, manter-se escondida, a identidade falsa — e para quê? Estava brincando de esconde-esconde... consigo mesma. Ninguém estava procurando por ela.

Na manhã de sábado, porém, Maribeth se convencera de que eles tinham de estar. Ou ela não vira o e-mail ou a mensagem havia ido parar no lixo eletrônico. Considerando quando ela partira, como partira, por que partira, certamente alguém mandaria um sinal.

Naquela tarde, ela voltou à biblioteca. Estava menos lotada, e ela conseguiu um computador de imediato. Fez login no Gmail, rolando por cada tela. Não havia nada. Olhou a pasta de spam. Nada. A lixeira. Nada. Verificou a conta do trabalho, caso ele tivesse mandado uma mensagem para o endereço errado acidentalmente, mas também não havia nada ali. Entrou em sua página do Facebook. Mensagens antigas de melhoras e marcações ao acaso de gente que não sabia o que acontecera, mas da parte de Jason e Elizabeth, nada.

Era como se ela não existisse.

Ficou sentada ali, atualizando a página, incapaz de entender. Disse a si mesma que esperaria até as três horas e, se não houvesse nenhuma mensagem, iria embora. Deu três horas. Depois quatro. E então cinco.

Nada.

Quando os bibliotecários piscaram as luzes para anunciar que fechariam em dez minutos, sua tristeza tinha congelado. Um mês se passou sem nem uma palavra. Ela abriu uma nova janela de mensagem. Começou a digitar o nome dele. O autopreenchimento do Google completou.

Tive a impressão louca de que você podia se importar um pouco, apesar de tudo.

O cursor piscava no final da mensagem. Uma vozinha no fundo de sua cabeça a alertava para não fazer isso. Era a mesma voz que ouvira mais de vinte anos antes, quando estava prestes a mandar a Jason um e-mail, bêbada, depois de descobrir sobre a nova namorada de São Francisco. *Nem deixou o lençol esfriar, não foi?*, escrevera ela.

Ele jamais respondeu àquele e-mail, e ela se arrependeu de tê-lo enviado. Mas aquilo não a impediu de clicar em enviar.

37

Maribeth encontrou Sunita na ladeira, quando voltava da biblioteca naquele dia.

— Oi, saímos agora do Holiday Market — disse Sunita.

— Do quê? — perguntou Maribeth.

— Aquele lance de Natal. Mandei um torpedo para ver se você queria ir.

— Desculpe. Eu estava na biblioteca.

— Pegou algum livro?

— Ah, só estava usando o computador. — *Usando* provavelmente não era a palavra certa. Vidrada diante dele, como aquelas velhas na frente dos caça-níqueis. — E como foi?

— Chato. Mas na semana que vem tem a feira de artesanato Handmade Arcade, e é incrível. Parece aquele site de produtos artesanais, Etsy, em um centro de convenções. Você devia ir.

— Vamos ver. Talvez eu tenha de voltar à biblioteca.

— Se é de um computador que você precisa, pode pegar meu laptop emprestado.

— Jura?

— Claro.

— Posso pegar emprestado agora?

— É claro. — Sunita foi ao apartamento e voltou com o laptop. — O Wi-Fi deve funcionar em sua casa.

Furtivamente, como se estivesse prestes a ver pornografia, Maribeth levou o computador para casa. Entrou em seu programa de e-mail e o deixou aberto a tarde toda, atualizando a página, enquanto tentava se distrair com uma coletânea de contos, e, quando isso não deu certo, recorreu de novo à TV. Estava passando uma maratona de *Modern Family*, mas a irreverência do programa lhe incitava os instintos homicidas, então ela mudou para uma reprise de *Friends*, mas aquilo a deprimiu, porque a fez se lembrar, em animada versão televisiva, da antiga vida com Elizabeth. (Bem, elas tiveram um loft. E eram jovens).

Quando Maribeth passou para *The Good Wife*, a fervura lenta de sua raiva baixara a uma resignação lodosa. O que ela esperava? As coisas sempre tinham sido assim. Maribeth lutava usando palavras. Jason lutava usando silêncios. Só porque ela queria que fosse diferente, não significava que seria. Como seu pai dentista costumava dizer: "Se desejos fossem jujubas, eu estaria rico."

Às duas da manhã, não havia mais televisão para distraí-la. Maribeth sentia-se esgotada e nervosa. Precisava dormir. Decidiu fechar a janela de e-mail, mas não conseguiu se conter.

Então você está me punindo?, escreveu ela. *Não me surpreende. Eu só esperava que pelo menos uma vez você fosse o adulto e se comportasse à altura. Errei de novo!*

38

Domingo, Maribeth acordou com o laptop de Sunita alojado perto do travesseiro. Ao vê-lo, lembrando-se dos e-mails que havia escrito — nem mesmo estava bêbada; nem tinha aquele pretexto —, ela estremeceu. Era ótimo que o Google agora desse ao usuário o intervalo de um minuto para cancelar os e-mails enviados por engano, mas será que não podiam estender a tecnologia e permitir o cancelamento de e-mails na manhã seguinte?

Ela pegou o laptop e o levou para a cozinha, colocando dentro do armário, debaixo de um pacote de arroz integral. Depois voltou para a cama e ficou ali até ouvir passos no andar de cima.

Embora ainda não fossem nem dez horas, Todd atendeu à porta vestindo o que parecia ser seu uniforme de bufê, acrescido de um chapéu de palha.

— Ela está me obrigando a ir à exposição de flores no Phipps Conservatory com roupas de época — cochichou Todd. — Me salve!

Sunita apareceu num vestido de melindrosa e calça jeans.

— Ah, por favor, você estava todo animado. — Ela olhou para Maribeth. — Quer ir?

— Não, obrigada.

— Tem certeza? Vai ser divertido.

— Tenho certeza. — Maribeth não queria se demorar nem bater papo. Só queria devolver o computador; parecia letal como uma arma carregada.
— Obrigada por ter emprestado. Tchau.

Assim que fechou a porta do apartamento, o telefone tocou.

— Eu agradeço pela oferta — disse ela, supondo que fosse Sunita. — Mas hoje, sinceramente, não estou interessada numa exposição de flores.

Houve um silêncio. Depois:

— Mas isso é muito pior que uma exposição de flores.

— Ah, doutor... Stephen. — Ela parou para se adaptar aos nomes e à nova realidade na qual o Dr. Grant... Stephen... ligava para ela. — O que pode ser pior que uma exposição de flores?

Mais silêncio.

— O shopping.

Como Maribeth não disse nada, ele continuou:

— Num fim de semana de Black Friday.

— Sim, isso é pior que uma exposição de flores.

— Agora que esclarecemos tudo... — Ele hesitou. Ao fundo, ela ouvia a televisão. — Lembra-se de quando assei seu peru?

— Tecnicamente, não era meu peru.

— É verdade, Fred pertencia aos meninos. Eu só estava invocando um toma-lá-dá-cá.

— E esse toma-lá-dá-cá envolve o shopping num fim de semana de Black Friday?

— Eu sei. É uma troca injusta. Eu ainda ficaria em dívida com você.

— Acho que, se estamos contando, eu ainda estou no vermelho. Mas por que exatamente você quer ir ao shopping *neste* fim de semana?

— Para comprar o presente de Natal de Mallory.

— Você deve saber que, apesar de todas as propagandas, ainda faltam quatro semanas até o Natal.

— Quero me livrar logo. Assim não entro em pânico de novo.

— Pânico?

— No ano passado, deixei para depois, entrei em pânico e comprei uma jaqueta de couro da Home Shopping Network.

— Não vejo nada de errado nisso.

— A não ser que você seja vegetariana e leve os direitos dos animais muito a sério. Mall achou que era uma piada e ficou muito ofendida, daquele jeito que só os jovens de 21 anos ficam. — Ele suspirou. — Ela vendeu a jaqueta no e-Bay e usou o dinheiro para pagar por aulas de caiaque, então talvez tenha dado tudo certo no fim. Mas prefiro evitar outro desastre. Daí o shopping. É o que as pessoas fazem, não é?

Raramente Maribeth tinha motivos para entrar em um shopping (ponto para a cidade de Nova York). Mas, quando entrava — enquanto visitava a mãe, por exemplo —, ficava irritadiça de imediato; as multidões a deixavam claustrofóbica, a quantidade de lojas a deixava tonta. Um shopping em um fim de semana de Black Friday parecia um pesadelo. Mas talvez a comprovação de que o fim de semana já estava arruinado tenha vindo quando ela disse a Stephen que seria um prazer acompanhá-lo, e ela não estava brincando.

— Vamos ao Ross Park Mall — informou Stephen, enquanto seguiam de carro pela Thirtieth Street Bridge. — Conhece?

— Eu já não deixei claros meus sentimentos a respeito de shoppings? — brincou.

— Dizem que é o melhor de Pittsburgh.

— Equivale a dizer a uma pessoa que ela tem câncer de mama.

Sua mão voou à boca. Câncer. Foi o que matou a mulher dele. Ela era retardada, por acaso?

— Bem, existem cânceres melhores — respondeu Stephen, sem se deixar abalar. — Tireoide, próstata, altamente curáveis.

Maribeth queria mudar de assunto antes de cair naquela armadilha de novo.

— Me fale de Mallory. Como é sua filha?

— Tem 22 anos. Inteligente, ambiciosa, mandona. E ela mesma admite. Tem uma tatuagem que diz Bossy Bitch, mas com aquele sinal matemático na frente, sabe?

— Uma hashtag?

— Se você diz.

— Então ela é feminista e talvez um pouquinho intolerante.

— Mas os jovens não são todos intolerantes? — perguntou ele.

— Acho que sim.

— E se ela é, melhor para ela. Em diversos aspectos, ela teve de amadurecer cedo demais.

Maribeth supunha que ele se referia à perda da mãe. Se agora Mallory tinha 22, teria 20 anos quando Felicity morreu. Isso não era ótimo, mas 20... era melhor que 4.

— Ela quer fazer outra tatuagem, mas não tenho coragem de patrocinar uma como presente.

— Do que mais Mallory gosta?

— Ela se especializou em políticas públicas, mas com formação em teatro. — Ele sorriu com orgulho. — Então ela adora apresentações: peças, concertos, dança. Era o que Felicity costumava dar a ela, ingressos para a ópera ou o balé, e elas iam juntas.

— Por que você não faz algo assim?

— Porque fico com a sensação de que eu estaria invadindo uma coisa das duas. E eu detesto ópera.

— E quanto a uma doação? Talvez a uma instituição de câncer — sugeriu ela, daquela vez mencionando a palavra de propósito, de uma forma mais sensível.

Eles entraram no enorme estacionamento e procuraram uma vaga.

— Você só está tentando evitar o shopping — disse ele.

Talvez. Estava lotado, a julgar pela escassez de vagas. Eles circularam duas vezes antes de, enfim, decidir espreitarem uma família que voltava ao carro.

— Eu me sinto um guepardo preparando o bote — comentou Maribeth.

— Eu sei — respondeu Stephen, encostando e ligando o pisca-alerta enquanto a família colocava as sacolas de compras em um SUV. — Se alguém pegar a vaga, você sai e devora o sujeito, está bem?

— Ah, não. Só estou aqui para dar conselhos sobre presentes. — A família agora entrava no carro. — E sou muito boa nisso. Antigamente eu editava guias de presentes para as festas.

— É mesmo?

— É. Em minha outra vida.

* * *

As têmporas de Maribeth começaram a latejar assim que eles entraram e viram a fila para a Aldeia do Papai Noel, cortando sinuosamente a praça de alimentação. As crianças, os rostos grudentos de algodão-doce extorquido dos pais, já estavam no pico do açúcar, e os pobres genitores pareciam prontos para um longo cochilo que só aconteceria no mês seguinte.

Ah, as festas de fim de ano! Maribeth sentia-se um pouco aliviada por não tomar parte naquele ano. Nunca tivera grande coisa a dizer sobre o Natal, a não ser a compra de presentes para a família de Jason e a organização da viagem para a casa de um dos parentes do marido, ou onde iriam comemorar. "Bem, não faz exatamente *seu* estilo de festa, não é?", dissera Lauren alguns natais antes, quando Maribeth insinuara que talvez, só talvez, fosse um exagero comprar cinco presentes por gêmeo.

Eles passaram por várias lojas, Maribeth dando sugestões: Crate and Barrel para um jogo de facas? Uma mala da Tumi? Uma bolsa Kate Spade? Stephen vetava tudo. Mallory não cozinhava. Viajava de mochila. As bolsas de grife eram burguesas demais e, além de tudo, de couro.

Os dois estavam parados perto da entrada da Nordstrom quando Maribeth ouviu o mais forte sotaque de Pittsburgh que já havia encontrado: "Dr. Grant. Dr. Grant? É você? Olhe, Donny, é ele!"

Um casal de idosos vestindo moletons iguais investiu para eles. Ao contrário de quase todo mundo no shopping, não carregavam nenhuma sacola de compras, só garrafas de água em suportes no cinto.

Stephen colou um sorriso cheio de dentes no rosto. Maribeth achou que o gesto o deixara parecido com um médico, mas não o seu médico.

— Don, Susan, é um prazer vê-los — cumprimentou ele. Houve uma rodada de tapinhas nas costas e apertos de mão.

— Quem é sua *amiga*? — perguntou Susan.

— Esta é M.B. M.B., Don e Susan foram meus pacientes.

— Tivemos ataques cardíacos combinados — disse Don, sorrindo com adoração para Susan. — Há cinco anos, um depois do outro.

— Meu infarto provocou um ataque cardíaco nele — explicou Susan.

— Minha bonequinha. — A frase de Don foi acompanhada por um aperto teatral no peito.

Aquela brincadeira ensaiada foi bonitinha. E também ficou evidente para Maribeth, pelo modo como eles a pronunciaram, que não ocorreu a nenhum dos dois a possibilidade de ela ser uma paciente, de também ter tido um ataque cardíaco.

— Vocês parecem bem — comentou Stephen. — E eu não tive notícias dos dois, o que considero um bom sinal.

— Porque você não clinica mais. Agora estamos com aquele Dr. Garber — explicou Don.

— Don! — censurou Susan. Ela baixou a voz: — Não gostamos muito dele. Íamos acompanhar você ao novo consultório, mas não sabíamos, e além disso todo o nosso prontuário e o plano estavam na clínica antiga.

— Não tem problema — garantiu Stephen.

— Não quero que pense que nós achamos... — Susan parou de falar. — Foi tudo muito triste.

— Agradeço por isso — disse Stephen, mas Maribeth notou que o sorriso de médico falhava nas bordas. — Vieram dar sua caminhada aqui?

— Caminhamos aqui três vezes por semana — explicou Susan. — Assim como nos disse para fazer. Geralmente não fica tão cheio assim.

— Eu disse que estaria lotado — falou Don.

— Pensei que seria pior se viéssemos cedo — rebateu Susan.

— Vocês parecem bem — repetiu Stephen, começando a se afastar.

— Estamos. E meu colesterol, você nem vai acreditar! — exclamou Don. — Está em 140, e meu LDL abaixou bastante, e o HDL subiu. Quais foram os números, Suse?

— Que maravilha — felicitou Stephen.

— Devia ver o hemograma completo — disse Don, sacando uma carteira surrada.

Nessa hora Maribeth sentiu seu desconforto, a necessidade de se afastar e, sobretudo, sua tristeza. Tinha ficado curiosa sobre o que acontecera na antiga clínica, mas resistiu à tentação de descobrir. Agora, sentia-se feliz por não saber. De algum modo, parecia que o estava protegendo.

— Precisamos ir — disse Maribeth, enganchando o braço no de Stephen. — Estou atrasada.

Por um momento, Stephen ficou confuso.

— É verdade. Você está. Don, Susan, foi um prazer vê-los.

— Você também. Dr. Grant. Fico feliz em ver que está melhor — disse Susan. — A vida continua. Deve continuar.

* * *

Quando Maribeth e Stephen deixaram Don e Susan, e escapuliram para dentro da Nordstrom, o humor de Stephen ficou meio perturbado, e o de Maribeth, como se enfim admitisse a derrota, também sofreu. Um pianista tocava canções natalinas com muita empolgação, e um exército de jovens mulheres supermaquiadas educada, mas agressivamente, oferecia amostras de perfume. Tudo aquilo deixou Maribeth tonta. Ela teve um repentino *flashback* de um quase desmaio na Macy's enquanto ela e Jason montavam sua lista de casamento (ou melhor, enquanto Elizabeth a fazia por eles — ela os acompanhara para dar "apoio técnico" e apontava as armas alegremente para terrinas de molho e salceiros Nambé; Maribeth e Jason se arrastando atrás dela).

Na seção de roupas femininas, Maribeth parou diante de uma vitrine com um arco-íris de cashmere.

— O que acha de um suéter? — perguntou ela. — O cashmere é bom para o clima frio, mas também para o mais temperado. Muito flexível.

— Não sei — respondeu Stephen. — Parece meio conservador para Mall.

— E manguitos? — sugeriu. — É um pouco mais original. Vão mantê-la aquecida nos invernos de Pittsburgh. — Ela não estava mais conversando. Estava falando no modo *Frap*.

— Talvez. Se um dia ela voltar aqui.

— Ah?

— Em geral eu é que vou para lá.

— Lá onde?

— São Francisco.

— Eu *odeio* a merda de São Francisco.

Ela disse isso alto e vários fregueses se viraram com uma expressão de censura, como se aquela não fosse a Nordstrom, mas a Capela Sistina, e ela não tivesse xingado a cidade da Golden Gate, mas Deus.

— O que São Francisco fez para você? — perguntou Stephen.

Maribeth tinha uma lembrança tão visceral daquela única e horrível viagem para visitar Jason. Foi só alguns meses depois de ele anunciar a intenção de se mudar para São Francisco após a formatura. Maribeth havia ficado chocada. Não só porque era a primeira vez que ouvira falar no assunto, mas porque, apenas algumas semanas antes, a irmã de Jason, Lauren, fizera uma visita e levara Maribeth a um antecipado almoço de aniversário de 22 anos.

"Veja bem", disse Lauren depois que fizeram os pedidos. "Jason me pediu para sair com você e medir disfarçadamente o tamanho de seu dedo anular. Mas não sei como fazer isso sem que perceba, então será que podemos ir à joalheria e você finge surpresa depois?"

"Surpresa? Com o quê?"

"Minha mãe deu a aliança de noivado para Jason", revelou Lauren. "Sabe como é, agora que o divórcio é definitivo, ela não a quer mais."

"E ele quer dá-la para mim?" Maribeth precisou de um minuto para entender as implicações daquilo. Jason ia propor casamento? Eles tinham falado em se mudar para Nova York juntos depois da formatura; ela para trabalhar em revistas, ele para conseguir emprego como caça-talentos de uma gravadora, talvez comprar uma casa juntos ao longo do caminho, e, sim, havia um caráter de permanência em suas conversas sobre o futuro. Mas casamento?

Elas mediram seu dedo, e depois não aconteceu nada. Seu aniversário chegou e passou; nenhuma proposta. Vieram as férias de primavera, e Jason acompanhou Maribeth a Nova York para suas entrevistas informativas com representantes de recursos humanos. Nenhuma proposta.

À medida que as semanas passavam e o pedido ainda não chegava, ela se via ansiosa, perguntando-se se *agora* seria o momento. Começou a criar expectativas. Depois começou a esperar avidamente.

Estivera cheia de expectativa quando Jason disse que decidira se mudar para São Francisco.

"Mas eu não posso me mudar para São Francisco", dissera ela, entendendo mal no início.

"Eu sei disso", respondera ele.

"Espere aí. Está terminando comigo?"

"O quê? Não. Não tem nada a ver com você." Jason se apressou em explicar como a cena tecnológica começava a esquentar, como havia futuro nas rádios pela internet, a possibilidade de ser DJ. Agora era hora de assumir o risco, dissera ele, quando estava desimpedido.

Desimpedido? Maribeth sentiu-se tão humilhada, fora apanhada tão desprevenida. Como poderia ter pensado num *para sempre* quando Jason estava pensando em *São Francisco*?

Mas eles não terminaram. Formaram-se, ela se mudou para Manhattan, e ele foi para São Francisco, ela conseguiu um emprego como editora freelancer numa revista, e ele conseguiu trabalho como temporário. Eles mantiveram contato, trocando e-mails, telefonando um para o outro quando a tarifa era baixa. Quando ele sugeriu que Maribeth fosse visitá-lo no fim de semana do Dia do Trabalho, ela se perguntou se ele finalmente ia pedi-la em casamento. Usou o cartão de crédito novinho em folha para comprar uma passagem.

Desde o minuto em que ele a buscou no aeroporto, Maribeth entendeu que não aconteceria. O beijo fora esquisito. Tudo naquele fim de semana fora esquisito, aquela proposta de casamento abortada pairando entre os dois, como um elefante na loja de cristais. (Lauren devia ter confessado a Jason que contara a Maribeth. Maribeth queria perguntar, mas não conseguiu). Nenhum dos dois sabia o que fazer, o que dizer. Então compensaram com uma tonelada de sexo — que também não foi grande coisa — e depois Maribeth teve uma infecção urinária. Sua antiga colega de quarto na faculdade, Courtney, estava prestes a terminar a pós-graduação em Berkeley e disse que arranjaria antibióticos, e assim Maribeth pegou o carro de Jason emprestado para vê-la. "Dá para perceber que as coisas entre vocês ainda estão firmes", comentou Courtney, dando uma piscadela e entregando o remédio. Maribeth não dissera nada.

Foi na volta para a casa de Jason que Maribeth ficou desesperadamente perdida. Passou por Market. Divisadero. The Presidio. Continuou em círculos, tentando encontrar o Golden Gate Park, a única referência que tinha. A neblina da tarde vinha do Pacífico. Ela não sabia onde estava, e agora não conseguia enxergar nada. Sozinha no carro, começou a chorar. Tinha a impressão de que dirigiria na neblina com um tanque infinito de gasolina, perdida e sozinha, até murchar e morrer.

Logo depois de voltar a Nova York, telefonou para Jason e disse que, embora ainda o amasse, a distância não estava ajudando. Ele concordou. Os dois terminaram. Na época, tudo pareceu muito maduro. Muito cordial.

E então, três semanas depois, Courtney telefonou e contou sobre a namorada nova de Jason, e Maribeth tivera um colapso no banheiro.

— Não sei — disse ela a Stephen. — Eu só detesto o lugar.

ELES SAÍRAM DO shopping de mãos abanando — e vazios. Naquela noite, quando foi para a cama, Maribeth cobriu a cabeça com o travesseiro e chorou. Tinha sido mais um fim de semana festivo horroroso. Afinal, era a tradição de Ação de Graças.

39

Na manhã de domingo, Maribeth acordou com alguém batendo à porta. Espiou pelo olho mágico. Era o Sr. Giulio, para pegar o aluguel no primeiro dia do mês.

Ela separou oitocentos dólares e, depois que ele saiu, foi contar o dinheiro que restava. Vinte e um mil e uns quebrados. Naquele ritmo, talvez conseguisse durar pelo menos um ano em Pittsburgh. Jamais fora sua intenção ficar tanto tempo afastada, mas o último fim de semana a obrigara a enfrentar algumas verdades inconvenientes. Tinha abandonado não só os filhos, mas também seu casamento. Sempre planejara voltar. Mas e se não houvesse para o que voltar?

E depois? Quando os vinte e um mil dólares acabassem? Como ela pôde não ter pensado nas implicações? Não havia abandonado apenas sua família; também havia abandonado seu emprego, sua carreira. Havia queimado a última ponte para o que tinha sido a vida dos sonhos desde seus 13 anos, quando recebeu aquele primeiro exemplar da *Seventeen* (com Brooke Shields na capa) e soube, com uma certeza estranha, mas reconfortante, que, quando crescesse, faria aquilo de alguma forma.

Elizabeth costumava implicar com sua ambição bitolada. Maribeth se lembrava de um dia, uns dois anos depois de terem se conhecido, quando descobriram que as duas haviam sido convidadas para um seminário sobre o futuro das revistas, organizado por um grande grupo do setor. Depois do café e do biscoito duro que era estabelecer uma rede de contatos nesse tipo de evento, Elizabeth cochichou: "Nós viemos. Fofocamos. Vamos fazer compras. Soube que tem uma liquidação da Lacroix em Chelsea."

Elas não foram às compras, foram ao Central Park, onde se deitaram na grama fresca do Sheep Meadow, tiraram os saltos e aproveitaram o sol de primavera e a oportunidade de ficar juntas em um dia útil.

"Eu me sinto mal", disse Maribeth depois de um tempinho. "Por matarmos o evento. Os convites para aquele seminário foram muito disputados."

"Você não precisa de seminário algum para organizar seu futuro", brincara Elizabeth. "Todo ele já consta em suas listas."

Isso era verdade. No ensino médio, Maribeth contara a um orientador sobre o desejo de um dia trabalhar numa revista, e ele a aconselhara a fazer cursos de jornalismo, escrever para o jornal da escola, escolher uma faculdade com um programa de jornalismo e talvez, um dia, conseguir um estágio em uma das revistas de Nova York. Maribeth tomara nota de tudo — jornal, jornalismo, faculdade, estágio, Nova York — e, com o passar dos anos, seguira o plano meticulosamente, criando muitas outras listas nesse meio-tempo.

E deu certo. Depois de se formar na universidade, ela conseguiu o emprego como freelancer — o salário anual de 16.500 mal cobria o aluguel e as passagens do metrô —, até que arrumou o primeiro emprego fixo numa revista de culinária. Passou um ano e meio ali, depois foi contratada como editora assistente de uma revista feminina de negócios, onde trabalhava atualmente. Pretendia ficar ali mais um ano e pular para outra revista, se não fosse promovida a editora associada à época.

"Posso dizer seu futuro se você quiser", afirmou Elizabeth. "Você vai subir ao topo e daqui a dez anos, no máximo quinze, será editora-chefe."

Maribeth não respondeu. Era exatamente o que esperava, exatamente o que havia escrito em suas listas.

"Quanto a mim, serei uma daquelas melancólicas garçonetes quarentonas. Como as atrizes que jamais conseguem nada. Não me entenda mal. Vou trabalhar em um restaurante elegante e ganhar boas gorjetas, mas terei problemas nos pés e nunca me livrarei do cheiro de gordura no cabelo."

Maribeth riu e chutou a perna de Elizabeth de brincadeira.

"Você é tão ridícula", disse ela. Nos dois anos em que se conheciam, ela e Elizabeth ascenderam no mesmo ritmo. Agora Elizabeth era editora assistente em uma nova revista masculina da moda.

"Você vai dirigir a própria revista também. Sabe que vai."

"Não. Na verdade, não vou. Não sou uma editora natural, como você. Não faço um copidesque incrível, nem sei bolar a legenda sarcástica, nem as chamadas de capa. Você é o gênio das chamadas de capa. Está no sangue. Sou só uma graduada em história da arte que teve sorte em conseguir um estágio." Ela balançou a cabeça. "Um dia, todos vão descobrir a fraude que eu sou."

"Todo mundo se sente assim. E você tem outros pontos fortes. Tem faro para as tendências, para ver qual será a grande novidade no horizonte. Você tem visão. Não dá para aprender isso na faculdade de jornalismo."

Elizabeth havia se apoiado nos cotovelos, arrancando flores minúsculas da grama.

"Talvez", disse ela. "Mas prometa que, se você virar editora-chefe e eu uma garçonete patética, vai me contratar."

"Desde que você prometa a mesma coisa."

"Deixa de ser ridícula", retrucou Elizabeth. "Você é desajeitada demais para ser garçonete."

Elas riram. E depois prometeram.

Maribeth e Elizabeth foram promovidas de editoras assistentes a adjuntas e, depois, a seniores. Então seus caminhos divergiram. Elizabeth conheceu Tom, casou-se, tornou-se editora-chefe. E Maribeth virou mãe, infartou e fugiu de casa.

Toda edição da *Frap* trazia um perfil intitulado Heroínas Esquecidas, que destacava uma mulher "comum" com uma história "extraordinária". Em geral, essas mulheres tinham passado por alguma crise grave e, em vez de se deixar abater, elas "contabilizavam os ganhos", "reavaliavam" e "comportavam-se à altura" a fim de "derrotar as adversidades", e sempre emergiam melhores e mais sábias que antes.

As leitoras adoravam aquela seção — Maribeth desconfiava de que era porque seria o único lugar onde veriam mulheres com manequim maior do que 40 —, mas ela achava que era a parte mais insincera de toda a revista, ainda pior que os guias de presentes em que uma atriz de cinema de dez milhões de dólares falava, entusiasmada, de seus sais artesanais preferidos de sessenta dólares. Não era que as histórias fossem inventadas — eram verdadeiras ou, pelo menos, reais —, mas seu ricto pedia um acabamento de final feliz para toda situação de merda... Ela não suportava isso. Era a versão editorial do "vai ficar tudo bem" de Jason.

Talvez um dia ficasse bem. Talvez um dia ela viesse a vencer tudo isso e descobrisse algum segundo ato grandioso. Talvez então pudesse fazer um retrospecto e ver que toda a destruição provocada em sua família, em seu casamento e em si mesma tinha valido a pena. Porque ela seria extraordinária. Porque seria uma heroína da vida real.

Só que, parada ali agora, em meio à destruição que ela própria havia criado, era quase impossível de imaginar.

40

O Dr. Grant — Stephen? Ela não sabia como chamá-lo no contexto profissional — pedira a Maribeth um exame de sangue. Eles conversaram sobre o resultado na consulta seguinte. Os números, segundo disse o médico, estavam excelentes. Os remédios estavam funcionando. O nível de ferro parecia ótimo. Ela não precisava marcar mais nenhuma consulta de revisão, a não ser que achasse necessário.

— Então é isso? — perguntou ela.

— É isso — respondeu ele.

De certo modo, ela esperava algum pronunciamento oficial. "Você está saudável, portanto liberada de seus deveres". Talvez ele pudesse lhe dar uma pancadinha no ombro com o estetoscópio. Em vez disso, ele insistia distraidamente em lhe oferecer chá, muito embora ela nunca tivesse aceitado a oferta porque não bebia chá. (Fazia seus dentes guincharem desagradavelmente).

— Então devo deixar que continue seu dia? — disse Maribeth, embora tivesse plena consciência de que nenhum dos dois era particularmente ocupado.

Ela não tinha muito o que fazer num dia bom, e nunca planejava nada para as tardes de consulta porque as conversas descompromissadas se arrastavam até a hora do jantar. E agora ela sabia — o encontro com Don e Susan deixara ainda mais óbvio — que pouca coisa exigia o tempo do Dr. Grant.

Mas ela estava oficialmente saudável. Não havia necessidade de continuar com aquilo.

— Ah, tudo bem — disse ele. Parecia meio desligado. Ou talvez não desligado, mas não era o homem com quem ela havia passado o Dia de Ação de Graças, nem o mesmo que ela acompanhara ao shopping. — Antes que vá, tenho uma coisa para você. Está lá em cima, no escritório.

Maribeth se levantou para acompanhá-lo, mas ele gesticulou para que ficasse ali, o que também lhe pareceu um demérito. Ela não era mais convidada ao espaço particular.

— Já volto.

Ele retornou com um grosso envelope creme, com seu nome, ou melhor, a versão que ela lhe dera, escrito na frente.

— Estou intrigada — disse ela.

— Não precisa. São passes para a academia que frequento. Cinco. Expiram no final do ano, então pensei que alguém pudesse fazer uso deles.

Vales para uma academia. Que coisa sensível. O que ela esperava? Passagens para as Bermudas? Afinal, ele era seu médico. E depois da consulta daquele dia, nem mesmo isso.

Eles trocaram um aperto de mãos.

— Obrigada — agradeceu Maribeth. — Por tudo que fez. — Ela estava desolada. Então era assim? Depois do sorvete, do cabelo, da ida horrível ao shopping e das conversas? Aquilo era o fim?

— Cuide-se — disse ele. — Visite a academia. Lembre-se de que o sorvete não vai matá-la.

Sim, era o fim. E por que não seria? Ele já a havia levado aonde ela precisava. Mas não tinha feito mais que isso? Eles não eram mais que isso?

Ela queria reconhecer o fato, ouvi-lo reconhecer. Havia algo entre eles. Algo que transcendia a relação médico e paciente. Algo que transcendia a amizade. Mesmo que aquele dia marcasse o fim da coisa toda, ela queria algum sinal de que tinha existido. Por que outro motivo ele fora tão bom com ela? Por que outro motivo ela permitira que ele o fosse?

Maribeth enfiou o envelope na bolsa. Na recepção, despediu-se de Louise.

— Telefone se precisar de alguma coisa — disse Louise.

No ponto de ônibus, Maribeth pegou o envelope e o abriu. Talvez houvesse algum bilhete ali dentro, alguma coisa particular entre os dois. Mas não havia, só os passes. A academia evidentemente era elegante. Os ingressos eram impressos em papel cartão de alta gramatura, gravados com uma fonte elegante que dizia *Aos Convidados da Família Grant*.

Ela passou os dedos no texto. *Aos Convidados da Família Grant*. Então houve um reconhecimento, afinal, mesmo que involuntário. Ele tinha perdido a família. Ela havia perdido a dela. De maneiras diferentes e por motivos distintos, ela e Stephen agora eram órfãos.

41

No dia seguinte, Maribeth foi conhecer a academia. Era ótima, todos os aparelhos mais modernos e todo tipo de aula, de ioga a kickboxing. Mas foi a piscina no porão que a atraiu. Maribeth não sabia por que acreditava ser aquilo, mais que um aparelho elíptico ou uma aula de vinyasa yoga, o alívio para a tentação que crescia dentro de si. Natação seria uma novidade. Ou talvez fosse porque ela sentia-se afundando e queria descobrir se conseguia nadar, caso fosse obrigada.

A academia ficava em Squirrel Hill, na diagonal da biblioteca. Maribeth decidiu parar ali porque ficava no caminho, ela ainda não tinha visto o local e ouvira falar que o acervo era grande. Não tocaria nos computadores. De jeito algum.

Cinco minutos depois, tocou nos computadores. Verificou o e-mail. Não havia nada de Jason. É claro que não. Ficou furiosa novamente, mas daquela vez consigo mesma. Era sua culpa ter aberto a caixa de Pandora. Durante cinco semanas, Jason não lhe mandou nenhum e-mail, mas ela não tomara conhecimento disso e, portanto, ficou tudo bem. Por cinco dias, ela tomou conhecimento e enlouqueceu.

Na manhã seguinte, Maribeth acordou e resolveu evitar todos os computadores e e-mails, e a tentação da biblioteca. Em vez disso, tentaria nadar.

Pegou um ônibus até a Target para procurar um traje de banho e óculos de natação, depois mais outro ônibus para a academia.

Uma aula de natação do tipo Mamãe e Eu devia ter acabado naquele momento, porque um desfile de crianças pequenas, enroladas em toalhas, era conduzido ao vestiário. Maribeth reconheceu a expressão de algumas mães: o olhar traumatizado dos neuróticos de guerra. Porque quem em seu juízo perfeito achava uma ideia sensata misturar crianças indefesas e uma piscina funda?

Maribeth fizera exatamente duas aulas de natação com os gêmeos. Na primeira, Liv insistira em tentar soltar a boia presa ao peito enquanto Oscar gritava sempre que sentia o menor respingo de água. O professor, um israelense careca, sugerira que ela se revezasse com os gêmeos, mas Oscar chorava quando ela o deixava na beira e Liv, sem supervisão, vagava para o lado fundo e pulava na água.

Mais tarde naquela mesma semana, Maribeth contou a história a Elizabeth, que bufou de rir.

"Não é engraçado", dissera ela a amiga.

"É meio engraçado", argumentara Elizabeth.

Maribeth não conseguia ver graça alguma. Em todos aqueles anos tentando engravidar, ela sonhava em fazer algo assim: aula de natação com seus bebês. Agora que acontecia, como quase todo o restante, era um fracasso.

"Por que não pede ajuda a Jason?", sugeriu Elizabeth.

Aquilo sim era engraçado. O salário de Jason pagava as aulas. Ele não podia, ainda por cima, tirar tempo para participar.

"Eu poderia ir", disse Elizabeth.

Dessa vez Maribeth deu uma gargalhada, supondo que Elizabeth estava brincando. Porém, na semana seguinte, lá estava ela, às onze horas de uma manhã de quinta-feira. Com o biquíni Chanel e cabelo escovado, Elizabeth era um peixe tropical em meio a todas as mães barrigudinhas, de maiô puído Lands' End. Mas ela foi ótima com as crianças, boiando animadamente com Liv, distraindo Oscar com música enquanto contava a Maribeth as últimas fofocas sobre o novo patrão, o lendário editor-chefe de 75 anos que ainda acreditava no almoço com três martínis. Foi uma variação bem-vinda de toda aquela conversa de treinamento para dormir e aulas de Música Juntos.

Na semana seguinte, contudo, Elizabeth cancelou. Tinha se esquecido de que tiraria a sexta-feira para um fim de semana prolongado com Tom e não podia faltar na quinta. Ela se desculpou. Maribeth ficou decepcionada, mas entendeu. Depois de um namoro a jato, Elizabeth e Tom haviam se casado recentemente — num iate, no litoral de Capri; Maribeth não pôde comparecer.

Maribeth disse a Elizabeth para aproveitar o tempo com Tom e não foi à aula de natação naquela semana. Mas na quarta-feira seguinte, à noite, Elizabeth ligou para cancelar de novo. O chefe a havia convidado para um de seus almoços de três martínis, e ela não podia recusar.

"Prometo que da próxima vez eu vou", disse ela.

"Ah, não se preocupe com isso. Fomos na semana passada, e eu me virei bem", mentiu Maribeth.

No dia seguinte, ela faltou à aula.

MARIBETH ESPEROU ATÉ que a brigada Mamãe e Eu se dispersasse para poder vestir o maiô. A gola alta cobria a maior parte da cicatriz em seu peito, mas não havia como esconder a perna.

Foi só depois de ter guardado tudo no armário que percebeu que não comprara um cadeado. Sempre carregava duas notas de cem dólares — dinheiro para emergências, e também sua reserva, caso algum ladrão inteligente entrasse no apartamento, encontrasse todos os esconderijos e a deixasse sem nada.

Do outro lado do corredor, uma mulher de maiô fechava seu armário.

— Sabe se vendem cadeados aqui? — perguntou Maribeth.

A mulher a encarou com os óculos azuis.

— Maribeth? — perguntou.

A primeira coisa que ela pensou foi que Jason, depois de receber seu e-mail, a havia localizado em Pittsburgh e mandado alguém segui-la. O segundo pensamento foi que aquilo não fazia sentido, já que ele não tinha tentando entrar em contato com ela nem uma vez nas últimas quatro semanas, nem respondido às mensagens.

Mesmo depois de a mulher tirar os óculos de natação e a touca, Maribeth precisou de um minuto para perceber que era Janice.

— Meu Deus, que sorte te encontrar — disse Janice. — Não sabia que você nadava!

— Não nado. Não a sério. Um amigo me deu alguns vales para convidados e pensei em experimentar alguma coisa nova. Mas não trouxe cadeado.

— Por que não usa meu armário?

Elas foram ao armário de Janice. Maribeth enfiou suas coisas ali.

— Eu ia telefonar para você essa tarde — confessou Janice, enquanto elas desciam a escada até a piscina.

— Ia?

— Sim, queria te mandar um e-mail no fim de semana, mas não tinha seu endereço.

— Ah, não uso muito o e-mail ultimamente. Mas posso te passar. Por quê? Encontrou alguma coisa?

— Ainda não. Preciso de mais informações. Seria útil ter os números da previdência social de seus pais. Ou uma cópia de sua certidão de nascimento.

— Ah. Tudo bem. — A certidão de nascimento estava em casa, mas ela achava possível conseguir as outras informações em seus arquivos de e-mail. — Você podia ter telefonado.

— Não quis incomodá-la durante as festas, pois você poderia estar com a família.

— Eu não estava. Com a família.

— Ah, eu também não — disse Janice.

— O que você fez? — perguntou Maribeth.

— Principalmente papelada.

— Ah. Lamento muito. — Maribeth não sabia bem por que devia se sentir culpada, mas sentia-se assim.

— Não, não lamente. Assei um peito de peru, que é mesmo a melhor parte, e ainda sobraram restos para fazer sanduíches.

Elas chegaram à piscina. Maribeth acreditara que, na hora do almoço, estaria mais vazia, mas as cinco raias pareciam repletas de nadadores.

— Está cheio demais.

Janice estalou a touca de banho, cobrindo bem as orelhas, e ajeitou os óculos.

— Isso não é nada. — Maribeth esperava que Janice entrasse na raia lenta, onde os mais velhos nadavam, mas ela seguiu para as raias mais rápidas. — Bom exercício para você — desejou ela, olhando para trás.

Maribeth ficou junto da raia lenta. As três pessoas que circulavam por ali pareciam nadar com uma rapidez incrível. Maribeth passou uns bons minutos tentando entender as regras para se juntar ao fluxo. Aquilo a lembrou de quando tinha 15 anos, na aula de direção, tentando criar coragem para se misturar ao trânsito da via expressa pela primeira vez.

Quando houve um intervalo entre os nadadores, ela entrou na água e tentou uma espécie de nado de peito, mas logo descobriu que os músculos das axilas, que ainda se curavam, restringiam o alcance do movimento de tal modo que ela mal conseguia se deslocar. De repente um nadador se lançou atrás dela.

— Desculpe-me — pediu Maribeth.

Ela passou ao nado cachorrinho e conseguiu chegar ao final da piscina, onde se segurou na borda para recuperar o fôlego. Outra nadadora apareceu atrás dela.

— Está nadando? — perguntou.

Maribeth não sabia se aquilo era exatamente natação. Parecia mais um meio de evitar o afogamento, mas, antes que conseguisse pensar numa resposta, a nadadora deu uma daquelas lindas viradas olímpicas e arrancou (nem remotamente lenta, Maribeth não pôde deixar de notar) para o outro lado.

Depois de recuperar o fôlego e de guardar um espaço decente entre ela e os outros nadadores, Maribeth partiu de novo. Daquela vez tentou o nado crawl, sendo *crawl* uma ótima palavra para descrever suas braçadas arrastadas e dolorosas. Dois nadadores passaram por ela antes que chegasse ao final da raia. No tempo que levou para completar a volta seguinte — tendo de parar na metade do percurso —, todos os outros nadadores a ultrapassaram. Ela sentia a impaciência se irradiando pela água. Raia lenta ou não, ela entendeu, não deveria estar ali. Era a velhota a 50 km/h na via expressa.

Quando chegou ao outro lado — àquela altura tinha dado quatro voltas —, a respiração estava entrecortada, perigosamente perto de ofegante. Ela entrou em pânico, o que deve ter transparecido, porque o salva-vidas saltou de seu poleiro e, numa voz que ecoou por toda a área da piscina, perguntou:

—- Senhora, está com uma crise?

Maribeth tinha 44 anos e havia infartado, passando por uma cirurgia de ponte de safena. Fugira de casa e nem o marido ou a melhor amiga tentaram contatá-la. E não conseguia nadar. Sim, era uma merda de uma crise!

— Eu estou bem — respondeu ela, arfando.

Conseguiu sair da piscina e subir a escada sem ter um colapso. No vestiário, percebeu que todas as suas coisas estavam guardadas no armário de Janice. E que tinha se esquecido de levar uma toalha.

Ela estava no banco, tremendo, quando sentiu uma toalha em seus ombros.

— Aí está você.

Maribeth não conseguiu responder. Não era só porque ainda estava sem fôlego e tremendo, mas porque havia sido flagrada de novo. Ela sabia boiar, sabia atravessar o vau, sabia remar, podia até chegar perto de umas braçadas, mas, na realidade, não sabia nadar. Como é que não sabia disso?

— Vamos deixá-la aquecida — disse Janice, guiando Maribeth para os chuveiros coletivos. Ela ficou um bom tempo embaixo d'água, deixando que o calor lavasse o frio, a tristeza e o vazio. Quando enfim se enxugou, sentia-se esgotada, como se tivesse nadado voltas e mais voltas durante dias.

Janice já estava vestida e com suas coisas preparadas. Maribeth pediu desculpas.

— Está se desculpando pelo quê? — perguntou Janice.

Como Maribeth não respondeu, Janice perguntou:

— Há quanto tempo você fez a cirurgia?

Ela ficou surpresa por um breve instante. Mas é claro, agora ela estava nua, seu histórico médico, gravado em relevo por toda a pele.

— Sete semanas.

— Ora essa, é muito pouco tempo.

Mesmo que ela soubesse nadar, isso era uma espécie de arrogância, talvez do mesmo tipo que a fazia pensar que podia fugir sem repercussões, que podia simplesmente entrar na piscina e se dar bem.

Ela devolveu a toalha a Janice. Era branca, como uma bandeira de rendição.

42

Naquela mesma tarde, Maribeth entrou em sua conta de e-mail para procurar o número da previdência social dos pais. Na realidade, havia desistido de obter notícias de Jason. Quando viu a mensagem, por um breve segundo se perguntou se ele não teria feito aquilo de propósito, esperado o exato número de dias que ela levaria para passar pelos estágios do luto, e, depois, justamente quando ela começava a sentir-se mais... não diria "bem"... e sim resignada, aparece uma mensagem.

Mas isso era paranoia.

Também era esforço demais para Jason.

O e-mail não tinha assunto, mas havia o ícone de um pequeno clip de papel no campo do anexo. Será que ele havia escrito uma carta pedindo seu retorno? Ou mandara a papelada do divórcio?

Tudo bem. Respire calmamente dez vezes. Uma, duas...

Suas mãos voaram até o teclado, abrindo a mensagem, baixando o anexo. Ela começou a ler. A primeira frase era nauseante de tão familiar.

Ela sentiu o vômito subir à garganta. Afastou-se da mesa. Não queria vomitar no computador de uma biblioteca.

Depois de cinco semanas longe, e quase uma semana desde que ela lhe enviara um e-mail, a resposta de Jason foi devolver o bilhete que Maribeth havia escrito para ele no dia que saíra de casa. Só isso. Devolução ao remetente.

Era *aquilo* que ela significava para ele? Era *aquilo* que sua ausência significava? Tão pouco que ele não tinha nada de novo a dizer? Tudo que ele se dera o trabalho de fazer fora jogar o que ela mesma dissera em sua cara?

Maribeth não se lembrava exatamente do que havia escrito naquela precipitada manhã, mas ver aquela primeira frase de novo... Ela fechou a janela, deletou o e-mail e esvaziou a lixeira, apagando todos os rastros.

Só que não podia apagar o que fora feito por Jason. Nem conseguia acreditar que ele o fizera.

Porém, sentada ali, com as lágrimas formando trilhas dolorosas na pele, ela passou a acreditar. Por que Jason *responderia*? Por que ele se ofereceria para carregar qualquer parte da carga, quando jamais fizera isso? Por que começaria agora, depois de ela ter feito essa coisa imperdoável, abdicando de todos os direitos ao martírio, transferindo-os com tanta clareza a ele. De bandeja. Como sempre.

Ela não sabia por que havia desejado mais, mas havia.

Ela não sabia pelo que havia esperado, certamente não aquilo.

43

Queridos Liv e Oscar,
~~Me desculpem.~~
~~Não me odeiem.~~
~~Eu sempre serei a mãe de vocês~~
~~Eu tive de~~
~~Fui embora porque~~

44

No dia seguinte, ela estava de volta ao sofá, em seu ninho de cobertores, a TV falando sozinha. Janice telefonou para convidá-la para nadar, e ela recusou. Todd e Sunita mandaram um SMS dizendo que fariam as compras semanais naquela noite, e ela não respondeu. Janice ligou novamente para perguntar se ela havia tido sorte na obtenção das informações requisitadas, e Maribeth fugiu do assunto. Todd telefonou, e ela não atendeu. Janice ligou pela terceira vez, contando que tinha uma possível novidade e por que elas não se encontravam na piscina no dia seguinte para discutir? Maribeth respondeu talvez. Sunita mandou uma mensagem de texto, perguntando se ela gostaria de ir àquela feira de artesanato hipster no sábado. Maribeth não respondeu.

Você está bem?, foi o SMS de Sunita.

— Não sei — respondeu ela em voz alta.

E ENTÃO STEPHEN mandou uma mensagem de texto. *Quero saber como você está. E também estou começando a entrar em pânico por causa do presente de Mallory. Quase comprei uma cadeira em formato de banana para ela.*

Foi a primeira vez que ela sorriu desde, bem, desde a última vez que vira Stephen.

Ela pensou na feira de artesanato, que Sunita havia descrito como um mercado de pulgas tipo o Etsy. Parecia realmente o lugar onde poderiam encontrar algo para a exigente Mallory.

Fique longe da cadeira em formato de banana, respondeu Maribeth.

Ela se livrou dos cobertores aos chutes.

Jason que se danasse.

45

Quando Janice explicou que queria encontrar Maribeth na academia para discutir uma novidade sobre a busca da mãe biológica, ela imaginou que fosse uma questão de conveniência. A piscina ficava perto da escola onde Janice trabalhava, e ela costumava nadar no horário de almoço.

— Dessa vez, trate de trazer chinelos — avisou Janice. — Não vai querer pegar uma micose. — Maribeth tinha pouca intenção de nadar de novo, mas, em deferência a Janice, colocou o maiô na bolsa.

No vestiário, Janice começou a tirar a roupa, e Maribeth fez o mesmo para não se sentir esquisita.

— Uma novidade potencialmente empolgante, mas não quero que você tenha esperança demais. Não há nada certo — começou Janice.

— O que é? — perguntou Maribeth.

— A Allegheny Children's Home, uma das agências de adoção mais antigas ainda em operação em Pittsburgh, tem o registro de uma menina com sua data de nascimento.

— Sou eu? — perguntou Maribeth.

— Pode ser — respondeu Janice. — Precisamos de mais informações para verificar. Os números da previdência de seus pais seriam úteis.

— Vou pegar assim que puder — prometeu ela.

— Com isso em mãos, podemos confirmar. E a busca no Tribunal dos Órfãos está em andamento, mas não espero que siga adiante ainda este ano.

Maribeth suspirou.

Janice fez um carinho no braço de Maribeth, depois olhou os pés descalços.

— Trouxe o chinelo?

— Não. Mas acho que não vou nadar hoje.

— Ah, que bobagem. Você trouxe seu maiô, não foi?

— Bem, trouxe, mas...

— Tome, eu trouxe outro par. — Ela entregou a Maribeth chinelos de dedo laranja. — Se couberem, pode ficar com eles.

— Mas acho que não vou nadar.

— Experimente. Eles cabem?

Eram um ou dois tamanhos maiores, mas serviriam.

— Perfeito — disse Janice. — Quanto à natação, eu estava pensando que podia dar algumas dicas.

— Dicas? — Maribeth começava a desconfiar de que o encontro na piscina não era uma questão de conveniência. Era uma armadilha.

— Fui salva-vidas durante anos. Não tenho mais licença, no entanto ensinei muitas crianças a nadar.

— Não sou exatamente uma criança.

— Eu sei. Mas sei que posso ensiná-la também.

CINCO MINUTOS DEPOIS, Janice presenteava Maribeth com uma prancha de aprendiz.

— Sério? — perguntou Maribeth.

— Acho que é um bom começo.

— Mas pensei que só precisasse de dicas, como você disse, sobre minha forma. Porque estou me recuperando da cirurgia.

— É verdade. Mas às vezes boa forma significa desaprender velhos hábitos — argumentou Janice.

— Que velhos hábitos?

— Ah, nada específico.

— Mas até parece que nunca nadei na vida. — Talvez ela não soubesse nadar direito, mas sabia nadar. Mais ou menos.

— Às vezes a melhor maneira de dominar algo é começando pelo início.

A qualquer minuto, Janice se transformaria em Julie Andrews e começaria a cantar.

— Tudo bem. — Maribeth estendeu a mão para a prancha.

Janice a segurou.

— Não se precipite. Sabe bater os pés?

Ela ficou ofendida. Sabia muito bem.

— É claro que sei.

— A maioria das pessoas bate com os joelhos dobrados, desse jeito. — Ela imitou o bater de pés com os dedinhos das mãos. — Mas na realidade você deve manter as pernas retas e bater a partir dos quadris, assim. — Ela bateu os dedos retos.

Maribeth não disse nada. Sempre batera os pés com os joelhos dobrados.

Janice demonstrou, depois entregou a prancha a Maribeth.

— Não se esqueça de alongar os dedos dos pés, graciosa como uma bailarina.

Maribeth começou a bater os pés. A prancha virou, e ela foi junto. Graciosa como um búfalo.

— Tome — disse Janice, recuperando a prancha. — Segure à frente e mantenha os cotovelos retos. Depois bata a partir dos quadris. De leve. Não precisa brigar com água.

Depois de algumas tentativas, a prancha parou de balançar demais, e, após algum tempo, Maribeth conseguiu bater os pés com as pernas retas. Foi até o final da piscina e voltou. Foi. E voltou. Os tendões das pernas e as panturrilhas ardiam, e os dedos dos pés em ponta provocaram um espasmo nos pés. Nada disso era gracioso, nem era divertido. Mas por um ou dois minutos, ali, ela se desligou o bastante para esquecer de sua mãe biológica, de Jason e das crianças.

E então Janice pegou a prancha.

— Já chega por hoje — disse ela.

— Mas eu só bati as pernas.

— E já foi muito para um dia só — repetiu Janice.

Bem, pelo menos daquela vez ela não estava à beira de um desmaio. Já no vestiário, Janice lembrou a ela de pegar os dados sobre os pais. Maribeth prometeu que faria isso na segunda-feira. Que era o dia que elas combinaram de se encontrar para a próxima aula de natação. Maribeth não sabia muito bem como se sentia a respeito daquilo, mas parecia tarde demais para recuar.

46

No sábado pela manhã, Maribeth mandou uma mensagem de texto a Stephen. *Pode me buscar às onze ou me encontrar na feira de artesanato?*

Um minuto depois, seu telefone tocou.

— Não vai dar — disse Stephen.

Ele tinha ficado tão empolgado com sua sugestão alguns dias antes.

— Emergência médica? — perguntou ela.

— Por assim dizer. — Ele não parecia bem. A voz não estava apenas rouca, parecia esfolada, como se ele tivesse bebido vidro.

— Está doente?

— Se estiver, é por minha culpa mesmo.

— Como assim?

Ele tossiu.

— Estou de ressaca, M.B. Uma baita ressaca.

— Estou indo até aí — disse ela.

— Não sou boa companhia hoje — respondeu ele.

— Não espero ser entretida.

— É que estou em péssima forma.

— Não foi você que uma vez me disse que não era um problema pedir ajuda?

A linha ficou muda. Aí ele falou:

— Pode vir.

Ele estava cinzento. O cabelo, a pele, a camiseta amarrotada com cheiro de azedo, tudo estava cinzento. Maribeth sabia que ele tinha quase 60 anos, mas era a primeira vez que o achava tão velho.

A origem de sua infelicidade estava na bancada: três garrafas de vinho vazias e uma garrafinha de outra coisa pela metade.

Maribeth via que ele estava constrangido pela bebida, por tê-la como testemunha. Assim, passou direto, com a maior brusquidão possível, como se fosse a faxineira e aquele um trabalho desagradável, mas não incomum.

Ela levou as garrafas para a lixeira de reciclagem, perguntando-se se o escândalo era aquele. Cardiologista alcoólatra caindo na farra. A notícia viajaria rápido, se não até ela.

De volta à casa, ele estava recurvado sobre uma xícara de café.

— Quer que eu esquente isso para você? — perguntou ela.

Ele balançou a cabeça.

— Não consegue segurar nada no estômago? — indagou ela.

Outra negativa triste de cabeça, como um garotinho.

Ela jogou o café fora, serviu um copo de água e colocou diante dele.

— Tem antiácido?

— Lá em cima. Mesa de cabeceira do quarto.

Na subida da escada, os passos de Maribeth gemiam, como se a casa inteira sofresse. Ela encontrou o grande quarto principal, a cama king-size amarfanhada e desfeita, e parou à soleira. Sentia seu cheiro, o cheiro usual de tangerina e couro, misturado ao aroma a la queijo estragado de vômito.

Pisando de leve nos calcanhares, ela foi até a mesa de cabeceira. (Supunha que era a dele; estava atulhada de periódicos médicos). Abriu a gaveta; dentro havia mais publicações médicas, um baralho, um Kindle, alguns bilhetes em Post-It, mas nenhum antiácido.

A mesa de cabeceira do outro lado da cama estava vazia, tinha apenas uma foto de casamento num porta-retratos, coberta por uma camada de poeira. Agora Maribeth se sentia verdadeiramente uma invasora ao abrir a gaveta. Ali, ao lado de um pacote de lenços de papel e de uma coletânea surrada de contos de Junot Díaz, estava uma caixa aberta de antiácido.

Será que Felicity teve de acalmar o estômago durante a quimioterapia? Ela lia os contos de Díaz para se distrair da desolação da vida presente? Da incerteza do futuro?

O banheiro principal tinha um forte cheiro de vômito. Prendendo a respiração, ela vasculhou o armário de remédios, encontrou um vidro de analgésicos e desceu a escada.

Stephen estava sentado à bancada, olhando o vazio, o copo de água intocado. Maribeth dissolveu o antiácido e deu um tapinha na mão dele. Colocou três comprimidos do analgésico em sua mão.

— Engula — ordenou ela. — Beba.

Ele bebeu a água de olhos fechados, num gole só. Maribeth resistiu ao impulso de dizer "bom menino". Quando ele arrotou, os vapores foram fortes o bastante para intoxicá-la por osmose.

— Melhor? — perguntou ela.

Uma careta tentando fazer papel de sorriso.

— Um pouco.

— Vou preparar uns ovos para você, alguma coisa com gordura. Vai absorver qualquer bebida que ainda esteja em seu corpo.

— Quem é o médico agora? — perguntou ele, fraco.

— Você tem ovos?

Ele apontou a geladeira com a cabeça. Estava praticamente vazia. Mas tinha meia dúzia de ovos, um pouco de leite integral com creme e manteiga.

— E molho de pimenta? — perguntou ela.

Ele assentiu para a despensa. Ela procurou e encontrou vários vidros de Cajohn, uma marca de Trinidad. Perguntou-se se Felicity era de lá. Ou talvez eles tivessem ido de férias. Ou talvez apenas gostassem do molho de pimenta.

— Dois já foram — disse ela. — Vamos à trifêta. Pão?

— Tente o freezer.

Ela encontrou pão de hambúrguer e retirou para descongelar. Bateu os ovos com *half and half* e sal e pimenta, esquentou a frigideira e derreteu um pouco de manteiga, despejando os ovos.

— Por que minha cozinha fica com um cheiro tão bom quando você está aqui? — perguntou Stephen.

— Vou tomar como um sinal de progresso o fato de você estar gostando do cheiro da comida. — Ela colocou os pães no forno elétrico, mexeu os ovos com a espátula, salpicou o molho de pimenta.

— Onde aprendeu a cozinhar?

— São só ovos mexidos, Stephen. É bem básico.

— Mas você sabe cozinhar direito. Dá para ver.

— Sei. Aprendi em uma revista.

— Quanta diligência.

— Não foi lendo, mas trabalhando numa. Meu primeiro emprego foi em um revista de culinária. Antes disso, eu sabia fazer macarrão com queijo de caixinha.

— Então como conseguiu um emprego numa revista de culinária?

— Eu fingi. Na semana anterior à entrevista, li livros de receitas e revistas sobre comida, assisti a programas de culinária e, assim, quando apareci, eu era a Julia Child em pessoa.

— Quanto tempo trabalhou lá?

— O suficiente para me fazer valorizar a culinária.

— Isso estou vendo.

— É o que eu adorava nas revistas. Você vira um especialista em alguma coisa durante alguns anos. Viagens baratas, assuntos mundiais, estilo de vida das celebridades.

— Pau pra toda obra.

— Sem dominar nenhuma. — O que era verdade. Ela era muito qualificada como editora e basicamente uma diletante em qualquer outra coisa. A não ser agora, quando nem mesmo editora era.

Ela colocou os ovos num prato e estava prestes a acrescentar mais molho de pimenta. Ele levantou a mão.

— Acho que já é o bastante.

— Precisa confiar em mim — disse ela. — Não entendo o motivo científico para a pimenta curar ressaca, só sei que funciona.

— Talvez a gente deva escrever um artigo sobre isso.

— Então precisamos testar primeiro.

Ela colocou o prato diante de Stephen. Ele fez uma careta.

— Uma garfada. Você disse que o cheiro estava bom.

Ele pegou o garfo, partiu um pedaço pequeno, mastigou, engoliu.

— Está vendo? Você não morreu.

— Me dê mais alguns minutos — disse ele.

— Seu senso de humor está voltando. Experimente uma segunda garfada. Pode ser pequena.

— Você é uma médica excelente. — Ele abriu um sorriso amarelo. — Ou talvez eu deva dizer enfermeira.

Ela ergueu uma sobrancelha.

— Rebaixada depois de uma mordida?

— Promovida — argumentou ele. — Quem verdadeiramente cura são as enfermeiras. — Depois, como se quisesse convencê-la, acrescentou: — Felicity era enfermeira.

— Ah. Foi assim que vocês se conheceram?

— Não, ela trabalhava na oncologia pediátrica.

— Oncologia. — Maribeth balançou a cabeça. — Que ironia.

Stephen pegou uma garfada maior dos ovos.

— Acho que isto está funcionando — disse ele. — Ironia por quê?

Maribeth indagou-se se a pergunta era alguma contestação, uma repreensão por invadir sua privacidade. Mas era ele quem tinha levantado o assunto. Maribeth gaguejou alguma coisa sobre a ironia de uma enfermeira da oncologia morrer de câncer.

O garfo de Stephen bateu no prato.

— Felicity não morreu de câncer.

— Não?

— Por que acha isso?

A cara, o pescoço e os braços de Maribeth ficaram quentes.

— Não sei. É que ela era tão jovem e bonita. — Ela notou a estupidez de sua frase. — E você tem todas aquelas fitas cor-de-rosa no consultório.

Ele quase sorriu.

— Mallory trabalha numa rede para sobreviventes de câncer de mama. É planejadora de eventos. Aquilo sou eu mostrando solidariedade. Desculpe-me. Pensei que soubesse. Porque todo mundo por aqui sabe. Ainda mais depois do que você disse naquele dia na sorveteria.

O que ela disse? Algo sobre um acordo, ele não fuçar os segredos dela, e ela não fuçar os dele.

— Não sei — gaguejou Maribeth. — Sério, não sei mesmo.

— Não é mistério algum. Saiu no jornal, afinal de contas. É de se pensar que você teria feito uma pesquisa mais detalhada a meu respeito.

Ela balançou a cabeça. Não o Googlara nem uma vez. Tinha concluído que, se ele havia feito alguma coisa horrível, ela não queria saber.

— Ela morreu num acidente de carro. O que não é digno de nota. Muita gente morre assim. Só que esse por acaso foi culpa minha.

O coração dela fez um movimento estranho, uma ondulação parando de repente num baque, que ela entendia não ter relação alguma com sua doença coronariana.

— Culpa sua?

— Talvez não no sentido judicial. Mas isso não muda nada, não é? — Ele deu uma gargalhada amarga, muito pouco característica, pensou Maribeth. Era um som que ficaria muito mais natural se saísse dos próprios lábios.

— O que aconteceu?

— Má sorte. Mau carma. Quem sabe? — Ele agitou os braços, como se acusasse o universo. — Tínhamos ido ver um de seus antigos pacientes tocar numa orquestra em Cleveland. Ela sempre fazia coisas assim, comparecia a produções escolares, casamentos ou espetáculos de ex-pacientes, e eu era arrastado junto. Era um pomo da discórdia. Eu achava que nosso trabalho era tratar os pacientes, deixá-los bem para tocar a própria vida, e não misturar a vida deles à nossa. Mas Felicity não parava de colecionar sobreviventes. Às vezes ralhava comigo, dizendo que eu seria um médico melhor caso não fosse tão clínico. Tão distante, dizia ela.

Ele soltou mais uma gargalhada amargurada e continuou:

— De qualquer forma, eu assisti, com relutância, à orquestra, e depois nós... ou melhor, ela foi... ela foi convidada a uma reunião onde estaria esse paciente que tocava oboé, e não tive alternativa senão acompanhá-la. Eu ficaria sentado no bar enquanto Felicity seria a vida da festa, como sempre. Só pegaríamos a estrada lá pela meia-noite, o que significava que não chegaríamos em casa antes das duas.

"No carro, eu estava zangado porque era tão tarde, e ela me aporrinhava por tamanha pressa quando eu não tinha nada para fazer no dia seguinte, e aí ela ficou irritada porque eu estava correndo muito, as coisas ficaram feias e eu me distraí, e, então, quando o trânsito parou na nossa frente, eu não vi. Pisei no freio, mas não consegui parar a tempo."

— Ai, meu Deus, eu sinto muito.

— Não — disse Stephen, estendendo a mão. — Não foi isso. Ficamos bem. Foi só um amassado no para-choque.

O medo no estômago de Maribeth ganhou peso.

— O que houve? — sussurrou ela.

— O que houve foi que, em vez de parar no acostamento ou reduzir os riscos, eu passei os últimos momentos da vida de Felicity lhe dando uma bronca por me envolver num acidente. Eu berrava com ela quando o carro avançou por trás. Eu nem mesmo estava com as luzes do freio acesas, porque tinha desengrenado o carro.

— Ah, não, Stephen. Não.

— Acabei com uma concussão e o ombro deslocado. Mas Felicity. — Ele parou para pigarrear. — O lado dela no carro... Não dava mais nem para chamar de carro.

Ele continuou contando a Maribeth a mais terrível das histórias: sentado de frente para Felicity, presos nos destroços, implorando que ela aguentasse, vendo que ela não conseguiria. Maribeth começou a chorar.

Ele lhe passou um guardanapo e continuou, de olhos secos. Ela teve a sensação de que Stephen não falava mais com ela, mas para ela, usando-a como um disfarce, de modo a suportar o próprio relato. Muito parecido com o jeito com que ela escrevia aos gêmeos.

— Eu me afastei um mês do trabalho e, quando voltei, já havia perdido alguns pacientes. Depois perdi outros porque eu me tornei, acho que a palavra era *grosseiro*, apesar de eu sempre ter sido grosseiro, mas acho que eu só me tornei alguém insuportável.

"Talvez por isso os boatos tenham começado. Felicity era amada. Eu, não. Ela estava morta. Eu, não. Houve rumores de que eu bebia. Eu não bebia, mas certamente bebi muitas noites desde então. — Ele gesticulou para a pia, onde as garrafas vazias haviam estado. — Mas as pessoas pareciam farejar meu pecado. Ou talvez não quisessem tomar parte na coisa toda das condolências. Quem pode culpá-las? A clínica começou a sofrer. Sugeriram que eu tirasse uma licença, mas todos nós sabíamos que era permanente."

Ele afastou o prato de ovos.

— Talvez tenha sido melhor assim. A medicina exige certo nível de ilusão, uma crença na invencibilidade da pessoa. Mas ver Felicity morrer, bem ali, e não conseguir fazer merda nenhuma para impedir, bem, aquilo me roubou isso também.

Então foi assim. Não um processo por negligência. Nem bebedeira. Nem mesmo um escândalo, pelo menos não do tipo que ela havia pensado. Foi um coração machucado, se corroendo. Aquilo era algo que ela compreendia.

Agora Stephen estava calado, mas suas mãos tremiam. Maribeth as cobriu com as dela, segurando com firmeza até o tremor passar. E então ela o beijou.

47

Antes da aula de natação na segunda-feira, ela passou pela biblioteca em Squirrel Hill para procurar, nos arquivos do e-mail, os números da previdência dos pais. Como havia apagado a mensagem de Jason sem responder, não esperava mais notícia alguma. Mas lá estava, outro e-mail; no assunto, um ameaçador P.S.

Tipo P.S.: Eu odeio você? P.S.: Não volte para cá? P.S.: Você é a pior mãe do mundo?

P.S. Você parece pensar que a estou punindo. Para sua informação, era o Dia de Ação de Graças e estávamos no campo, depois Oscar adoeceu, então voltei para casa com ele, e aqueles e-mails foram mandados para minha conta do trabalho, então eu só os vi na noite de segunda. Vai me perdoar se levei a droga do dia inteiro para absorver isso tudo, depois de você não falar uma palavra por um mês.

Pelo amor de Deus, Maribeth, estou deixando você em paz. Estou fazendo TUDO que você me pediu. Não sei o que mais quer que eu diga.

Ela verificou a data. Foi enviado um dia depois de ela ter recebido o primeiro e-mail de Jason. Dois dias antes de ela beijar Stephen.

Ela ficou pensando naquele beijo com uma estranha mescla de ternura e confusão, mas agora uma culpa retroativa se juntava àqueles sentimentos. Será que ela teria beijado Stephen se já tivesse recebido aquele segundo e-mail de Jason? Ela o teria beijado apesar de Jason? Não parecia assim. Se pensara em algum cônjuge naquela cozinha, fora em Felicity.

Leu a mensagem de novo. Eles estavam no *campo*? E qual era o problema de Oscar?

Oscar está bem?, digitou ela de imediato e, sem pensar, clicou em enviar. Jason devia estar em sua mesa, porque a resposta foi imediata. *Ele está ótimo.*

Jason nunca foi de entrar em detalhes. Não era de se aborrecer com miudezas, mas Maribeth jamais conseguiu situar o que ele poderia classificar como grande coisa. Por exemplo, sua fuga contava?

Mas Oscar adoecendo era uma preocupação. Eram os ouvidos? Os tubinhos? Oscar começou a falar tarde — todo mundo supunha que era porque Liv tinha uma tendência a responder às perguntas pelos dois — até que Lauren notou que ele repetia "o quê?" muitas vezes, e perguntou se mandaram examinar a audição do menino. Por acaso os ouvidos de Oscar estavam tão cheios de fluido que ele não ouvia quase nada, e por isso ele não falava. Maribeth ficou mortificada, por ter falhado com Oscar, por Lauren ter percebido antes dela. ("Ah, pare com isso", dissera Jason, "ela tem quatro filhos!"). Oscar colocou tubinhos, foi a um fonoaudiólogo e recuperou o tempo perdido, mas no verão os tubos caíram e o otorrino disse que eles precisavam cuidar para que o fluido não se acumulasse novamente.

Ela escreveu um e-mail mais longo: Foram os ouvidos de Oscar? Jason marcou uma consulta com o otorrino? Ele falou com o fonoaudiólogo? Agora que tinha uma abertura, ela fez perguntas mais gerais: sobre o estado psicológico das crianças, seu estado físico, as consultas com o pediatra, os cortes de cabelo. Quando terminou, enchera uma tela inteira de perguntas.

A resposta de Jason chegou com rapidez demais para que tivesse respondido direito. *Elas estão bem*, escreveu ele.

Não pode ser mais específico?, digitou ela.

Oscar está ótimo. Liv está ótima. Estou cuidando das coisas. Estamos todos ótimos.

Ótimos? Qualquer coisa errada com Jason Brinkley podia ser reduzida àquela palavra inócua. Era uma parte realização de desejo e duas partes preguiça. É, estava tudo ótimo. Porque ela havia estado lá para garantir.

Agora não era esse o caso, então como exatamente as coisas estavam ótimas? Ele alegava que não a punia, mas, quando ela e Jason tinham uma briga, era exatamente o que ele fazia: virava uma tartaruga, todo casco duro. Era a proteção perfeita, a arma perfeita. Ela sempre saía perdendo.

Maribeth entendia que merecia sua raiva. Não queria sair pela tangente. Não buscava perdão nem absolvição. Só queria saber em que pé a coisa andava. Ao menos uma vez, saber onde realmente estava. Porque, como ela poderia sequer pensar em voltar sem saber isso? Com o terreno sempre se mexendo, como poderia ter esperanças de recuperar o equilíbrio?

Ótimos? Como ela poderia confiar numa palavra tão genérica? Como poderia confiar num homem tão genérico? Que nunca dizia o que realmente pensava. Será que ele queria dizer ótimos como o contrário de péssimos, ou ótimos como progredindo?

Mas então um raio de compreensão a atingiu feito um soco na barriga. E se Jason estivesse dizendo algo totalmente diferente? Que eles estavam ótimos. Sem ela.

48

Pittsburgh não era tão fria quanto Maribeth antecipara — ela estivera esperando pilhas de neve —, mas, à medida que o inverno se aproximava, o céu azul parecia desaparecer debaixo da mortalha constante de cinza que a enregelava até os ossos. Maribeth tinha comprado seu casaco de inverno, mas não era páreo para as longas esperas em pontos de ônibus onde ventava muito, e ela se viu dentro do apartamento, assistindo a mais televisão, de modo geral sentindo-se irrequieta e triste. Até que um dia desistiu e foi à elegante loja da Legião da Boa Vontade em Shadyside e gastou 15 dólares numa daquelas parkas acolchoadas que ela e Elizabeth sempre juraram jamais usar.

Antes de sair da loja, ela vestiu o novo casaco, colocando o antigo, estiloso, mas deficiente, na sacola plástica. Assim que chegou à rua, entendeu que vinha fazendo tudo errado. Usar a parka era como andar em um saco de dormir. O frio beliscava seu nariz, os lóbulos das orelhas, mas não tinha acesso ao restante dela. Como havia sobrevivido 44 anos sem uma coisa daquelas?

Depois da aula de natação seguinte — mais tempo com a prancha para trabalhar na respiração alternada —, Maribeth se sentia tão confortável no casaco novo que decidiu ir a pé de Squirrel Hill a Bloomfield, passando por Shadyside. Este era o bairro mais chique que encontrara em Pittsburgh até então, apinhado de cafeterias asiáticas, cafeterias orgânicas, sorveterias artesanais e muitas butiques. Além da papelaria, ela não havia comprado nada em Shadyside; na verdade não comprara nada além do necessário. Mas às vezes, quando sentia falta de casa ou precisava de uma injeção de Nova York, gostava de caminhar pelo bairro.

Aquele dia, enquanto olhava as vitrines pela Walnut, parou diante de uma loja de uma cadeia de cosméticos. Havia uma placa do tipo sanduíche na frente, anunciando transformações de beleza.

Uma das funcionárias veio à porta. Era bonita de um jeito meio Björk, maçãs do rosto salientes, oblíquos olhos verdes.

— As minimaquiagens são gratuitas — explicou ela. — Ou você pode fazer uma transformação completa comprando cinquenta dólares em produtos.

Desde o corte de cabelo e o pente fino contra os piolhos, Maribeth pretendia comprar um batom, talvez um rímel novo, ou conseguir que o cabelo fosse cortado por um profissional. Assim como muitas coisas que pretendia fazer — ir ao cinema, sair para almoçar sozinha —, ela não fez. Parecia errado fugir de sua existência ascética mesmo que fosse pelo menor prazer do mundo.

Mas por que estava se castigado? Se eles estavam ótimos sem ela? Ela acompanhou a jovem para dentro, até uma cadeira giratória diante de um grande espelho iluminado.

— Há algum produto que seja de seu agrado? — perguntou a jovem. Seu crachá dizia Ash.

— Na verdade, não. — A maioria de seus produtos era afanada do armário de amostras no trabalho; um dia Revlon, no seguinte La Mer.

Ash prendeu o cabelo de Maribeth com uma bandana, e, por um breve momento, Maribeth viu outro rosto no espelho.

— Você tem um tom de pele ótimo, então eu faria algo minimalista — disse Ash. — Talvez um hidratante com cor, um batom claro, um toque de rímel.

Era tão bom ser tocada que Maribeth sentiu a própria rendição. Se Ash recomendasse uma maquiagem gótica completa, provavelmente ela aceitaria.

Ash voltou com alguns produtos e girou Maribeth para ela enquanto passava gotas de cada um deles no pulso para combinar o tom.

— Você tem mesmo uma pele linda e ainda há muito colágeno — disse Ash. Ela puxou a pele de Maribeth pela linha do queixo. — Sabe se você tem antepassados escandinavos?

Maribeth balançou a cabeça. Havia um zumbido agradável em seu peito.

— Não sei.

— Dizem que a pele escandinava envelhece muito bem, porque o sol lá não é tão forte. A pele de sua mãe continua jovem assim?

— Não sei — respondeu Maribeth. — Quero dizer, eu sei, mas ao mesmo tempo não. Sou adotiva.

— Eu também! — exclamou Ash, com um sorriso enorme iluminando o rosto. — Nasci no Cazaquistão.

— Cazaquistão? — repetiu Maribeth. — Nem mesmo sei onde fica.

Ela riu.

— Fica na Ásia Central. Entre a China, a Rússia e a Mongólia.

— Parece longe.

— Eu sei. Quando eu me formar no ano que vem, eu e meus pais vamos até lá.

— Vai procurar sua mãe biológica? — Era o tipo de pergunta pessoal que Maribeth nem sonhava fazer um mês atrás.

— Duvido muito. Fui encontrada numa caixa na frente de um orfanato, no meio da noite. Eu só quero saber de onde vim, entende?

Maribeth assentiu.

— Sim, entendo. Tem sorte por seus pais terem a apoiado tanto.

— Eles estão mais empolgados com a viagem do que eu. Tiveram de ficar em Almaty por dois meses para me buscar e adoraram o lugar, então estão loucos para voltar.

Maribeth não conseguiu localizar os números da previdência dos pais nos arquivos de e-mail e, por um segundo, pensou em pedir à mãe. Depois se lembrou de todas aquelas observações veladas quando criança. O drama sobre assistir *Annie*.

E houve a ocasião em que ela e a mãe tiveram uma briga feia, quando Maribeth perdera o toque de recolher porque o carro da amiga Stacy tinha quebrado. A mãe a colocou de castigo por uma semana. Maribeth tentara explicar que não era sua culpa, mas, quando a mãe se recusara a repensar o castigo, ela arrumou uma bolsa e saiu intempestivamente. Não havia ido muito longe, apenas os dez quarteirões até a casa de Stacy, onde fora convidada a jantar. No meio da refeição, o pai apareceu, desculpando-se pela interrupção, mas dizendo a Maribeth que ela precisava ir para casa. Já.

Eles voltaram no carro num silêncio de pedra, e, quando pararam na entrada, o pai disse:

— Sua mãe achou que você tivesse fugido.

— Ótimo! — retrucara Maribeth, satisfeita por ter assustado a mãe e pronta para voltar a outro assalto no ringue. Porque a mãe estava sendo muito injusta!

— Sua mãe achou que você tivesse fugido para procurar por ela — esclareceu o pai.

Ela levou algum tempo para perceber quem era *ela*. A mãe biológica. E então toda a vontade de brigar se esvaiu de Maribeth. Ela voltou para dentro e, por insistência do pai, desculpou-se com a mãe e aceitou as condições do castigo.

— Este hidratante fica perfeito em você — disse Ash. — Vou usar um rímel marrom e depois um brilho labial ameixa perolado, a não ser que você queira algo mais dramático.

— O que você achar melhor.

— Levante a cabeça e vire para a direita. — Ash aplicou o rímel habilidosamente e perguntou com despreocupação se Maribeth conhecia a mãe biológica.

— Não. Mas acho que estou perto de descobrir quem ela é.

— Que legal! Roce os lábios um no outro. Agora tire o excesso num papel. — Ela passou um lenço de papel a Maribeth. — Aposto que ela vai ficar feliz em saber de você.

— Não tenho tanta certeza disso — disse Maribeth. — Talvez ela não queira saber. Ela abriu mão de mim. — E então, percebendo que falava com alguém que tinha sido abandonado numa caixa, ela acrescentou: — Me desculpe.

— Ah, tudo bem. Acho que deve ter sido a pior coisa do mundo para minha mãe me deixar naquele orfanato, né? Além disso, quem não iria querer saber de você? Você é muito bonita. — Ash girou teatralmente Maribeth para a frente do espelho.

A maquiagem transformou seu rosto, deixou-o diferente, mais jovem. Quando olhou seu reflexo, viu aquele rosto de novo, parecido com o dela, porém diferente. E embora ela não tivesse como saber disso, sentiu que havia acabado de ter um vislumbre da mãe.

49

Queridos Oscar e Liv,

Lembram no verão passado, quando passamos por aquela picape com todos aqueles cachorros que precisavam de um lar, e, Liv, você perguntou à mulher como comprar um, e ela disse que os cachorros não estavam à venda, mas para adoção? Então Oscar, você pediu, "A gente pode pegar um?" E a mulher respondeu que não, que vocês precisavam preencher formulários e pagar. E depois Liv, você falou, "Mas a senhora disse agora que os cachorros não estavam à venda". E ela explicou que os cães nas lojas de animais estavam à venda. Aqueles cachorros eram para adoção, porque ninguém os queria.

Maribeth não sabia se aquela era a melhor explicação, mas não ia entrar nessa. Além do mais, na época os gêmeos deixaram de lado as nuances da adoção e passaram a implorar por um cachorro. (Fora de questão; o prédio não permitia, e o senhorio só estava esperando uma desculpa para despejá-la e aumentar o aluguel).

Mas eles devem ter falado no assunto de novo com Jason, porque algumas noites depois, antes de dormir, ele perguntou por que ela ainda não tinha contado aos gêmeos que fora adotada. "Não parecia uma comparação adequada, a mãe deles e um pit bull indesejado. Além disso, eles são jovens demais", argumentara ela. Pelo silêncio do marido, ela entendeu que ele discordava.

Há uma coisa que vocês não sabem sobre mim. Quando eu era um bebezinho, a mãe que me deu à luz não podia ficar comigo. Então ela me colocou para adoção, e a vovó e o vovô passaram a ser meus pais. Eles são meus pais. Mas tenho outros pais também. Não sei nada a respeito deles. E agora, pela primeira vez, talvez eu queira saber. Assim eu posso saber mais coisas a meu respeito, e sobre vocês também.

50

Estavam no modo espera com a pesquisa sobre a mãe biológica de Maribeth, explicou Janice, até que tivessem informações adicionais sobre seus pais adotivos. Era frustrante, porque Maribeth sabia exatamente onde estava tudo aquilo, em casa, em seu laptop, em pastas bem organizadas.

Ela só precisava pedir a Jason.

Ele poderia ignorá-la.

Mas o que, àquela altura, ela teria a perder?

Um pedido estranho, escreveu ela. *Acha que pode pegar os números da previdência de meus pais para mim?* Ela disse a ele onde encontrar tudo.

Ele enviou as informações no mesmo dia. Maribeth as encaminhou a Janice. Jason não fez comentário algum, nem questionou por que ela precisava de nada daquilo, e ela não *precisava* explicar, mas, de algum modo, sentiu-se compelida a isso. Jason podia viver num universo opaco. Mas Maribeth gostava de clareza. Mesmo agora. Mesmo com ele.

Caso esteja curioso, não quero obter um passaporte novo, nem nada disso. Procuro minha mãe biológica.

E como não parecia mais uma ameaça revelar seu paradeiro — estava claro que ninguém ia arrastá-la de volta —, acrescentou: *Em Pittsburgh.*

Eu imaginei que você estaria aí, escreveu ele.

Isso a surpreendeu. Mesmo para alguém intuitivo, seria um salto e tanto, e Jason não era intuitivo.

Então você sabia que eu estava em Pittsburgh?

Ele respondeu, *Como eu saberia de alguma coisa, Maribeth? Só desconfiei. Pelo seu bilhete.*

O que ela havia mencionado no bilhete que implicava que tinha ido para lá? Ela estava em plena fuga emocional quando redigira o bilhete e, na semana anterior, quando viu a primeira frase, teve um *déjà vu* nauseante. Era o mesmo arrependimento por expor suas entranhas que ela sentira anos antes, ao abrir o jornal da faculdade e ler o perfil que fizera de Jason.

Meu bilhete?, ela jogou verde.

Jason respondeu, *É. Seu bilhete. Que ainda não consigo esquecer. Não é nem mesmo toda a parte inesperada, embora isso não tenha sido engraçado. Mas sua implicação de que você tem direito ao pavor porque é mãe... Sei o que você quis dizer, mas, Jesus, Cristo, Maribeth, você realmente pensa aquilo mesmo? Ainda pensa assim? Mesmo agora?*

Ela não sabia o que pensava porque não sabia o que tinha escrito. Mas estava ciente da raiva de Jason, a qual sentia pulsar pela tela do computador. E isso era o mais estranho, porque, embora fosse o que ela andava imaginando, do que se ressentia, o que temia desde que ele a colocara na geladeira — na verdade, desde que ela partira —, agora, que estava ali, só o que sentia era alívio.

51

A Allegheny Children's Home tinha o registro de uma menina nascida em 12 de março de 1970, adotada por Sr. e Sra. Seth Klein.

Janice deu a boa notícia depois da quarta aula de natação — de novo com a prancha, para trabalhar os braços — enquanto relaxavam numa sauna a vapor. Ao saber da novidade, Maribeth desmaiou.

ELA ESTAVA BEM. Não era o coração. Era o calor. E o choque.

Ela estava bem. Sério.

— Eu devia ter esperado até sairmos, mas não consegui me segurar. Vi o e-mail no celular quando fui ao vestiário pegar o nécessaire — disse Janice, torcendo as mãos. — Pensei que a sauna seria um lugar *relaxado* para lhe contar. Eu me sinto péssima com isso.

O gerente da academia não ajudou em nada.

— Vai precisar de um atestado médico para voltar a usar a sauna a vapor. Aquilo foi muito irresponsável.

— A culpa foi *minha* — disse Janice. — A sauna foi ideia minha.

— Sou adulta, Janice. Não foi culpa sua. — Maribeth virou-se para o gerente. — Atestado médico, sério?

— É para fins jurídicos — explicou o médico que a examinava.

— Na verdade, eu ficaria mais à vontade se você tivesse um atestado antes de voltar à academia — declarou o gerente.

Tudo bem. Ela almoçaria com Stephen no dia seguinte.

Depois de considerarem que Maribeth não corria perigo iminente, ela teve permissão para se vestir.

— Vamos sair daqui — disse ela a Janice. — Vou comprar alguma coisa espumante e descafeinada para você.

— Só se você me deixar pagar. Já que eu a fiz desmaiar.

Elas foram a uma cafeteria próxima. Janice ainda se autoflagelava e, portanto, só pediria um chá.

— Eu jamais devia tê-la deixado entrar na sauna — disse ela.

— Eu estou bem. Já sou grandinha — garantiu Maribeth. Embora, na verdade, ela se sentisse uma garotinha, doida para ver o que estava no imenso embrulho de presente. — E agora, o que vai acontecer?

— A Allegheny Children's Home tem o arquivo de admissão, e eles precisam editar e nos dar uma cópia.

— Editar?

— Sim, eles vão cruzar os nomes e as informações de identificação. Depois, se você quiser, a agência vai procurar sua mãe biológica e verificar se podemos fazer contato.

— Quando terei o arquivo?

— Talvez em uma semana. Mas há mais uma coisa.

— O quê?

— Sua mãe biológica passou o período de confinamento na Beacon Maternity Home.

— O que é isso?

— Era um abrigo para mães solteiras. Muitas jovens passaram a gravidez ali. Esquecemos que até pouco tempo atrás isso era tabu.

— Não é isso que faz a Children's Home?

— Não, essa é a agência de adoção, onde *você* teria ficado por vários meses enquanto a adoção era processada na justiça.

— Meses? — Maribeth sempre achou que tivesse sido mais rápido que isso. Ela nasceu, ela foi adotada.

— Em geral leva vários meses — explicou Janice. — Às vezes chega a um ano.

No lar de sua infância, uma série de fotos emolduradas pendiam no corredor — retratos da Sears de seus primeiros anos, substituídos por outros da escola depois que Maribeth entrou para o jardim de infância. Mas as fotos começaram quando ela tinha 1 ano, já com bastante cabelo e quatro dentes de leite. Maribeth sempre supôs que era porque as fotos eram anuais, registravam os marcos da vida. Agora se perguntava se seria porque não havia outras fotografias antes disso.

Por quanto tempo a mãe sabia que Maribeth seria dela antes que *realmente fosse*? Como foi isso? Saber que ela estava ali, mas não poder segurá-la? Senti-la? Reconfortá-la? Será que ela morria de medo de que a mãe biológica mudasse de ideia? De que pudesse pegar Maribeth de volta? Ela lembrou-se da gestação dos gêmeos e de como era sempre tranquilizador tê-los com ela, dentro dela. Sentiu-se mãe muito antes de eles nascerem.

— Estamos chegando perto — disse Janice. — Pode ser que descubra todas as informações de saúde nas narrativas, no entanto se quiser mais... — Ela calou-se.

Será que ela queria mais? Não sabia. Talvez. Talvez fosse bom querer mais.

— Eu não sei bem — explicou ela a Janice.

— Bem, se quiser — continuou Janice —, está na hora de começar aquela carta.

52

Ela e Stephen encontraram-se para almoçar em um bistrô de Highland Park, um bairro de elite. O lugar era arejado e luminoso, e os garçons recitavam os especiais do dia com ingredientes como *confit* de pato e cordeiro de criação local.

Stephen contou a Maribeth que finalmente havia se decidido por um presente de Natal para Mallory.

— Decidi comprar ingressos para alguma coisa. Um musical, algo ao qual Felicity não a teria levado, mas que Mall vai gostar — disse ele. — *The Book of Mormon*. Vamos na véspera de Ano-novo. Será lá pelas dez horas, depois posso voltar ao hotel como o geriátrico que sou, e ela pode sair para a farra.

— Parece que você achou um ótimo presente — elogiou Maribeth, com educação.

Era a primeira vez que se encontravam desde o beijo, e talvez por isso tudo estivesse tão formal e civilizado.

Ela contou a Stephen sobre o desmaio na sauna a vapor. Tinha suposto que ele acharia a história divertida, mas, em vez disso, ficou alarmado. Se estivesse com a maleta de médico, ela desconfiava de que a examinaria ali mesmo. (Não que Maribeth soubesse se ele ao menos possuía uma maleta de médico; ele simplesmente parecia o tipo de médico das antigas que usaria uma).

— Não é nada — tranquilizou ela. — Foi só o... — Ela parou pouco antes de falar *choque*. Não queria contar que descobrira a mãe biológica. Parecia íntimo demais, agora que eles beiravam um tipo diferente de intimidade. — O calor — concluiu ela.

— Você precisa ter cuidado — alertou ele.

— Eu sei. Eles só vão me deixar voltar à academia quando eu tiver um atestado de meu médico. — Ela hesitou. — Meu médico ainda é você, não?

— Se eu ainda for sua escolha.

— O quê? — Ela não havia falado em Jason, em sua existência, e muito menos no fato de que eles entraram em contato. E Maribeth havia beijado Stephen só uma vez. Não sabia se aquilo garantia uma discussão sobre escolhas.

Ele a lembrou gentilmente da própria declaração na primeira consulta.

— Ah, sim. Eu ainda escolho você — disse ela. Mas a declaração agora parecia perjúrio.

— Vou mandar uma carta por fax — avisou ele. — Conheço o gerente.

— Obrigada.

— Não há de quê.

Eles continuaram assim, numa conversa segura em voz baixa, até que Stephen pediu a conta.

Na calçada, o céu brilhava e o ar tinha cheiro de neve. Fregueses de lojas pontilhavam as calçadas. Stephen ofereceu uma carona para casa, mas Maribeth preferiu caminhar. Havia um parque próximo e ela gostava da trilha que circundava a represa. Teria de subir uma ladeira, mas agora podia lidar com isso.

Antes de os dois se separarem, houve uma pausa desajeitada.

— Eu fico pensando que não o verei de novo — admitiu Maribeth. — Agora que não temos mais consultas semanais.

— Podemos fazer isso toda semana — assegurou ele. — Ou com mais frequência. Tenho tempo.

— Eu estava pensando nisso. Você não tem pacientes? — Agora que estavam do lado de fora, no frio brutal, parecia que podiam voltar a ser eles mesmos.

— A maioria de meus pacientes me acompanhou por lealdade à antiga clínica, e eu não aceito muitos casos novos, mas, sim, tenho outros pacientes. É que eu sempre pedia a Louise para marcar você na última consulta.

— Por quê?

— Pelo mesmo motivo que como a sobremesa por último.

— Você acabou de dispensar a sobremesa.

Ele sorriu.

— Era comida demais. E naquela primeira consulta você parecia precisar, sei lá, de um lugar macio onde cair.

— Por isso você passou a me ver toda semana? E por isso me cobrou tão pouco?

— Cobrei o reembolso padrão que o Medicare me daria.

— Ainda não respondeu à pergunta.

— E você ainda não me disse quem realmente é — rebateu ele.

— Só o que estive fazendo foi dizer a você quem realmente sou.

Pela expressão, Stephen não parecia inteiramente convencido. O que Maribeth supôs ser bastante justo.

— Vamos falar naquele beijo? — perguntou ele.

— Que beijo?

Ele lhe segurou o queixo. O beijo que se seguiu foi delicado e fugaz como os flocos de neve que começavam a cair.

— Este — disse ele.

53

Maribeth escreveu cinco rascunhos de uma carta à mãe biológica. Um pior que o outro.

Meu nome é Maribeth Klein, tenho 45 anos e a senhora me entregou para adoção. Não estou zangada. Não procuro por explicações nem recriminação, mas, principalmente, por respostas. Há pouco tempo sofri um infarto e...

Parecia uma carta de apresentação. Ela a rasgou.

Sou a filha que a senhora entregou para adoção. Tenho uma vida boa. Não estou zangada. Há quatro anos, eu mesma me tornei mãe, e existem coisas em meus filhos que não reconheço...

Por que falar nos gêmeos? E se um dia ela quisesse conhecê-los?

No dia 12 de março de 1970, a senhora deu à luz uma menina. Essa menina era eu. Não sei por que não tentei entrar em contato antes. Não estou zangada nem aborrecida. Porém, recentemente eu...

Parecia tudo errado. E por que ela insistia que não estava zangada?

No andar de cima, ela ouviu um urro e um uivo. Era domingo. Devia ser um jogo de futebol. Todd e Sunita não a convidaram para assistir, mas ela sabia que seria bem recebida e precisava de distração. Enfiou o bloco embaixo do álbum de recortes, comprado para guardar suas cartas ao gêmeos, e subiu a escada.

Todd abriu a porta, com a camisa do time e os olhos escurecidos por tinta preta.

— Esse jogo vai me matar.

— Está terminando? — perguntou ela.

— Não consigo lidar com o estresse. Eu odeio os Falcons.

— É M.B.? — chamou Sunita.

— Sim, acredito que ela veio ver o jogo conosco. Não é isso mesmo? — perguntou Todd, desconfiado.

— Eu adoraria. Mas será que posso checar meu e-mail primeiro?

Ele bufou.

— Podemos dispensar a farsa e admitir que você está nos usando por causa da internet.

— Estou usando vocês por causa da internet, assim como vocês estão usando minhas habilidades culinárias.

Ele sorriu com malícia.

— Não é bom colocar tudo em pratos limpos? — Apontou o laptop com a cabeça. — Fique à vontade.

Maribeth se sentou, e Todd voltou à sala de estar. Já fazia três dias — e mais um beijo — desde o e-mail de Jason, e ela ainda não havia respondido. Não estava exatamente evitando a questão. Só não sabia o que dizer. Por onde começar. Não parecia muito certo dizer, *Que bom que você está chateado comigo, porque pelo menos não estamos fingindo.*

Mas ela não teve de pensar em como responder porque, quando entrou no Gmail, já havia uma mensagem de Jason à espera. O assunto dizia "Revelação Total".

Lembra quando você engravidou e eu tive aqueles sonhos? Talvez não se lembre. Tentei não dar importância a eles. Não queria assustá-la, mas eles eram muito nítidos, Maribeth. Tão nítidos que procurei uma terapeuta. Ela disse que os sonhos significavam que eu tinha medo de a perder para os bebês.

Mas eu disse que não, eu achava sinceramente que você ia morrer, estava apavorado. Depois que as crianças nasceram e você não morreu, os sonhos praticamente sumiram, e eu parei a terapia.

Quando o médico me procurou na sala de espera para dizer que houve um problema em seu procedimento, pensei que ele fosse me dizer que você tinha morrido. A expressão dele, Maribeth, era sepulcral. Achei que meu próprio coração tivesse parado. De verdade. Ele disse que você não estava morta. Ia passar por uma cirurgia de emergência de coração aberto. Mas ainda assim, pavor.

Então acho que foi o que mais me aborreceu em seu bilhete, além do fato de você ter ido embora. Sua sugestão de que eu não entendo o pavor. Talvez eu não tenha sentido o mesmo que você naquele dia, quando os gêmeos eram bebês, mas senti o amor e conheci o pavor.

Jason

P.S. Revelação mais total ainda: depois que você saiu bem da cirurgia, liguei para aquela terapeuta, pretendendo descarregar, pedir meu dinheiro de volta porque meus sonhos tinham sido proféticos. A Dra. Lewis me telefonou, ouviu minha bronca, depois perguntou se eu podia voltar e conversar sobre umas coisas. Eu a tenho visto desde então.

P.P.S. Foi a Dra. Lewis quem me falou que, se eu fosse desafiar todas as suas alegações na história do pavor, eu precisava esclarecer tudo isso.

— Touchdown! — gritaram Todd e Sunita.

— Falcons? Ha! Mais parecem pardais — gritou Sunita. — M.B., você está perdendo o jogo.

— Já vou aí — disse ela.

Jason estava fazendo terapia? Seu Jason? Na faculdade, quando os pais estavam em pleno processo de divórcio, ele caíra no que Maribeth imaginou ser uma depressão. Ela implorara a ele que conversasse com alguém do centro de psicologia. Jason dissera que não suportaria se ouvir daquele jeito. Parecia complacência demais. "Mas você é DJ", argumentara Maribeth. "Você ouve a si mesmo o tempo todo." "É diferente", rebatera ele.

Jason estava em terapia. Estava fazendo terapia quando ela engravidou. Estava fazendo até mesmo antes de ela sair de casa.

— Você vai ver *alguma coisa* do jogo? — gritou Todd da sala de estar.

— Eles parecem estar indo muito bem sem mim — respondeu Maribeth.

— Você está mesmo nos usando pela internet.

— Pensei que já tivéssemos determinado isso.

Ela releu a mensagem e saiu do e-mail sem responder.

Foi para a sala no exato momento em que Todd desligava a televisão.

— *Timing* excelente. Já acabou.

— E nós vencemos?

— Não pode dizer "nós" quando não assistiu — argumentou ele.

— *Nós* vencemos — falou Sunita. — Não ligue para ele. E pode usar o computador sempre que precisar. Encontrou o que estava procurando? — perguntou ela, trocando um olhar com Todd.

Jason ficou com tanto medo de que ela morresse que fora fazer terapia. Naquela época e agora de novo.

Por que ele não contou a ela?

O que mais ele não contou a ela?

— Não sei bem — respondeu Maribeth.

54

De: MBK31270@gmail.com
Para: jasbrinx@gmail.com
Assunto: Terapia?

> *Queria que você tivesse me contado.*

De: jasbrinx@gmail.com
Para: MBK31270@gmail.com
Assunto: Terapia?

> *Não sei por que não contei. É uma boa pergunta para minha terapeuta.*

De: MBK31270@gmail.com
Para: jasbrinx@gmail.com
Assunto: Terapia?

> *É errado que a ideia de você na terapia me seja estranhamente recompensadora? Eu queria poder dizer que foi puro altruísmo, que estou feliz por você estar mais saudável/contente. (E, se você estiver, eu também estou). Mas, falando sério, gosto da companhia. É bom saber que isso sugere que talvez eu não seja a única problemática na família.*

De: jasbrinx@gmail.com
Para: MBK31270@gmail.com
Assunto: Terapia?

Acho que a Dra. Lewis discordaria da ideia de que fazer terapia = problemas. Dito isso, vou reconhecer inteiramente que eu me fodi. Somos uma família de fodidos. Exceto, talvez, as crianças. Eles são fodidos em treinamento.

De: MBK31270@gmail.com
Para: jasbrinx@gmail.com
Assunto: Terapia?

Fodidos em treinamento parece uma banda que você teria defendido antigamente.

De: jasbrinx@gmail.com
Para: MBK31270@gmail.com
Assunto: Terapia?

Gostei dessa. Os Fodidos em Treinamento. Vamos pegar a estrada e ser como a Família Dó-Ré-Mi. Oscar pode tocar violão. Liv, cantar.

De: MBK31270@gmail.com
Para: jasbrinx@gmail.com
Assunto: Terapia?

Já ouviu Liv cantando? Você e Oscar fazem os vocais. Liv será Reuben Kincaid, só que muito, mas muito mais assustadora.

De: jasbrinx@gmail.com
Para: MBK31270@gmail.com
Assunto: Terapia?

Liv é a empresária, Oscar e eu cuidamos da música? Você entra nessa?

De: MBK31270@gmail.com
Para: jasbrinx@gmail.com
Assunto: Terapia?

Não sei. Shirley Partridge era viúva. Então um de nós tem de morrer. Sou o candidato mais óbvio.

De: jasbrinx@gmail.com
Para: MBK31270@gmail.com
Assunto: Terapia?

Isso não tem graça, Maribeth.

De: MBK31270@gmail.com
Para: jasbrinx@gmail.com
Assunto: Terapia?

Desculpe. A terapeuta pode dizer que usei humor como escape.

De: jasbrinx@gmail.com
Para: MBK31270@gmail.com
Assunto: Terapia?

Sempre que o telefone toca, acho que é alguém ligando com uma notícia ruim sobre você.

De: MBK31270@gmail.com
Para: jasbrinx@gmail.com
Assunto: Terapia?

Não é de se admirar que você não atenda nunca.
(Desculpe. Talvez eu precise de terapia também)

De: jasbrinx@gmail.com
Para: MBK31270@gmail.com
Assunto: Terapia?

Basicamente todos no mundo precisam de terapia,
Estou aprendendo.
E, só para sua informação, agora atendo ao primeiro toque.

55

Janice havia recebido o relatório da Allegheny Children's Home. E Maribeth, depois de várias aulas, ainda não passara da prancha.

— Algumas coisas exigem tempo. — Foi a explicação de Janice para ambos os casos.

Maribeth não tinha controle sobre a data de chegada do relatório, mas, depois de várias aulas, tinha certeza absoluta de que estava pronta para nadar sozinha.

— A prática leva à perfeição — disse Janice.

— Sim, mas às vezes a gente pode ficar obcecada com as coisas.

— Você não é a primeira pessoa que ensino a nadar, Maribeth.

— Eu sei, mas estou ficando impaciente.

— Tudo bem. Se você acha que está pronta, que seja. — Ela colocou a prancha na borda da piscina.

— Ótimo, eu vou.

— Muito bem. Darei algumas voltas — disse Janice.

Janice vinha abrindo mão da própria natação para ajudar Maribeth. E por isso Maribeth ao menos podia ser um pouco menos babaca a respeito da coisa toda.

— Bom exercício para você — disse ela, com atraso.

— Para você também — respondeu Janice, aparentemente sem ressentimentos.

A raia lenta estava quase vazia, o que era bom. Sempre que um nadador aparecia atrás de Maribeth, a parte ancestral de seu cérebro, e o temor residual de predadores, entrava em ação e gerava pânico.

Ela deu impulso, as pernas retas, batendo os pés a partir dos quadris, os braços num movimento circular, quase sem levantar o rosto. Tudo que havia aprendido. *Viu só, Janice? Está vendo a boa aluna que sou?* Depois de três braçadas, ela inspirou quando devia expirar, engoliu uma bocada de água e engasgou. Depois de um tempinho para se recuperar, tentou novamente, e parecia estar indo bem, até que saiu dos limites de sua raia e atropelou o caminho de um nadador.

— Cuidado! — sibilou o nadador.

— Desculpe! — Daquela vez Maribeth compensou, batendo as pernas e dando braçadas com tal fúria que trombou a cabeça na parede.

Ela nadou para a outra extremidade, apontando os dedos dos pés com tanta força que teve cãibra. Também entrou água pelo nariz. Quando completou uma volta, ofegava.

Enquanto descansava, viu Janice na raia rápida, cortando a água com extrema elegância.

Maribeth a observou por alguns minutos. Depois pegou a prancha na beira da piscina e voltou a trabalhar.

56

Todd e Sunita tinham brigado. Maribeth soube no momento em que os encontrou perto do carro para a viagem de compras. Todd sempre dirigia; Sunita sempre se sentava no banco do carona e bancava a programadora de rádio — o carro de Miles não tinha entrada para iPod. Mas dessa vez, Todd sentou-se na frente, Sunita atrás, no lugar de Maribeth, e os dois pareciam furiosos.

— Você vai no carona hoje, M.B., porque Sunny está sendo uma...

— Porque Todd está fazendo pirraça — interrompeu Sunita.

— Você *não precisa* ir. Eu e M.B. podemos ir sozinhos. Já fizemos isso. Você pode ir por conta própria ao mercado asiático. Talvez pedir uma carona a Fritz.

— Talvez eu faça isso. — Ela começou a abrir o cinto de segurança.

— Esperem aí — disse Maribeth. — Respirem. O que está havendo?

— Todd ficou todo nervosinho porque saí com Fritz.

— Foi um encontro — acrescentou Todd, como se isso selasse a denúncia.

— É, isso mesmo. — Sunita jogou as mãos para o alto. — Foi um encontro.

— Sobre o qual você não me contou.

— Sobre o qual não contei a você.

235

— Quando era nossa noite de assistir a *Outlander*.

— A gente pode ver gravado. Não sei por que todo esse estardalhaço.

— Eu nunca te deixei na mão para ficar com Miles.

— Ah, desculpe, Miles é seu namorado? Eu não teria como saber, porque você não nos deixa ficar juntos no mesmo cômodo.

— Exatamente! Para você não se sentir excluída!

— Ah, então é por mim? — Sunita se jogou no encosto do banco traseiro.

— É! — retorquiu Todd. — Porque todo mundo sabe que um namoro é o maior assassino da amizade.

— Essa é a coisa mais idiota que já ouvi.

— Ah, é? Pergunte a M.B. Aposto que ela vai te dizer outra coisa.

Por um momento Maribeth se sentiu exposta, como se eles tivessem assistido à película de sua vida. Mas é claro que Todd só supunha que ela sabia disso porque era velha e, portanto, tinha Experiência de Vida.

— Bem, eu tinha uma grande amiga, depois me apaixonei por um cara e isso complicou as coisas.

— Tá vendo? — disse Todd.

— *Complicou* não quer dizer que a amizade foi estragada — argumentou Sunita.

— É *exatamente* o que quer dizer — teimou Todd.

Os dois olhavam para ela.

— Não é? — insistiu Todd.

— Não sei bem o que significa — concluiu Maribeth. — Elizabeth, era essa a amiga, ela se mostrou muito protetora quando esse cara e eu ficamos juntos, mas, com o tempo, ela passou a gostar dele. Somos todos amigos. Um dia ela até o ajudou a escolher minha... — Ela hesitou brevemente. — Meus presentes de aniversário.

O que ela quase disse foi que Elizabeth ajudara a escolher a aliança de Maribeth. E aquilo, mais que qualquer outra coisa, parecia o selo oficial de aprovação Elizabeth Ford, a conclusão de um lento degelo e aquecimento final entre Elizabeth e Jason, ou melhor, de Elizabeth para com Jason, embora ele aparentasse ter certo medo dela, apesar de Maribeth jamais ter contado o que Elizabeth dissera quando ele voltara a entrar em contato, por uma mensagem no Facebook, quase dez anos depois de terem terminado: "Não responda. Não fale com ele. Não dê essa alegria a ele. Ele partiu seu coração uma vez. Não merece uma segunda chance".

Mas na época em que ambos ficaram noivos, os três se entendiam bem, eram até mesmo amigos. Às vezes saíam juntos, para comer fora e ir ao teatro, e, num mês de agosto, alugaram uma casa de verão em Fire Island. Depois que Jason propôs casamento e Maribeth aceitou, foi Elizabeth quem deu a festa no próprio apartamento. Foi um evento bonito e opulento, repleto dos toques pessoais de Elizabeth. Ela contratou músicos ecléticos que Jason aprovaria — um tocava bandolim, o outro, contrabaixo —, e instruiu o bufê a servir toda a comida em copinhos, porque Maribeth não gostava de ver as pessoas equilibrando pratos enquanto comiam de pé. Embora tivesse sido uma festa para ela e Jason, Maribeth sentiu que fora para os três. Em particular quando Jason, durante o brinde, fez uma piada sobre Maribeth ser um partido tão bom que ele estava disposto a se mudar para o outro lado do país, acompanhá-la a um show do Marroon 5 e suportar o fato de ela já ser casada.

A maioria dos convidados riu educadamente, sem entender muito bem a piada, talvez julgando ser alguma referência ao programa de televisão sobre mórmons bígamos que fora ao ar recentemente. Maribeth olhou para Elizabeth, que lhe deu uma piscadela e bateu no anel de ouro filigranado que Maribeth comprara para ela de aniversário de 25 anos, uma joia que ela usava no dedo anular até Tom aparecer com sua grande esmeralda gorda. Maribeth tinha no dedo sua própria aliança, de safiras. Ela nunca descobriu o que foi feito da aliança antiga da mãe de Jason; nem isso, nem o noivado abortado entraram em discussão. Mas ela não se importava. Preferia muito mais o novo anel.

— E o que aconteceu? — perguntou Sunita? — Com a amiga?

Apesar do que acabara de dizer a Todd, às vezes ela considerava Jason responsável pelo afastamento entre ela e Elizabeth. Foi Jason quem as uniu. E Jason quem as separou. Não foi nada em particular que tenha feito, mas porque não se pode ter as duas coisas ao mesmo tempo — um marido e uma esposa.

Porém, quando pensava na festa de noivado, o que ela se lembrava com muita nitidez era de ter se sentido segura. Estava se casando com Jason, tal como desejara desde a faculdade, mas não era bom saber que tinha Elizabeth também? Imaginou a cena, seu pequeno trio, como um banco de três pernas, mais sólido que qualquer coisa na vida.

Mas uma perna se quebrou. Em seguida, a outra. E todo o restante desmoronou.

57

De: MBK31270@gmail.com
Para: jasbrinx@gmail.com
Assunto: Mais perto

Nós a encontramos. Minha mãe biológica. O relatório deve chegar a qualquer momento. Não sei bem o que vou descobrir. Ela pode ter morrido de infarto, até onde sei. Parte de mim acha que pode ser mais fácil se ela estiver morta. Seria menos complicado. Eu teria descoberto o que precisava saber. Definitivamente.
Sou uma pessoa horrível.
NÃO conte a minha mãe sobre isso.

De: jasbrinx@gmail.com
Para: MBK31270@gmail.com
Assunto: Mais perto

Você não é uma pessoa horrível. É apenas humana. De qualquer forma, não acho que esteja falando sério.
E não se preocupe com sua mãe. Estamos cuidando dela.

De: MBK31270@gmail.com
Para: jasbrinx@gmail.com
Assunto: Mais perto

Cuidando? Ela está trancada na despensa?
E você provavelmente está certo. Porque se minha mãe — a outra
— morreu de infarto, eu me preocuparia ainda mais com o que
transmiti geneticamente aos gêmeos. Pareceria inevitável então.

De: jasbrinx@gmail.com
Para: MBK31270@gmail.com
Assunto: Mais perto

Meu pai teve um infarto. Vem dos dois lados. Você não precisa ficar
com todo o crédito.
E nada é inevitável.

De: MBK31270@gmail.com
Para: jasbrinx@gmail.com
Assunto: Mais perto

Isso é bem verdade.
Não quero todo o crédito. Só não quero toda a culpa.

De: jasbrinx@gmail.com
Para: MBK31270@gmail.com
Assunto: Mais perto

Acho que já existe mais que o suficiente disso.
Depois de sua cirurgia, eu não participei como deveria. Achei que
tivesse feito isso, mas agora vejo que não fiz. Me desculpe.

De: MBK31270@gmail.com
Para: jasbrinx@gmail.com
Assunto: Mais perto

Nossa. Acho que gosto dessa Dra. Lewis.

De: jasbrinx@gmail.com
Para: MBK31270@gmail.com
Assunto: Mais perto

Eu deduzi isso sozinho. Em minha defesa, não entendi tudo que você fazia por aqui até precisar fazê-lo eu mesmo. A terapeuta disse que talvez eu precisasse que tudo fosse como sempre foi porque, caso contrário, eu teria de pensar na alternativa, que foi o que devia ter acontecido com você. E isso era chapa quente.

De: MBK31270@gmail.com
Para: jasbrinx@gmail.com
Assunto: Mais perto

O pavor?

De: jasbrinx@gmail.com
Para: MBK31270@gmail.com
Assunto: Mais perto

É. O pavor.

58

Maribeth não falara sério quando admitiu usar Todd e Sunita pelo acesso à internet. Gostava verdadeiramente dos dois. Mas vinha tirando muito proveito da generosidade de ambos com o Wi-Fi e o laptop desde o Dia de Ação de Graças, particularmente agora que os e-mails de Jason chegavam com regularidade e o frio tornara a ida à biblioteca muito menos atraente.

Ela decidiu mostrar sua gratidão cozinhando para eles de novo. Todd e Sunita detonaram a paella da última vez, então quem sabe fizesse uma *bouillabaisse*. Era a semana das provas finais, e, se ainda fosse como Maribeth se lembrava, os estudos deixavam a pessoa faminta.

Ela mandou o convite por mensagem de texto.

O Raposa Prateada vem?, respondeu Todd.

Maribeth não falava com Stephen desde o almoço na semana anterior. Vê-lo agora, fora do consultório, agora que eles se beijaram, agora que ela trocava e-mails com Jason, parecia diferente. Ele não telefonara para ela; Maribeth sentia que ele havia passado a bola para ela, mas ela não a devolveu. E aquilo não significava que não quisesse vê-lo. Ela queria. Desconfiava de que ele também queria vê-la. Um jantar parecia um pretexto seguro, então ela lhe mandou uma mensagem: *Minha cozinha vai ficar com um cheiro bom a partir de amanhã, lá pelas cinco horas, se quiser vir jantar. Os garotos do andar de cima também virão.*

Vou levar uma quantidade adequada de vinho, respondeu ele.

Ele chegou enquanto Maribeth ainda limpava os mariscos.

— Chegou cedo — disse ela. — E estou ficando atrasada.

— Não tenho mais a paciente das quatro horas — explicou ele, sorrindo. — Então não sei o que fazer na parte da tarde.

— Pode experimentar golfe. Soube que os médicos gostam disso. Ou marcar um paciente novo.

— Não estou aceitando novos pacientes no momento.

— Por que você me aceitou?

— Para pegar a recompensa por entregá-la ao presídio de Cambridge Springs, naturalmente.

— Naturalmente.

Ele entrou. De súbito, Maribeth teve consciência de alguns fatos: seu apartamento, vazio, a cama no outro cômodo. Ela e Stephen. Dois beijos. Jason.

— O que é isso? — Ele pegou o álbum de recortes que guardava suas cartas aos gêmeos.

Maribeth o tirou de sua mão.

— É só um álbum — respondeu ela, metendo o livro numa gaveta. — Nada tão interessante assim.

Ela viu que ele olhava o lugar, tal qual como ela havia xeretado a casa dele, procurando pistas de sua vida. Através dos olhos de Stephen, Maribeth agora via o apartamento: suas paredes nuas, a decoração genérica de uma rede de hotéis modestos, a ausência de qualquer objeto pessoal: diplomas, fotos. Não havia pistas sobre sua vida ali. O que talvez fosse a maior pista de todas. Não era tanto um apartamento, mas uma toca. Porém Stephen devia entender isso. Ele também morava em uma toca, apesar de ter uma mobília muito mais bonita.

— Precisa de ajuda na cozinha? — perguntou ele.

— Como você se vira com uma faca?

— Não sou cirurgião, mas talvez possa remover um apêndice, se necessário.

— Então pode limpar o camarão.

Eles trabalharam num silêncio agradável e abriram uma garrafa de cabernet no respeitável horário das seis. Justamente quando quase tudo estava sobre a mesa, Sunita entrou de rompante.

— Mais um semestre e vou dar o fora daqui. — Ela formou um punho. Todd estava bem atrás dela.

— Isso, maltrate bastante.

— Você só está um período atrás — disse ela. — O cheiro está delicioso, M.B.

— Obrigada — agradeceu Maribeth.

— Posso tomar um pouco do vinho? — perguntou ela a Stephen. — Estou detonada com minha prova final de estatística.

— Graças a tanto estudo com Fritz. — Todd implicou com ela. — Provavelmente ele nem precisava cursar estatística, mas fez isso para ser seu coleguinha de estudos.

— Só você consegue transformar a expressão *coleguinha de estudo* em algo devasso — observou Sunita.

Todd pôs a mão embaixo do queixo, virando a cabeça de lado como um anjinho. Voltou-se para Maribeth e Stephen.

— Ele a convidou para a comemoração do Chanucá, com toda a família. Eles acabaram de se conhecer e ele quer que ela conheça a família. Sinto ser meu dever denunciar a Chandra e Nikhil.

— Não é nada disso. Estávamos falando do Diwali e de como é um festival das luzes, assim como o Chanucá, que vai começar em poucos dias.

— Na verdade, começou dois dias atrás — disse Maribeth.

Todos olharam para ela, surpresos.

— Que foi? Sou judia.

Todd, Sunita e Stephen se entreolharam com ironia.

— Que foi? — repetiu Maribeth.

— A mulher misteriosa revela uma pista — responde Todd, com voz de trailer de filme.

— Mistério? Que mistério? Meu sobrenome é Goldman.

— Jamais saberíamos — disse Sunita. — Você não recebe correspondência alguma.

— E qual seu nome de batismo, M.B.? — indagou Todd.

Stephen ergueu uma sobrancelha.

— Não dou a mínima — garantiu Todd. — Eu acho legal. Todo mundo que conhecemos conta tudo o tempo todo. Você guarda bem seus segredos. Gosto disso.

— Não sou assim tão misteriosa.

— A gente achava que você era traficante de drogas — admitiu Sunita. O marisco que Maribeth abria voou de sua mão.

— Traficante de drogas?

— Sempre pagando com notas de cem. Um barato celular pré-pago, cujo número nem você sabe — disse Sunita. — E não tem computador.

— E você falou que era consultora — lembrou Todd. — Que tipo de consultora não tem computador?

— Eu tenho computador, só não está comigo, e eu *não sou* traficante de drogas.

— Isso a gente deduziu — explicou Todd. — Nunca vem ninguém aqui.

— Além do mais, os traficantes não usam muito e-mail — disse Sunita.

— Isso é o que fazem os jovens amantes — brincou Todd. — Ou os mais velhos.

Todos olharam para Stephen, que ficou meio vermelho.

— M.B. se comunica comigo estritamente por mensagem de texto — disse ele, bebericando um gole do vinho. — Eu nem tenho seu e-mail.

— Ah, é? — Sunita não entendeu.

— Ah — disse Todd, entendendo.

— É — respondeu Stephen, que deve ter entendido o tempo todo, pelo menos desconfiado, que havia uma família em algum lugar por aí. E um marido.

— Com licença — pediu Maribeth. E correu para fora.

STEPHEN A ENCONTROU na entrada do prédio. Ela não vestia um casaco, então ele colocou o dele em seu ombro.

— Você devia ter mais cuidado — aconselhou ela. — Sou uma prisioneira foragida de Cambridge Hall.

— Cambridge Springs — corrigiu ele.

— Que seja. Estou armada e sou perigosa.

— Quanto à arma, não sei — disse ele. — E eu não sou nenhuma estrela-guia.

— Você é a estrela mais brilhante em todo o céu. — Ela apontou para mostrar a ele, mas estava nublado.

— Você era uma paciente. Passei dos limites.

— M.B. Goldman era uma paciente. Essa não sou eu de verdade.

— Então quem é você?

— Uma fodida. Uma fugitiva. Uma pessoa com uma péssima capacidade crítica — disse ela.

— Péssima capacidade crítica? Eu sou o médico que beijou a paciente.

— A paciente beijou você primeiro.

— E fico feliz que ela tenha feito isso.

— Fico feliz que ela tenha feito também.

Na primeira vez, ela o beijou. Na segunda, foi ele quem deu o beijo. Na terceira, eles se beijaram. E nesta ocasião pareceu errado. Ela se afastou.

— Desculpe-me — pediu Stephen.

— Não, eu é que peço desculpas — disse Maribeth. — Acho que não sou muito boa com limites, no fim das contas.

— Não. Nem eu.

No APARTAMENTO DE Maribeth, Todd estava furioso e descontava nos pratos.

— Calma aí — pediu ela, enquanto ele batia um prato na pia.

Ele não disse nada, só atacou o prato com a esponja.

— Todd. — Maribeth lhe tocou o braço, mas ele a enxotou.

— O pai dele trocou a mãe pela secretária — explicou Sunita, procurando Tupperware nos armários. — Ele não consegue superar isso.

Agora Todd tentava cometer assassinato com a palha de aço.

— Pare agora — disse Maribeth. — Antes que você mate essa pobre panela.

— Você não devia trair — murmurou ele.

Ela suspirou.

— Stephen é meu médico.

— Seu médico? — perguntou Todd. Ele abandonou a postura rabugenta e pareceu genuinamente perturbado. — Você está doente?

— Não, mas estive. — Então ela contou sobre o infarto, sobre a cirurgia, excluindo o fato de que tudo aconteceu em outra cidade, outra vida.

Mas então Sunita perguntou:

— Se você já sarou, por que ainda está, tipo, vendo o cara?

A pergunta mais adequada era: se ela havia sarado, por que ainda estava ali?

— E — acrescentou Todd — se você não estava trocando e-mails com ele, com quem era?

Aquela ela podia responder.

— Com meu marido.

59

Queridos Liv e Oscar,

Quando saí de casa, eu não trouxe muita coisa. Basicamente roupas e remédios. Saí com pressa, é o que as pessoas fazem quando estão fugindo.

Peguei uma fotografia de vocês. Vocês notaram o porta-retratos vazio? Era do verão passado, perto do aniversário de vocês, quando aquele homem tirou nossa foto. Vocês se lembram desse dia?

O homem era um fotógrafo famoso pelos retratos de filhos de celebridades. Elizabeth havia pensado que seria ótimo mostrar como ele se saía com famílias "de verdade", e Maribeth se ofereceu porque Elizabeth disse que seria apenas uma foto pequena na edição, e em troca ela teria um retrato de família de 10 mil dólares.

O fotógrafo queria clicá-los no Battery Park, à luz da tarde, em um banco, com a silhueta de Manhattan atrás. "Tranquilo", dissera ele. As famosas últimas palavras.

Oscar confundiu a expressão *disparo da câmera* com o de uma arma e ficou histérico. Liv tinha perdido o cochilo e estava tirânica. Para que as crianças se acalmassem, Jason plantou bananeira na grama e Maribeth tentou sua primeira estrela em duas décadas. Oscar parou de chorar. Liv parou de reclamar. Eles passaram a dar cambalhotas. O fotógrafo tirou algumas fotos desanimadas das acrobacias antes que a luz acabasse.

"Não dá para usar nada daqui", rabiscara a editora de fotografia nas primeiras provas que mandou à caixa de entrada de Maribeth. Maribeth entendeu. As fotos estavam um caos. O terno de Oscar estava sujo, a calcinha de Liv aparecia. Não era fotografia para a *Frap*.

Acho que aquela foto de vocês dois dando cambalhotas possivelmente é a preferida da família. O que pode ser uma coisa esquisita de se dizer, porque não é da família toda, é só de vocês dois. Mas, de algum modo, é de nós quatro. Vejo papai e eu ao lado, andando de cabeça para baixo. Essa é a parte legal das fotos. Às vezes o que vocês veem só conta parte da história.

Eu amo vocês dois.

Mamãe

60

Na aula de natação seguinte, Janice fez dois anúncios importantes. A narrativa do nascimento estava pronta, e talvez elas botassem as mãos no material aquela noite. No mais tardar, na segunda-feira. E com seriedade quase igual, ela proclamou Maribeth pronta para se formar na modalidade prancha.

— Está na hora de juntar as peças — declarou ela.

No início, parecia outro desastre. Os braços de Maribeth giravam para um lado, dessincronizados com a respiração. As pernas iam depressa demais, depois lentas demais, os joelhos dobrados. Ela não conseguia pegar ar com velocidade suficiente, ou engolia rápido demais e ofegava. Parecia que costurava um vestido a partir de moldes diferentes. Nada se encaixava, e ela estava certa de seu ridículo.

— Não está dando certo — disse ela a Janice.

— Continue tentando.

Ela continuou. Sem parar. Não melhorava. As crianças em idade escolar na aula ficavam nadando a sua volta. Ela as observou com certo espanto. A natação às vezes parecia complicada como pousar um avião em plena nevasca. Não que ela tivesse alguma experiência nisso.

— Já chega para mim — avisou Maribeth.

— Dê mais cinco minutos — retrucou Janice.

Foi naqueles últimos minutos que aconteceu. Ela não soube dizer se foi por ter parado de se esforçar tanto, ou porque sabia que seu tempo chegava ao fim. Mas de súbito não estava pensando. Só ouvia o som da própria respiração e o gorgolejo da água; era algo tão parecido com o útero, que ela se desligou. E aí não brigava mais com a água. Deslizava acima dela. Havia esforço, exercício físico, deve ter havido, mas ela não sentia. Não era difícil. Nem um pouco.

Quando ela parou, Janice a olhava, radiante.

— Você acaba de dar quatro voltas — declarou ela.

— Sério? — perguntou Maribeth.

Janice assentiu.

Maribeth ficou em êxtase. As alardeadas endorfinas a inundaram.

— Eu me desliguei — explicou ela. — Me desliguei de tudo.

Janice concordou com a cabeça, como se Maribeth tivesse descoberto um segredo.

Enquanto as duas se vestiam, Maribeth estava exultante. Nem acreditava. Sabia que era tolice ficar tão abobalhada por ter nadado quatro voltas, mas acreditara que natação fosse difícil, mais difícil que correr. Por isso fazia bem às pessoas.

Janice riu quando Maribeth lhe disse isso.

— Só é difícil quando você faz errado.

Ao SAIR DA academia, o gerente interceptou as duas na recepção.

— Tive notícias do Dr. Grant — disse ele, sorrindo. — Ele enviou a autorização para o uso da sauna a vapor.

— Então ele mandou?

O gerente estava quase obsequioso.

— Eu não sabia que a senhora era amiga dos Grant. Bem, acho que agora é só o Dr. Grant.

— Sim. Ele é meu cardiologista.

— Sim, é claro — disse o gerente. — Ultimamente não o vemos com frequência. A mulher dele era uma de nossas frequentadoras preferidas, e sua falta é muito sentida. Diga-me, vai entrar de sócia aqui?

— Não sei. — Janice dera a Maribeth mais cinco passes para convidados. Eram o suficiente para cobrir o ano. Janice oferecera vales para o ano seguinte. Stephen disse que deixaria de ser sócio, mas também explicou que já vinha ameaçando fazer isso havia algum tempo.

— Agora é um ótimo momento para se associar. Temos um novo pacote para sócios. Sem taxa de matrícula. O primeiro mês é gratuito.

— Não sei quanto tempo ficarei aqui.

— Temos diferentes níveis de associação. Anual ou mensal. Digamos, se seus passes acabarem no mês que vem, a senhora pode se associar por um ou dois meses. O que acha?

Ela não sabia. Por toda a vida, fora uma planejadora, maquinadora, uma trabalhadora. Planejava refeições com uma semana de antecedência, assim sabia o que comprar. Planejava as férias com um ano de antecedência, assim eles podiam economizar na passagem aérea. Planejava as matérias na *Frap* com seis meses de antecedência. Tinha o calendário memorizado: quem iria aonde, comer o quê, escrever o quê.

Mas agora? Não sabia o que aconteceria no próximo mês. Nem mesmo sabia o que aconteceria na semana seguinte. Não sabia o que aconteceria com Jason. Com Stephen. Com seus filhos. Com a mãe biológica. Um ano antes, tanta incerteza a teria matado. Suas listas, seus planos — eles eram seu paraquedas, o que evitava que despencasse em total queda livre.

Agora ela estava em queda livre. E aquilo não a matou. Na verdade, ela começava a se perguntar se podia fazer o contrário. Toda aquela fixação com a queda... Talvez devesse prestar mais atenção na parte do livre.

61

Janice telefonou naquela mesma tarde.

— Está comigo! Tenho o relatório! É a noite de pais e mestres, então não posso mostrá-lo a você agora, mas farei isso amanhã bem cedo.

— Não pode só ler para mim?

— Não. Não vou abrir sem você. Venha aqui de manhã cedo.

— Amanhã?

— Eu sei. Mas você esperou esse tempo todo. Consegue sobreviver por mais um dia.

Maribeth não sabia se conseguia. Bateu na porta de Todd e Sunita.

— Por favor, me digam que tem algum jogo passando — implorou ela. — Qualquer coisa. Preciso me ocupar.

— Talvez uma partida universitária — arriscou Sunita. — Vamos ao cinema daqui a pouco. Uma sessão dupla. Se quiser, pode ir conosco.

— O gênero é ação e aventura — avisou Todd. — Se seu coração aguentar.

No início ela pensou que ele estava falando sério, mas depois notou o sorriso malicioso. Em algum lugar pelo caminho, fora promovida ao tratamento Sunita. Maribeth achou aquilo muito bacana.

— Cinema é perfeito — garantiu ela.

— Só vamos sair daqui a uma hora — disse Todd, gesticulando para o computador. — Se precisa fazer alguma coisa, por que não troca e-mails com seu marido?

De: MBK31270@gmail.com
Para: jasbrinx@gmail.com
Assunto: Está no trabalho?
De: jasbrinx@gmai.com

Para: MBK31270@gmail.com
Assunto: Está no trabalho?
Estou trabalhando em casa. Quer entrar no chat?

De: MBK31270@gmail.com
Para: jasbrinx@gmail.com
Assunto: Está no trabalho?
Acho que estamos oficialmente velhos para um chat. Nossos computadores vão derreter se tentarmos.

De: jasbrinx@gmai.com
Para: MBK31270@gmail.com
Assunto: Está no trabalho?
Você sabe que gosto de viver perigosamente, vovó.

Alguns segundos depois, apareceu uma pop-up dizendo que Jinx queria conversar.

Jinx. Aquilo a fez sorrir.

5:40.
Jinx: Oi.
Eu: Oi.
Jinx: Olha só a gente, num chat como crianças.
Eu: Quando você menos esperar, estaremos no Snapchat.
Jinx: Não sei o que é isso.
Eu: Não. Eu também não.

5:47

Eu: Então, o relatório chegou. Sobre minha mãe biológica. Vou ver amanhã.

Jinx: !

Jinx: Como está se sentindo?

Eu: Basicamente enjoada.

Eu: De um jeito tenso. Nada relacionado ao coração.

Eu: E se ela morreu? E se morreu de infarto? E se foi uma pessoa horrível? E se ela foi estuprada? Podem ser tantas coisas medonhas.

Jinx: Talvez saber acabe com o medo.

Eu: Ou aumente.

Jinx: Não sei. Faz sentido enfrentar seu medo de frente. Tipo quando eu li seu bilhete, foi apavorante, mas tranquilizador ver meus medos tendo eco em outra pessoa. Foi como uma prova de que eu não estava louco.

5:52

Jinx: Ainda está aí?

Eu: Sim.

Jinx: Achei que tivesse assustado você.

Eu: Não. Eu só estava pensando em como te contar que não lembro o que escrevi no bilhete, e, quando você o enviou de volta para mim, eu entrei em pânico e o deletei.

Jinx: Sério? Por quê?

Eu: Pensei que você estivesse jogando aquilo na minha cara. Aquela primeira frase... É tão histérica.

Jinx: "Tenho medo de morrer."

Eu: Por favor, não faça isso. Eu me lembro dessa parte.

Jinx: Mas não do restante?

Eu: Digamos que eu não estava em minha melhor forma quando escrevi.

Jinx: Provavelmente eu não estava em minha melhor forma quando mandei para você. Estava muito zangado, então acho que de certo modo o joguei na sua cara. Você foi embora, depois nada por um mês, depois aquela saraivada de acusações. Mas o que eu queria principalmente era que você visse, em suas próprias palavras, o que você me pediu para fazer.

Eu: Me desculpe.

5:57

Jinx: Está tudo bem. Aliás, não acho que você tenha sido histérica. Achei que estava sendo verdadeira. E é claro que era um medo compartilhado. Eu também tive medo que você morresse.

Eu: Jase? Pode me mandar o bilhete de novo?

Jinx: Agora?

Eu: Agora. Pode mandar para mim por e-mail?

Jinx: Posso anexar bem aqui se quiser. Podemos ler juntos.

Eu: Sério? Tudo bem. Faça isso.

Um anexo apareceu à direita, na janelinha do chat. Maribeth clicou ali e leu as palavras que havia escrito no pior dos dias.

Sei que você acha que eu estou bem, mas tenho medo de morrer.

E não é a morte que me assusta. Só consigo pensar nos gêmeos, tão jovens para perder a mãe, e o que aconteceria a eles se eu morresse agora.

E depois penso naquela noite, quando eles eram recém-nascidos e estavam dormindo nos suportes perto da mesa. Lembra-se daquela noite? Eu estava tão tomada de amor por eles que não conseguia parar de chorar. Você riu e disse que eram os hormônios, mas não eram. Era pavor. Parecia que minha pele tinha virado pelo avesso. Como é possível amar tanto alguém? Isso deixa você vulnerável demais. Foi quando entendi o segredo fatal do amor de uma mãe: você os protege para proteger a si mesma.

Mas como posso fazer as duas coisas? Proteger a eles e a mim. Proteger os dois de mim.

Então preciso me afastar. Para me cuidar. Você, cuide deles.

Peço desculpas. Não me odeie. Me deixe fazer isso. Me deixe existir. Você disse que me daria uma bolha. Preciso que ela seja maior.

Maribeth

6:09

Jinx: Ainda está aí?

Eu: Sim.

Jinx: Você está bem?

Eu: Sim. E você?

Jinx: Estou.

Eu: Você me odeia?

Jinx: Nunca odiei você.

Jinx: Você me odeia?

Eu: Se odiei, não odeio mais.

6:17

Jinx: Maribeth?

Eu: Sim?

Jinx: As crianças e eu precisamos pegar a estrada.

Eu: Ah.

Jinx: Você está bem?

Eu: Sim.

Jinx: Vai me contar o andamento das coisas amanhã? Vou verificar meu e-mail.

Eu: Tá.

— Você está num chat? — perguntou Todd, espiando por cima do ombro dela. — Com seu *marido*?

Maribeth fechou a janela.

— Sua safadinha — disse Todd.

ELES SAÍRAM PARA o cinema. Fritz e o esquivo Miles se juntariam aos três na segunda sessão.

— Enfim vou conhecer Miles — disse Maribeth.

— Ele trabalha muito — explicou Todd. — Não é como se ele fosse um *segredo* ou coisa assim.

— Jura? Tem certeza?

— Na maior parte. Mas, se você for legal, eu te deixo falar com ele.

— Eu sempre sou legal. Talvez eu até compre a pipoca.

Todd sorriu.

— Então pode ser que eu deixe você se sentar ao lado dele.

* * *

ELES ASSISTIRAM A um dos filmes do Hobbit, o que foi uma bela distração, embora longa. Quando acabou, encontraram-se com Fritz que, Todd tinha razão, estava nitidamente caidinho por Sunita, e com Miles que, Maribeth ficou surpresa ao descobrir, não era tão velho. Talvez no final dos 20 anos. E claramente louco por Todd.

Embora tivesse comprado a pipoca, Maribeth deixou que os casais se sentassem juntos, colocando-se entre Sunita e Todd. O segundo filme era o terceiro episódio de uma daquelas franquias distópicas. Maribeth não tinha visto as duas primeiras partes, e assim Todd e Sunita cochichavam em seu ouvido, colocando-a a par durante a exibição.

— Gale foi o que ela amou primeiro — explicou Sunita. — Mas agora ela ama Peeta também. O clássico triângulo amoroso.

— Pensei que isso só acontecesse nos livros — cochichou Todd. — Até conhecer você.

— Não estou em um triângulo amoroso — cochichou Maribeth.

— Katniss disse a mesma coisa — respondeu Todd.

62

THE ALLEGHENY'S CHILDREN'S HOME

PARECER PARA ADOÇÃO

PARECER:

A mãe foi indicada à Allegheny Children's Home em 8 de janeiro de 1970, pela Beacon Maternity Home, onde residia desde 27 de dezembro de 1969. Depois de ingressar na Maternity Home, a mãe estava em seu sexto mês de gestação e era seu desejo e da família que ela permanecesse ali até o nascimento da criança.

MÃE:

A mãe tem 20 anos e reside na ███████████ região de Pittsburgh. É mignon (1,62 metro, 54 quilos antes da gravidez) e atraente, de olhos azuis, pele clara, cabelo castanho, corte de estilo moderno. Tem o nariz arrebitado, algumas sardas no rosto, postura excelente e dentes retos que não exigem aparelhos. Tem excelente higiene oral e não possui cáries.

Os ancestrais da mãe são suecos e ingleses do lado paterno, e poloneses e alemães do lado materno.

A mãe goza de excelente saúde. Além de um surto de rubéola na infância, não teve nenhuma doença grave. Antes da gravidez, era atlética, jogava hóquei de grama e patinava no gelo. A mãe é alérgica a penicilina e morango.

De personalidade, a mãe parece ser dotada de bom humor e inteligência, com interesse nas artes e nas questões mundiais.

No secundário, foi aluna de destaque, membro da sociedade de debates. No ano passado, ingressou ███████. ██ Community College na esperança de se transferir para um curso universitário com duração de quatro anos e se formar. Foi ali que conheceu o suposto pai e engravidou.

Inicialmente a mãe mostrou-se tímida e reservada na Maternity Home, mas depois de algumas semanas, segundo a equipe, revelou senso de humor e uma natureza mais loquaz. Enquanto esteve aos cuidados da equipe e de assistentes sociais, fez amizade rapidamente com outras residentes, organizando muitos eventos, inclusive uma noite de jogos e até encenando uma curta peça cômica que ela mesma escreveu e dirigiu.

A gravidez foi o resultado de um caso entre a mãe e o suposto pai, um professor casado de ██████████. Embora a mãe seja bastante acessível sobre o caso e sendo ele de natureza extraconjugal, ela se recusou a informar o nome do suposto pai e forneceu poucos detalhes sobre o homem. Não está claro se o suposto pai, que a mãe afirma possuir família, está ciente da gravidez.

A mãe foi resoluta em sua decisão de entregar a criança. Assim que teve conhecimento da gravidez — apenas no quinto mês, o que não é de todo inacreditável, em vista de sua magreza —, ela contou à família e imediatamente foi levada à Bacon Maternity Home.

A mãe é a única filha mulher numa família de quatro filhos e desde a morte da própria mãe assumiu os cuidados

dos três irmãos mais novos. Ao descrever sua família, ela parece sobrecarregada por essa guinada nos acontecimentos e desolada pela perda repentina da mãe vários anos antes.

A mãe é católica e protestante por parentesco, mas descreve a si mesma como não religiosa. Não comparece à igreja desde a morte da mãe.

FAMÍLIA:

O pai da mãe possui 57 anos e goza de boa saúde. É proprietário do restaurante ████████ em ████████. É descrito como alto, claro, musculoso e atlético.

A mãe da mãe, a quem ela descreveu como espirituosa e às vezes melancólica, já é falecida. Teve um colapso aos 42 anos, quando a mãe tinha 16, suspeita-se que tenha sido um ataque cardíaco. Antes disso, gozava de boa saúde.

Irmãos: A mãe possui quatro irmãos, de 22, 17, e gêmeos de 14 anos. Ela descreve os irmãos como meninos cheios de energia, meigos e atléticos, embora lhes falte curiosidade intelectual.

O irmão mais velho atualmente serve ao exército no Vietnã. O irmão de 17 anos trabalha no restaurante da família. Os caçulas ainda estão na escola.

Tia paterna, 51: Uma tia solteira mora com a família desde a morte da mãe. Goza de boa saúde, com exceção da surdez de um ouvido, resultado de meningite na infância. A relação da tia com a mãe parece ser litigiosa desde a morte da genitora da mãe.

Tio paterno, 54: Pecuarista que reside em ████████. Em boa saúde.

Tia materna, 47: Em boa saúde, reside em ████████.

Avós: Avó materna, 72, possui saúde debilitada e reside numa casa de repouso. O avô materno é falecido, causa da morte desconhecida. Avó paterna falecida, câncer de pulmão. Avô paterno falecido, acidente de automóvel.

<u>Suposto pai</u>: O suposto pai é professor em ▮▮▮▮▮▮▮▮▮, que a mãe frequentava. A mãe reluta em divulgar qualquer detalhe, possivelmente por medo de que leve a repercussões profissionais e pessoais, pois o suposto pai é casado.

AVALIAÇÃO:

Embora inteligente, a mãe parece ser uma jovem ingênua, que entrou em um caso extraconjugal a respeito do qual expressa pouco remorso além de sua decepção por ter de sair da ▮▮▮▮▮▮▮▮ College devido à gravidez que se seguiu. Embora cite com orgulho ser a primeira na família a obter educação de nível superior, ela parece desconectada de como os próprios atos provavelmente desviaram suas aspirações educacionais, e portanto não está disposta ou é incapaz de assumir plena responsabilidade. Ela acredita que depois da gravidez conseguirá retornar à faculdade, embora o pai e a tia da mãe digam que isso é improvável.

A mãe menciona frequentemente o desejo de sair de casa, de escapar dos negócios da família, e não está além da possibilidade que ela tenha visto a gravidez como um meio de fuga. Está claro que, apesar de sua idade, a mãe de forma alguma está preparada para a maternidade, fato que ela reconhece prontamente, o que sugere pelo menos discernimento e maturidade mínimos.

INFORMAÇÕES ADICIONAIS:

A mãe pediu particularmente que a criança não seja adotada por um lar fortemente católico.

INFORMAÇÕES DO NASCIMENTO:

A mãe deu à luz a uma menina saudável no hospital Shadyside às 10:55h da manhã de 12 de março de 1970, três semanas antes do prazo. O peso da criança ao nascimento era de saudáveis 3,3 quilos, o que sugere uma possível data incorreta do parto. A mãe, que permaneceu fria e distante durante maior parte da gravidez, tornou-se atipicamente emotiva e meditativa após o nascimento do bebê. Anteriormente, não havia expressado desejo de dar um nome à criança, mas depois do nascimento insistiu nisso. A criança permaneceu no hospital por cinco dias antes de ser transferida ao berçário da Allegheny Children's Home a fim de aguardar o término dos direitos parentais da mãe e a subsequente adoção.

INFORMAÇÕES DO TRIBUNAL:

A audiência de renúncia ocorreu em 17 de maio de 1970. A mãe compareceu desacompanhada e parecia estar em bom estado de espírito. Os direitos da mãe biológica se encerraram em 8 de julho de 1970.

63

Maribeth leu o relatório na sala de estar da casinha arrumada e de tijolos aparentes de Janice. Teve de colocar o documento no colo. As mãos tremiam demais para segurá-lo.

— Você está bem, querida? — perguntou Janice, observando de uma distância respeitosa.

— Estou ótima. — Maribeth se ouviu dizer.

— É uma sorte que ela estivesse na Beacon. — Janice fez uma breve pausa. — Talvez sorte seja a palavra errada. Mas posso marcar uma hora para ver os arquivos da Maternity Home na segunda-feira. Talvez obtenha algumas informações por lá. Talvez sobre a peça que ela montou...

Na verdade, Maribeth não prestava atenção.

— Tudo bem.

— Verei isso na segunda. Prometo.

— Será que posso usar seu computador? — perguntou Maribeth.

— Fique à vontade — disse Janice. — Está no escritório.

Maribeth atravessou o corredor sem ver. Atrás dela, Janice falou:

— Quer beber alguma coisa? Chá? Uísque?

— Eu estou bem — repetiu Maribeth.

Ela segurava o relatório em sua mão ainda trêmula. Dizia tudo a ela — sua avó, morta de um infarto aos 42 anos — e, ao mesmo tempo, não dizia nada. O relatório dava a entender que a mãe praticamente ficara feliz por se livrar dela. Mas dizia também que ela havia amadurecido emocionalmente depois do parto. O que isso significava? Afinal, ela a amara? Quisera ficar com ela? Arrependeu-se por abandoná-la?

Maribeth abriu seu programa de e-mail. Digitou o endereço de Jason. *Eu a encontrei*, era o que ela pretendia escrever. Algo parecido com isso. Mas o que escreveu foi: *Por que você me deixou?*

Ficou olhando fixamente a tela, para a pergunta que estivera escondida em seu coração durante todo aquele tempo. E então começou a chorar.

ELA PASSOU A tarde toda na casa de Janice. As duas viram reprises de *A feiticeira* na televisão. Comeram pipoca de micro-ondas. Quando Maribeth chorou num comercial de sabonete, Janice lhe deu um lenço de papel e não disse nada.

MARIBETH FICOU PARA o jantar, as duas preparando a comida em silêncio na cozinha. Quando terminaram e ela foi ajudar a lavar os pratos, examinou a casa. Janice contou que a tinha comprado há trinta anos, mas não era diferente do apartamento mobiliado e anônimo de Maribeth, embora tivesse muito mais plantas em vasos.

Não havia fotos de família. Nenhuma evidência de um marido, filhos. Nem um diploma emoldurado ou canecas lascadas com fotos antigas. As fotografias nas paredes eram as fotos de anuário de seus alunos na escola. E de repente Maribeth percebeu que tinha entendido mal Janice. Ultimamente vinha entendendo mal muitas coisas.

— Você não criou a BurghBirthParents porque foi adotada, não é? — perguntou Maribeth.

— Não — respondeu Janice.

— Você entregou alguém para adoção?

— Uma garotinha, nascida em 25 de junho de 1975.

— Nenhum outro filho?

— Infelizmente não.

— Mas você não se casou? Pensei que tivesse dito que você e seu marido compraram esta casa por causa das escolas.

— E compramos. — Ela sorriu com tristeza.

— Mas você não teve nenhum? — Ela se corrigiu: — Nenhum outro.

— Não, lamentavelmente.

— O que aconteceu?

— Infertilidade, se é que dá para acreditar nisso — respondeu ela. — Não minha. Isso é muito claro, embora Richard, meu ex-marido, insistisse que era. Tive de me submeter a muitos exames pavorosos porque evidentemente ele não sabia. Por fim, quando eu não suportava mais exame algum, nem a culpa, contei a ele. — Ela ergueu as mãos, depois as abanou, enxotando a lembrança. — Ele disse que foi como se eu o tivesse traído. Só que tudo aconteceu muito antes de nos conhecermos. Ele não era um homem muito compreensivo. — Ela soltou um forte suspiro. — Ainda assim, acho que consigo entender o argumento. Provavelmente eu devia ter sido mais sincera. Não é sempre que consigo discutir coisas desagradáveis.

— Você e eu também — disse Maribeth. — E sua filha, ela sabe que você a está procurando?

Janice assentiu.

— Ela sabe. Concordou em receber minhas cartas. Só não respondeu. Ainda.

— Ainda... — repetiu Maribeth.

— Ainda — disse Janice, com mais ênfase. — Algumas coisas exigem mais tempo.

JANICE ABRIU O sofá do escritório e arrumou a cama. Colocou lençóis limpos que cheiravam a lavanda. Deixou um copo de água na mesa de cabeceira e uma caixa de lenços de papel também.

Maribeth tentou dormir, mas não conseguiu. O computador ficou ligado a noite toda, o zumbido, uma censura suave.

Maribeth foi flagrada de novo. Só que na realidade não devia ser assim.

Tal noção não estivera sempre ali? Atrás da porta trancada de sua mente, onde ela guardava as coisas desagradáveis, onde dizia a si para pensar que as dores no peito eram gases, ela não sabia que ela e Jason não tinham rompido de fato? Não havia nada de recíproco nisso. Ela o amava. E ele a abandonara. Assim como sua mãe a abandonara. Como Elizabeth a abandonara. Como todos, no fim, a abandonaram.

266

Ela chorou, chorou até molhar os lençóis. Do lado de fora da porta, ouvia Janice andando pela casa, mas ela nunca passou da soleira. Era como se estivesse montando sentinela, permitindo que Maribeth e sua tristeza se entendessem naquela noite.

Na manhã seguinte, Janice não tinha café, e assim elas foram de carro a um drive-through da Starbucks e compraram um latte grande para Maribeth e um venti caramel macchiato (descafeinado) para Janice.

Beberam o café no carro, no estacionamento, o aquecedor à toda. Com as janelas embaçando, estava aconchegante.

— Me desculpe por eu nunca ter perguntado a você — pediu Maribeth. — Sobre sua filha.

— Eu peço desculpas por jamais ter contado — respondeu Janice.

— Há quanto tempo está esperando?

— Mandei a primeira carta há dez anos. A mais recente tem dois anos. Ainda penso que, se eu apenas disser o que é certo, ela responderá. Andei tentando escrever outra carta, mas aparentemente não consigo encontrar o que dizer.

— Eu sei — respondeu Maribeth. — É difícil. — Ela refletiu por um minuto. — Talvez eu possa ajudar.

— Você não está lutando com sua própria carta? — Janice lambeu o bigode de espuma com a ponta da língua.

Maribeth sorriu.

— Sempre fui muito melhor editora que redatora. Na verdade, era assim que eu ganhava a vida.

— Você é editora?

— Bem, eu fui, por mais de vinte anos.

— Isso explica por que é tão perfeccionista.

— Talvez, mas não sou mais assim.

— Editora ou perfeccionista?

Maribeth deu de ombros.

— Talvez as duas coisas.

Quando chegou a hora de Maribeth ir para casa, Janice falou:

— Vamos nadar amanhã. — Depois abriu um sorriso irônico. — Na piscina, ninguém pode ver suas lágrimas.

Janice nadava/chorava? Os segredos que as pessoas guardavam.

— Você se arrepende? — perguntou Maribeth. — De tê-la entregado?

— Todo santo dia — respondeu Janice. — Ainda assim, eu faria tudo de novo.

— Sério? — Maribeth teve dificuldade para acreditar. Ou talvez simplesmente não quisesse acreditar.

Mas a expressão de Janice era firme, decidida e tranquila.

— Minha situação na época não era boa. Era abusiva. Ficar com ela teria sido uma sentença para nós duas. — Ela se virou para olhar pela janela. O estacionamento estava movimentado, cheio de fregueses das festas de fim de ano. Qualquer uma delas podia ser filha de Janice. Ou mãe de Maribeth. — Às vezes, abandonar alguém é a maior prova de amor que se pode dar.

— Você acredita sinceramente nisso? — perguntou Maribeth.

— Tenho de acreditar.

— Eu abandonei meus filhos. Eu os abandonei também.

Janice apertou a mão de Maribeth.

— Então você deve acreditar nisso também.

64

De: jasbrinx@gmail.com
Para: MBK31270@gmail.com
Assunto:

> *Não me pergunte por que fui embora.*
> *Pergunte-me por que eu voltei.*

De: MBK31270@gmail.com
Para: jasbrinx@gmail.com
Assunto:

> *O que quer dizer com isso?*

De: jasbrinx@gmail.com
Para: MBK31270@gmail.com
Assunto:

> *Pergunte-me por que eu voltei, Maribeth. Pergunte-me por que eu*
> *voltei para Nova York.*

De: MBK31270@gmail.com
Para: jasbrinx@gmail.com
Assunto:

Eu sei por que você voltou. Pelo emprego. O emprego dos sonhos.

De: jasbrinx@gmail.com
Para: MBK31270@gmail.com
Assunto:

Não foi pelo emprego de meus sonhos. Não foi por isso que voltei.

De: MBK31270@gmail.com
Para: jasbrinx@gmail.com
Assunto:

Do que você está falando?

De: jasbrinx@gmail.com
Para: MBK31270@gmail.com
Assunto:

Arranjei um emprego em Nova York para poder voltar para você.

De: MBK31270@gmail.com
Para: jasbrinx@gmail.com
Assunto:

Isso não faz sentido algum.

De: jasbrinx@gmail.com
Para: MBK31270@gmail.com
Assunto:

Pense bem, Maribeth. E, se não acredita em mim, pergunte ao meu pai. Eu estava infeliz em São Francisco, havia anos, perguntando-me como minha vida tinha saído tanto dos trilhos. E meu pai disse que era porque eu a havia deixado. Ele tinha razão. Mas eu sabia que não podia simplesmente te mandar um e-mail ou mensagem no Facebook para tê-la de volta. Eu precisava desfazer os danos. Precisava voltar e conquistar você.

De: MBK31270@gmail.com
Para: jasbrinx@gmail.com
Assunto:

Isso não faz sentido algum.

De: jasbrinx@gmail.com
Para: MBK31270@gmail.com
Assunto:

Pense. Faz sentido.

65

Ela pensou no assunto.

Pensou em muitas coisas.

Tantas coisas que não faziam muito sentido.

Por exemplo, o jeito como Jason entrou em contato com ela, por uma mensagem no Facebook. Alguns meses antes de escrever a Maribeth, Jason nem tinha Facebook. Maribeth sabia disso porque rapidamente aderiu à tecnologia e por isso verificava periodicamente para saber se Jason tinha criado um perfil. Três meses antes de ele fazer contato com ela, não tinha criado. Mas então lá estava a mensagem, algo sobre terem lhe proposto o emprego de seus sonhos em Nova York, "uma proposta que ele não podia recusar", dissera ele. Assim, ele estava se mudando. Será que ela não gostaria de se encontrar para um drinque?

Ela sempre presumira que ele estava se mudando por causa do emprego dos sonhos, que *aquela* era a proposta que ele não podia recusar. Por isso ela se ressentia da empresa, por ter tido todo aquele trabalho para levá-lo a Nova York e depois não lhe pagar o suficiente para morar ali com conforto.

Mas é claro que ele não havia sido transferido para Nova York. Por que teriam feito isso? Jason trabalhava para uma organização sem fins lucrativos, e não uma corporação imensa. E devia haver muita gente formada em musicologia ou biblioteconomia em Nova York que poderia ocupar seu cargo.

E então houve o primeiro encontro. Um desastre. Os dois se encontraram para uma bebida depois do trabalho, em um bar melancólico qualquer de Midtown. Parecia menos um encontro que um velório, lamentando por uma pessoa que não mais existia. Eles falaram vagamente sobre suas vidas na última década. Foi rígido, formal, e, uma hora depois, Maribeth estava no metrô voltando para Downtown. Elizabeth esperava por ela no sofá, com uma garrafa de vinho já aberta. "Bem, não vou vê-lo de novo", dissera ela a Elizabeth, embora estivesse evidente por ela ter voltado cedo. Elizabeth, que havia desestimulado enfaticamente a ida de Maribeth ao encontro, o que era pouco característico, não tentou esconder seu alívio. "Já vai tarde", dissera Elizabeth.

Mas então Jason telefonou no dia seguinte. Maribeth ficou chocada quando ouviu seu recado na secretária eletrônica. Não simplesmente porque violava as Regras — aquele livro de *Regras* era muito importante na Terra das Revistas e, anos depois, a contragosto, Maribeth as internalizara —, mas porque aquele primeiro encontro tinha sido torturante. Porém ele a convidou para sair de novo. Na noite de sexta-feira. Isso é, dois dias depois.

Não era assim que os homens faziam. Não homens atraentes e desejáveis. E diga-se de passagem, Jason Brinkley ainda era atraente, talvez até mais; a divisória do couro cabeludo estava um pouco menos caprichada, e ele exibia os primórdios de marcas de expressão em volta dos olhos, que, no entanto, ainda pareciam estar mergulhados em alguma piada deliciosa, e seus lábios ainda pareciam geneticamente projetados para o beijo. Ele parara de fumar maconha e começara a correr, e assim o corpo desajeitado ficara torneado. Não, Jason, pelos padrões de qualquer um, era um bom partido.

Ele a levou para ver um cantor e compositor, do qual ela jamais ouvira falar, no Joe's Pub. Foi transcendental, um violão, sintetizadores que pareciam cordas, e, enquanto ouvia a música e Jason falava da música, ela se sentia derretendo. Foi assim que Maribeth entendeu que estivera congelada por algum tempo.

Depois do show, foram jantar e dividiram um jarro de cerveja e pratos de uma comidinha aconchegante, e conversaram sobre tudo e nada: trabalhar em revistas depois do 11 de Setembro, e em como ela havia pensado que as coisas ficariam mais inteligentes, mais profundas e, no entanto, pareciam estar caminhando para o sentido contrário. Que a mãe dele tinha se casado com um empreiteiro rico do sul da Califórnia e evoluído para a pessoa que pretendia ser, e que aquilo acabara provocando um profundo medo existencial no pai de Jason, não porque ele sentisse falta de Nora, mas porque era uma confirmação de seu fracasso como marido. Eles conversaram sobre Nova York, como a cidade tinha mudado. Sobre São Francisco, e como tinha mudado. Falaram dos lugares onde queriam morar e o que queriam fazer, quem queriam ser. Falaram de política, livros, peças de teatro e música. A conversa foi acelerada, sem fôlego, ansiosa, como se na última década eles tivessem guardado muita coisa para dizer um ao outro.

Ficaram até o restaurante fechar, depois foram para as calçadas das ruas de Nova York, a cidade agora se aquietando, e ela ainda se lembrava do que ele dissera pouco antes de beijá-la: "Ainda posso ser seu Super-Homem, Lois?" E ela entendeu o comentário como uma cantada calculista, supondo que o desejo que sentia — meu Deus, ele era ímã e ela era metal — era só dela.

Quando se beijaram, foi como se alguém tivesse ligado a chave geral de uma casa abandonada, descobrindo que os circuitos não só ainda estavam vivos, como tinham ficado ainda mais potentes com a falta de uso.

Porém, mais uma vez, Maribeth pensara ser coisa só sua. Porque, durante a noite toda, apesar dos esforços em contrário, ela ficou se lembrando de como era o sexo com Jason: sua tendência a beijar lugares não beijáveis, a dobra dos cotovelos, as solas dos pés. Sua deliciosa imprevisibilidade como amante, num momento acariciando seus cabelos, no seguinte prendendo as mãos atrás dela.

O quarto que Jason tinha sublocado no apartamento do East Village, agora ela se lembrava, estava cheio de caixas ainda fechadas, como se ele houvesse acabado de chegar, porque ele *de fato* acabara de chegar. A coberta na cama arrumada estava um pouco virada, como um convite, ou uma súplica.

Depois que entraram naquele quarto, Jason bateu a porta e a devorou com a boca, as mãos, que estavam em toda parte. Como se ele estivesse faminto.

E ela se lembrava de parar diante dele, o vestido amarfanhado no chão, e que começara a tremer, batendo os joelhos como se fosse uma virgem, como se aquela fosse sua primeira vez. Porque, se um dia ela se permitira ter esperanças, era com aquilo que teria esperanças. E agora lá estava. E era apavorante.

Jason pegou sua mão e a colocou em seu peito nu, em seu coração, que batia como louco, acompanhando o dela. Maribeth pensou que ele simplesmente estava excitado.

Não havia lhe ocorrido que ele também podia estar apavorado.

66

De: MBK31270@gmail.com
Para: jasbrinx@gmail.com
Assunto: Por que...

... você não me contou?

De: jasbrinx@gmail.com
Para: MBK31270@gmail.com
Assunto: Por que...

Eu pretendia. Mas tínhamos voltado à vida normal e estava tudo indo muito bem e tive medo de que, se eu tocasse no assunto — no que aconteceu antes de eu ir para São Francisco —, sei lá, ia acabar estragando tudo. Você se lembraria do que eu tinha feito, e aí poderia não me deixar ficar. Ou Elizabeth não deixaria.

De: MBK31270@gmail.com
Para: jasbrinx@gmail.com
Assunto: Por que...

Você achou que eu tinha esquecido?

De: jasbrinx@gmail.com
Para: MBK31270@gmail.com
Assunto: Por que...

Não, mas meio que me convenci de que não importava. Estávamos casados. Tínhamos filhos. Tocamos a vida. Mas, quando você foi embora, mesmo com raiva e chateado, teve uma parte de mim que ficou aliviada. Era como se eu estivesse esperando por isso. Agora estávamos quites. Acho que você não foi a única a esperar que o outro salto quebrasse.

De: MBK31270@gmail.com
Para: jasbrinx@gmail.com
Assunto: Por que...

Você achou que eu fui embora como represália?

De: jasbrinx@gmail.com
Para: MBK31270@gmail.com
Assunto: Por que...

Pensei que foi por muitos motivos, aqueles que você disse, e os que não disse. Porque nunca conversamos sobre nada disso.

De: MBK31270@gmail.com
Para: jasbrinx@gmail.com
Assunto: Por que...

Por nada disso você quer dizer por que você me deixou.

De: jasbrinx@gmail.com
Para: MBK31270@gmail.com
Assunto: Por que...

É. Por que eu deixei você.

De: MBK31270@gmail.com
Para: jasbrinx@gmail.com
Assunto: Por que...

Por que você me deixou, Jason?

De: jasbrinx@gmail.com
Para: MBK31270@gmail.com
Assunto: Por que...

Não foi de caso pensado. Eu tinha 22 anos. Meus pais estavam no meio de um divórcio pavoroso. E, por um lado, eu a amava, e queria ficar com você. Mas éramos jovens demais. E se eu estivesse enganado? E se a gente acabasse como eles? Eu não queria terminar, então preferi ir mais devagar.

De: MBK31270@gmail.com
Para: jasbrinx@gmail.com
Assunto: Por que...

As coisas foram devagar mesmo. Dez anos.

De: jasbrinx@gmail.com
Para: MBK31270@gmail.com
Assunto: Por que...

Olhe, eu estraguei tudo. Estava assustado. Depois tentei consertar de um jeito imperfeito. O que posso dizer, Maribeth? Não sou perfeito.

De: MBK31270@gmail.com
Para: jasbrinx@gmail.com
Assunto: Por que...

Bem, nem eu. Como acredito que tenha provado para além de qualquer sombra de dúvida.

De: jasbrinx@gmail.com
Para: MBK31270@gmail.com
Assunto: Por que...

Eu não espero que você seja perfeita.

De: MBK31270@gmail.com
Para: jasbrinx@gmail.com
Assunto: Por que...

Acho que talvez eu espere.

De: jasbrinx@gmail.com
Para: MBK31270@gmail.com
Assunto: Por que...

*Se você for perfeita, então não pode fazer parte de nossa banda
itinerante, os Fodidos em Treinamento.*

*Olhe, sei que você vai querer me dar um tiro por dizer isso, mas,
quando reatamos, dez anos depois, quando éramos mais velhos
e preparados para aquele compromisso, parecia que tudo tinha
funcionado tal como deveria.*

De: MBK31270@gmail.com
Para: jasbrinx@gmail.com
Assunto: Por que...

Tudo ficou muito bem.

De: jasbrinx@gmail.com
Para: MBK31270@gmail.com
Assunto: Por que...

Nesse caso específico, sim.

De: MBK31270@gmail.com
Para: jasbrinx@gmail.com
Assunto: Por que...

Ainda acredita nisso?

De: jasbrinx@gmail.com
Para: MBK31270@gmail.com
Assunto: Por que...

Depende.

De: MBK31270@gmail.com
Para: jasbrinx@gmail.com
Assunto: Por que...

Do quê?

De: jasbrinx@gmail.com
Para: MBK31270@gmail.com
Assunto: Por que...

De você acreditar.

67

No dia em que partiria para a Califórnia, Stephen telefonou a Maribeth com uma proposta.

— Sei que está em cima da hora, mas achei que poderia usar meu carro enquanto eu estiver fora — disse ele. — Pode até ficar na casa se quiser.

Maribeth não tinha interesse em morar na casa dele, por mais aconchegante que fosse o imóvel. Quanto ao carro, ela não sabia bem. Tinha se acostumado a andar de ônibus. À vida sem laptop, sem smartphone. Era incrível, sinceramente, como uma pessoa precisava de tão pouco para viver.

— Ele vai ficar parado lá — acrescentou Stephen. — E você vai me fazer economizar o custo do estacionamento no aeroporto.

— Então o problema é o estacionamento?

— Não. Sou eu querendo ver você antes de partir.

— Então me veja antes de partir.

Estava nevando um pouco quando ele a buscou naquela tarde.

— Você tem algum problema para dirigir nisto? — perguntou ele.

— Vou ficar bem — respondeu Maribeth. Aí ela lhe notou a expressão preocupada. — Digamos que, se ficar mais pesado, podemos deixar seu carro no aeroporto, mas sei dirigir na neve.

— Sabe?

— Fui criada nos subúrbios de Nova York.

— Mais uma peça do quebra-cabeça.

— Sou um quebra-cabeça tão complicado assim?

— É, mas sempre gostei de quebra-cabeças.

Agora eles estavam no túnel Fort Pitt. A volta da casa de Janice, no dia anterior, fora a primeira vez que Maribeth rodara pela cidade daquele jeito.

— Estou vendo o porquê de tanto estardalhaço — dissera ela a Janice quando saíram na paisagem urbana dramática, os prédios, o rio azul-cinzento, as pontes de ferro.

— É uma silhueta muito impressionante — dissera Janice.

E era mesmo. Mas o que mais agradou a Maribeth foi o fator surpresa. Entrar no túnel pelos morros ondulantes da Pensilvânia, sem nenhuma ideia do que esperar do outro lado.

Nunca se sabe, não é? Talvez não saber não seja tão apavorante. Talvez seja apenas a vida.

— Quando você volta? — perguntou Maribeth a Stephen.

— No dia 3 de janeiro, embora Mallory esteja me cantando para ficar mais tempo.

— Quanto tempo mais?

— Por quê? Vai sentir minha falta?

Pelo tranco bem fundo em seu estômago, ela sabia que sentiria.

— Ela defende que eu me mude para lá. Diz que preciso de um recomeço. Tem fantasmas demais aqui.

— Os fantasmas sempre dão um jeito de nos seguir — disse Maribeth. Estava pensando na mãe biológica, o fantasma silencioso que a acompanhara durante a vida inteira. Já fazia dois dias que havia lido o relatório. Janice perguntara se ela queria dar o passo seguinte, pedir à agência para enviar uma carta à mãe biológica. Mas Maribeth ainda não estava pronta para isso.

— Desconfio que tenha razão — admitiu ele. — Mas significa muito o fato de Mall querer que eu me mude para mais perto. Sendo assim, marquei de encontrar um colega meu que agora é diretor da Faculdade de Medicina da Universidade da Califórnia, em São Francisco. — Ele olhou para ela furtivamente. — Até que ponto você odeia São Francisco?

— É o ódio básico instigador de assassinatos.

— Que pena. Porque você sabe que comprei os ingressos de *The Book of Mormon* para Mallory, não é?

— Para a véspera de Ano-novo, não?

Ele concordou com a cabeça.

— Comprei um terceiro ingresso. — Ele mexeu nos botões do aquecimento, embora a temperatura estivesse ótima.

— Ah — disse ela.

— Sei que as chances são pequenas — comentou Stephen, quando Maribeth não respondeu. — Em vista de seus sentimentos pela cidade.

Eles chegaram ao aeroporto. Foram direto para o embarque, não para o estacionamento.

— Quer que eu entre? — perguntou ela.

— Pode me deixar no meio-fio — respondeu ele. — Prefiro que você volte antes que a neve piore.

Ele encostou o carro e abriu o porta-malas. Ali dentro, havia uma grande mala de viagem.

— Parece que você vai ficar fora um bom tempo.

Ele deu de ombros, como se nem soubesse quando voltaria.

— Pense no Ano-novo. Será um prazer reservar uma passagem de avião para você. Mas isso exigiria que você me dissesse seu nome verdadeiro.

— Maribeth — revelou ela. — É Maribeth. — Ela lhe puxou o cachecol. — Obrigada por cuidar tão bem de mim, Stephen.

— E você de mim, Maribeth.

Ele fechou o porta-malas. Eles se olharam por um momento, e Maribeth entendeu que podia deixar implícito, Stephen entenderia. Mas, daquela vez, não faria isso.

— Encontre alguém para ficar com o terceiro ingresso, Stephen. Se não agora, então logo. Está na hora. Você merece ser feliz. Acho que Felicity ia querer isso para você.

Ele piscou algumas vezes, depois sorriu.

— É o que Mallory diz. — Ele apalpou os bolsos, procurando a carteira e o telefone, antes de entregar a chave a ela. — Pode deixar isto com Louise quando acabar.

Ela ficou observando-o seguir para o terminal. Ele acenou pela última vez antes de entrar.

68

Janice ligou naquela noite.

— Você não vai acreditar no que descobri. — Sua voz tremia ao telefone.

— O que foi?

— Eu não devia mostrar a você, mas não consigo evitar. Posso ir até aí?

— Estou de carro. Eu vou a sua casa.

ELA ESPERAVA UMA prova inconteste. Mais um infarto, ou um testemunho de por que a mãe abrira mão dela. Mas era só mais papelada. Maribeth não entendia o motivo de Janice estar tão empolgada.

— Veja — disse Janice, apontando. — Aqui.

Era o registro de um diário. Numa letra floreada.

Sei que terei uma menina. Todo mundo diz que minha barriga é pequena, por isso é um menino, e venho de uma família de irmãos, mas eu sei. Ouço a voz de minha mãe. E ela diz que é uma menina.

Não contei isto a ninguém porque as outras meninas daqui são terrivelmente sentimentais em relação a seus bebês. Todas pensam que, quando crescerem, eles serão o presidente! E elas falam deles como se soubessem seu futuro. "Meu filho será..."

Ela não vai ser minha. Mas parte dela, será. Decidi dar a ela meu nome e o de minha mãe. Embora ela vá para uma nova família e jamais venha a saber seu nome, este será seu primeiro nome. Assim ela pertencerá a mim. Primeiro e para sempre. Ela será Mary Beth.

— Estou confusa. Mary Beth? É ela? Essa é minha mãe?

— Não, Beth é sua mãe — respondeu Janice. — Mary Beth foi o nome que ela deu *a você*.

De: MBK31270@gmail.com
Para: jasbrinx@gmail.com
Assunto: Minha mãe biológica
> *O nome dela era Beth. A mãe se chamava Mary.*
> *Ela me deu o nome de Mary Beth.*
> *Eu sou Maribeth.*

De: jasbrinx@gmail.com
Para: MBK31270@gmail.com
Assunto: Minha mãe biológica
> *Está resolvido o mistério do seu nome culturalmente confuso.*
> *Descobriu mais alguma coisa a respeito dela?*
> *E como você está?*

De: MBK31270@gmail.com
Para: jasbrinx@gmail.com
Assunto: Minha mãe biológica
> *Principalmente confusa. Minha mãe verdadeira, não Beth, mas Evelyn, manteve o nome que recebi de minha mãe biológica, que era seu próprio nome e o nome da mãe dela. Durante toda minha vida ela se sentiu muito ameaçada por minha mãe biológica. Como se jamais acreditasse que eu fosse verdadeiramente dela. Então por que ela faria isso? Manter o nome que minha mãe biológica tinha me dado, que era o nome dela também. Isto não seria um lembrete constante de que eu na verdade não era dela?*

De: jasbrinx@gmail.com
Para: MBK31270@gmail.com
Assunto: Minha mãe biológica

Ou um lembrete de que você também era de outra pessoa.

De: MBK31270@gmail.com
Para: jasbrinx@gmail.com
Assunto: Minha mãe biológica a

Nem acredito que ela fez isso. E guardou segredo por todos esses anos.

De: jasbrinx@gmail.com
Para: MBK31270@gmail.com
Assunto: Minha mãe biológica

Vai tentar conhecê-la? Beth?

De: MBK31270@gmail.com
Para: jasbrinx@gmail.com
Assunto: Minha mãe biológica

Não sei. Neste momento, só quero descansar aqui. Pela primeira vez, estou começando a me perguntar se ela me amava, Jase. Talvez ela me amasse só um pouquinho.

De: jasbrinx@gmail.com
Para: MBK31270@gmail.com
Assunto: Minha mãe biológica

É tão difícil assim acreditar nisso?

69

Era hora de mais uma despedida. Sunita ia viajar na véspera de Natal para as férias de inverno na Índia. Na noite anterior, reuniria algumas pessoas para jantar, e convidou Maribeth.

— Dessa vez, quem vai cozinhar sou eu.

— "Cozinhar" é um termo otimista — disse Todd. — Está mais para treinar. — Ele se virou para Maribeth. — Ela quer provar à mãe que sabe fazer isso, assim eles podem anunciá-la como uma boa garota indiana quando chegar a hora de casá-la. Fritz vai ficar tão magoado.

— Cale a boca! — exclamou ela, empurrando Todd. Para Maribeth: — Meus pais nem mesmo tiveram um casamento arranjado. Eles não vão casar ninguém.

— Fritz ficará tão aliviado — disse Todd.

— Por que você está sendo esse imbecil? — perguntou Sunita.

— Porque você vai viajar.

— Ah — disse Sunita, mais calma. — Mas vou voltar. A Sunny sempre volta.

— E se não voltar? — perguntou Todd. — E se você ficar lá, como seus pais?

Sunita revirou os olhos.

— Tenho de voltar para me formar. E arrumar um emprego.

— E se você conseguir um emprego lá?

— Então você vai ter de se mudar para a Índia comigo.

Aparentemente aquilo apaziguou Todd.

— O que devo trazer para o jantar? — perguntou Maribeth.

— Vinho, se quiser — respondeu Sunita. — Se vinho combina com curry. E pode trazer Stephen.

— Ele está na Califórnia, mas posso trazer outra pessoa?

— Você está mandando ver com *três* caras? — perguntou Todd.

— Não exatamente.

HAVIA UM MONTE de gente. Fritz. Miles. Outras duas pessoas do Dia de Ação de Graças. Sunita usava um lindo *shalwar kameez* roxo. Todd vestia smoking.

— Não sabia que era formal — desculpou-se Maribeth.

— Cheguei do trabalho agora — explicou Todd. — São muitos eventos perto das festas.

— Ele só está fazendo turno extra porque está triste com a viagem de Sunita — disse Miles.

— Está com ciúme? — perguntou Todd.

— Um pouco. É difícil competir.

— Meu marido costumava dizer a mesma coisa sobre minha melhor amiga — comentou Maribeth.

— Ah, então agora você está me casando? — perguntou Todd.

— Por que eu seria a única? — brincou Sunita.

Janice chegou. Maribeth a apresentou como uma amiga da academia de natação. Se Janice a chamou de Maribeth, ninguém pareceu notar.

Eles beberam o vinho. Sunita serviu uma bandeja de *papadum*, bolachas crocantes de lentilha.

— Estas eu não preparei — explicou ela. — Comprei. Mas cozinhei todo o restante.

Todo o apartamento cheirava a temperos e ao travo de cebola.

— O que você preparou? — perguntou Janice.

— Jalfrezi de frango — respondeu ela. — Ficou meio apimentado demais.

— Mas desta vez você não queimou a cebola — disse Todd. — Ela passou o outono inteiro treinando de verdade.

Sunita partiu um pedaço de *papadum*.

— Não vou à Índia há mais de 15 anos — disse ela. — Voltar é assustador.

O FRANGO NÃO estava meio apimentado demais; estava de queimar a boca. Maribeth e Todd começaram a virar litros de água. Janice, que fez um esforço corajoso antes de abandonar o frango em troca do arroz e do pão, disse a eles que água não adiantava nada. Ela esvaziou suas taças de vinho pinot grigio e encheu com leite.

— Eu me sinto com 5 anos — comentou Maribeth.

— É mesmo? — perguntou Janice. — Eu bebo leite o tempo todo. Para combater a osteoporose. — Ela se serviu de uma taça também e agora tinha um bigode mínimo de leite. Maribeth começava a desconfiar de que os bigodinhos eram de propósito.

DEPOIS QUE LAVARAM os pratos, Sunita vestiu jeans e um suéter. Ela, Todd e o resto dos amigos iam a uma festa. Enquanto todos se despediam, Maribeth deixou furtivamente um cartão para eles em cima da televisão. Dentro dele, havia dois ingressos para a produção musical de *O Mágico de Oz*, que chegaria a Pittsburgh em fevereiro.

Ela e Janice ficaram observando os jovens saindo. Depois foram ao apartamento de Maribeth. Tinham os próprios assuntos a tratar.

70

Minha amada filha,

Esta é a terceira carta minha que você recebe. Três cartas não parecem grande coisa ao longo dos dez anos desde que enviei a primeira, ou dos quase quarenta anos desde que você nasceu. Pensei em aproveitar esta oportunidade para lhe falar de todas as minhas cartas que você não recebeu.

Escrevi a você em seu primeiro aniversário. Não foi um cartão; àquela altura, eu ainda estava triste e magoada demais para comemorar seu aniversário de forma tão concreta. Mas imaginei o cartão que eu mandaria. Escrevi "Eu te amo", mas nunca assinei, porque não sabia como me referir a mim mesma.

Nos outros aniversários, eu realmente comprei um cartão para você. Existe um de seus 16 anos. Tem um monte de velas de aniversário, amarradas como um buquê, e diz: "Filha, 16 velas. A partir daqui, o futuro só fica mais brilhante".

Comprei um cartão ou pensei em um cartão para cada um de seus aniversários, aqueles importantes como seu grande 3-0, e os menos badalados, como o de 23. Às vezes me sinto uma tola comprando os cartões. Em outras ocasiões, tenho orgulho. Em particular se o vendedor vê o cartão e puxa conversa, como às vezes fazem a seu respeito, e talvez das próprias filhas.

Também escrevo cartas a você; às vezes elas são reais, e às vezes são imaginárias. Alguns meses atrás, o céu estava particularmente bonito à noite.

Uma grande lua cheia, Vênus brilhando forte, e, quando olhei, pensei em você admirando de onde quer que estivesse. Deu-me muito conforto pensar no céu da mesma noite cobrindo a nós duas. Assim, entrei em casa e escrevi a você sobre isso.

Nem sempre são ocasiões felizes, devo confessar. Quando minha mãe morreu — de velhice, você ficará aliviada em saber, a longevidade é hereditária —, pensei em você, na linhagem de mulheres que continua com você. Perguntei-me se você teria uma filha.

Escrevi-lhe antes das circunstâncias difíceis que levaram a minha decisão de entregá-la para adoção, então agora espero que você saiba, se não compreende inteiramente, o tipo de lar no qual fui criada e por que eu não podia criá-la naquele lugar, por que eu não estava nem remotamente preparada para criá-la sozinha. Mas não falei realmente de minha mãe, que também tolerava aquele lar. Talvez não lhe restasse alternativa. Não revidar com meu pai, não me proteger, mas suportar. No fim, ela viveu mais que ele. Viveu mais que aquela infelicidade. Passou seus últimos anos em um asilo. As pessoas julgam mal esses lugares, mas minha mãe teve os melhores anos de sua vida lá. Passou a fazer o que queria. Voltou a nadar. Lia um livro se tivesse vontade. Assistia ao que queria na televisão. Ninguém batia nela. Ninguém a xingava.

E ela começou a falar em você, embora, quando você nasceu, tenha me dito as coisas mais horríveis e, ao longo dos anos, tenha agido como se você não existisse. Mas agora eu sei que não foi bem ela falando, mas o que ela suportou. No fim, ela falou de você com carinho, de todos os marcos que imaginava em sua vida. Ela a chamava pelo nome que lhe dei. Isso me fez perceber que você ainda estava viva nela por todos aqueles anos também. Fez com que eu me perguntasse se ela, à própria maneira, também esteve lhe escrevendo cartas mentalmente. Fez com que eu sentisse como uma família.

Vou continuar a lhe escrever cartas e a "escrever" cartas. Talvez um dia você me deixe partilhar. Mas, mesmo que não faça isso, está tudo bem. O que importa é escrevê-las. E prefiro acreditar que, você lendo-as ou não, elas estão chegando ao seu destino da mesma forma.

Janice Pickering

Quando Janice terminou, as duas estavam chorando.

— Obrigada — disse Janice. — Obrigada por me dar a ideia de escrever sobre as cartas. — Ela gesticulou para o álbum com os bilhetes aos gêmeos que Maribeth lhe mostrara. — Vai mandar estas a seus filhos?

Ela pegou o álbum. Na capa, estava gravada a palavra LEMBRANÇAS, e, contendo todas as cartas que ela havia escrito, estava pesado, substancioso.

Maribeth suspeitava de que Janice tinha razão. O que importava era escrevê-las. Ela preferia pensar que estava certa sobre o amor. Que ele encontraria seu caminho até eles. E que ela também encontraria seu caminho a eles.

— Um dia — respondeu ela.

71

Naquela noite, Maribeth acordou repentinamente. Quando se sentou na cama, a mão já havia achado o caminho para o coração.

Merda.

Doía. Seu peito doía. Uma dor corrosiva que se irradiava pelo tronco e descia pelo braço. O braço esquerdo.

Se naquela ocasião à mesa de trabalho foi sutil, essa era óbvia como um soco no nariz.

Não! Não estava tendo um infarto, seu coração foi examinado, morreu, foi retirado do peito e parou, foi operado e voltou à vida com um choque. Ela passou por tudo isso para que não voltasse a acontecer.

"Um evento subsequente... fatal...", ouviu o Dr. Sterling dizer com sua voz idiota de burrico.

Saia de minha cabeça, Dr. Sterling. Eu o demiti.

Agora o coração batia feito louco, atirando-se pelo peito como um passarinho aprisionado.

Calma, disse Maribeth a si. *Calma. Respire fundo dez vezes.*

Um, dois, três.

Respirar doía. Ela devia ir ao hospital. Telefonar para alguém. Telefone? Onde estava seu telefone?

Ela o encontrou, carregando ao lado da cama. Deveria discar para a emergência. Mas discou o número de Jason. "Oi, é o Jase. Você caiu na pavorosa caixa postal. Deixe um recado para mim."

Era a primeira vez que ela ouvia aquela voz em meses. E era a merda da caixa postal.

— Você disse que passara a atender no primeiro toque. — Ela estava histérica. — Sou eu. Maribeth. Acho que estou tendo outro infarto. Ligue para mim. Estou com medo.

Dez respirações fundas. Onde ela estava? Três? Quatro? Continue. Ligue para a emergência.

— Alô, qual é a emergência?

— Acho que estou tendo um evento cardíaco. — Sua voz era um sussurro.

— Senhora, pode falar mais alto?

— Ataque cardíaco. Estou tendo um ataque cardíaco. Não é o primeiro.

— Qual é sua localização, por favor?

Ela recitou o endereço.

— Senhora, preciso que fique calma. Quero que tome uma aspirina. Tem alguma por perto?

— Sim.

— Continue no telefone comigo enquanto toma sua aspirina.

Procurando uma aspirina atabalhoadamente, ela começou a chorar.

— Senhora, ainda está comigo?

— Estou totalmente sozinha — choramingou Maribeth. — Sei que vamos todos morrer sozinhos, mas não quero ficar sozinha.

— Senhora. Não está morrendo e não está sozinha. Eu estou com a senhora.

— Você não conta. Eu não quis dizer isso. Todo mundo conta.

— Agradeço por isso.

— Mas não quero ficar sozinha. Posso buscar Todd e Sunita? Eles são meus vizinhos.

— Vá buscar Todd e Sunita.

— Você é boazinha. Qual é seu nome?

— Kirsten.

— É um lindo nome.

— Continue no telefone comigo e vá buscar Todd e Sunita.

Ela bateu na porta deles. Talvez ainda estivessem na festa. Não sabia que horas eram.

Uma Sunita de olhos sonolentos se arrastou para a porta com sua camiseta noturna dos Steelers.

— M.B., você está bem?

— Acho que estou tendo um infarto — disse Maribeth.

— O quê? Todd! Acorda! — gritou, mas Todd já estava ali. — M.B. está infartando de novo!

— Chame uma ambulância — gritou Todd.

— Já chamei — disse Maribeth. Ela podia ouvir a sirene gemendo na noite. — Acho que isso é para mim.

— Vou me vestir — disse Sunita. — Eu vou com você.

— Eu também — falou Todd.

Maribeth voltou ao telefone.

— Meus amigos Todd e Sunita vão comigo.

— Isso é ótimo. Eles parecem bons amigos.

— São mesmo.

Todd recebeu os socorristas no hall e, quando eles entravam no apartamento, informou a situação.

— Segundo ataque cardíaco? — perguntou a socorrista, colocando o monitor de pulsação em Maribeth.

Maribeth fez que sim com a cabeça.

— O primeiro foi em outubro, e ela fez ponte de safena — explicou Todd.

— Algum outro sintoma antes desta noite? — perguntou o socorrista corpulento.

Todd olhou para Maribeth.

— Não. Eu só acordei com dor no peito e no braço. Meu braço *esquerdo*.

— E agora, dores no peito, mas alguma coisa? Está sem fôlego? Vertigem? Náusea?

— Não sei. Talvez um pouco.

— Tudo bem. — Ela falava junto à gola da roupa. — Mulher, 44, suspeita de infarto do miocárdio, sinais vitais bons, a caminho da UPMC.

Ela recebeu oxigênio, foi colocada numa maca e empurrada para a porta. A ambulância estava à espera com as luzes faiscando.

Todd e Sunita correram atrás dela, os rostos tomados de preocupação.

— Podemos ir com ela? — perguntou Sunita. — Na ambulância?

— Seu voo? — disse Maribeth.

— Sai amanhã — respondeu Sunita. — Podemos ir?

— E quem são vocês? — perguntou o socorrista.

— Nós somos os... — começou Todd.

— Meus filhos! — Maribeth levantou a cabeça da maca. — Eles são meus filhos.

Os dois socorristas reviraram os olhos um para o outro.

— Que foi? Ele é biológico; eu sou adotiva — disse Sunita.

— Somos como Brangelina — acrescentou Todd.

Nenhum dos dois socorristas pareceu convencido, mas deixaram que entrassem na ambulância mesmo assim.

No caminho para o hospital, Todd e Sunita seguravam as mãos dela.

— Se eu morrer... — começou Maribeth.

— Você não vai morrer! — interrompeu Todd.

— Mas se eu morrer, meu nome é Maribeth, Maribeth Klein. Meu marido é Jason Brinkley. Em Nova York.

— Tudo bem, Maribeth Klein — disse Todd. — Agora você não pode morrer porque Sunita e eu fizemos uma aposta de qual seria seu nome verdadeiro e eu acabo de ganhar dez pratas, e seria de mau gosto pegar o dinheiro se você morresse.

— Não me faça rir — disse Maribeth, com a mão no peito. — Dói.

— Então não morra — retrucou Todd.

No hospital, Todd e Sunita foram mandados para a sala de espera. Maribeth, conduzida à triagem. Explicou sua história, a cirurgia recente.

— Quem é seu cardiologista? — perguntou a enfermeira da admissão.

Ela não sabia o que dizer. Stephen estava na Califórnia, o Dr. Sterling fora demitido.

— Acho que não tenho mais um.

* * *

AGORA ELA ESTAVA acostumada. Eletrocardiograma. Exame de sangue. Espera.

Todd e Sunita não tiveram permissão para entrar, mas ficaram mandando mensagens de texto da sala de espera. *Você está bem?*

Ainda não morri, respondeu Maribeth.

Ainda não morreu.

Sunita, dê dez dólares a Todd.

Só quando você sair daqui andando, responderam eles.

— MUITO BEM, muito bem, todo mundo parece bem — disse o cardiologista da emergência. Ele era alto, de aparência cansada e tinha um exagerado bigode de pontas curvas, que fez com que Maribeth gostasse dele de imediato. — Seu eletro e seu exame de sangue, seu oxímetro de pulso, tudo parece inteiramente normal.

— Mas da última vez também foi assim — disse ela. — Não apareceu assim de cara.

— Por isso vamos monitorar você por algumas horas. Diga-me, a dor é parecida com a de seu primeiro infarto?

— Não. Aquela foi mais gradual. Esta me acordou.

— E como você a descreveria? Uma dor excruciante?

— Não. Mais parece uma queimação. Mas também senti no braço.

— Queimação. Tudo bem. Você comeu alguma coisa incomum nas últimas 24 horas ou coisa assim?

O jalfrezi de frango.

— Comida indiana no jantar.

— Com pimenta?

— Muita.

— Aí está! — disse ele. — Pode ser refluxo. Darei a você um antiácido para cuidar disso. Também pode ser dor relacionada à cicatrização do coração. Vamos ficar de olho em você por um tempo, mas, em vista de sua ponte de safena recente, e de que todos os seus números parecem perfeitos, não estou preocupado.

— Então não estou morrendo de ataque cardíaco.

— No momento, não.

— Acha que posso ver meus amigos? — perguntou ela.

— Ah, quer dizer seus "filhos" lá fora? — Ele sorriu. — Eles não desgrudam da porta. Quer que os deixe entrar?

— Por favor.

— Aι, meu Deus, eu me sinto péssima — disse Sunita. — Minha comida te deu uma crise de gases!

— Que ninguém saiba disso em Hyderabad — avisou Todd. — Você nunca vai encontrar um marido. Ah, peraí. Fritz pode cozinhar. Humm. Pão de nozes.

Maribeth estava rindo. Não tinha parado de rir desde que eles vieram lhe fazer companhia. Não doía mais. Agora que havia tomado o antiácido, a dor tinha sumido.

Lá pelas seis horas, Sunita começou a olhar o telefone. Seu avião sairia a uma hora, mas ela precisava estar no aeroporto às dez.

— Você precisa ir — disse Maribeth. — Tem seu voo. E Todd, você precisa dormir algumas horas antes de partir para Altoona.

Ele agarrou o peito.

— Altoona. Você tinha de me lembrar disso.

— Você vai ficar bem — garantiu ela a Todd. — E você também — falou com Sunita. — E eu também. Vai ficar tudo bem.

Maribeth parou abruptamente, chocada por ter dito aquilo. E talvez ainda mais chocada por realmente acreditar no que disse.

72

Ela esperou até as seis e meia para chamar Jason. Não queria acordá-lo, mas também não queria que ele acordasse com o recado na caixa postal. Queria que ele soubesse que ela estava bem, realmente bem.

Ela pegou seu celular na bolsa e viu que havia várias chamadas perdidas de um código de área 413. Era um número de Pittsburgh, pensou, mas não o reconheceu. Talvez fosse Stephen, mas não era o celular dele, ou Sunita e Todd ligando de um telefone público — e isso não fazia sentido porque várias chamadas coincidiam com o horário em que eles estavam com ela.

Ela apertou o botão para retornar a ligação. Quando ouviu a voz do outro lado da linha, pensou que talvez de fato tivesse passado por mais um infarto e agora estava alucinando. Porque a voz que falava — "Maribeth, é você?" — não pertencia nem a Todd, nem a Sunita. Pertencia a Elizabeth.

— Maribeth, onde você está? — perguntava Elizabeth. — Jason vai enlouquecer.

Elizabeth telefonando para ela? Por quê? E por que ela estava falando sobre Jason?

— Maribeth, diga alguma coisa! — gritou Elizabeth.

— Elizabeth? — perguntou Maribeth, muito confusa. — Onde você está?

— Onde eu estou? Estou no campo. Onde *você* está? Está tudo bem?

Maribeth olhou seu telefone. O código de área de Pittsburgh era 412, e não 413, e agora ela se dava conta de que era o código de Elizabeth nos Berkshires. Aquilo esclarecia onde Elizabeth estava, mas só fazia obscurecer todo o resto.

— Você ligou para mim? — perguntou Maribeth.

— Não, Jason ligou. Ele passou a última hora tentando falar com você.

— Jason está aí? Com você?

— Estava. Agora está tentando freneticamente conseguir sinal de celular, caso você ligue de novo. Ele disse que você teve outro infarto.

— Não tive. Eles acham que foram só gases. Onde ele está?

— Foi para Lenox. Ou Pittsburgh. Não sei. Ele está ensandecido, Maribeth. Nunca o vi assim. Você sabe como é o sinal de celular por aqui, muito irregular. Mas teve o suficiente para ele pegar seu recado. E ele tentou ligar de volta, e não conseguiu falar com você. Levou as crianças à cidade para telefonar. Ou mandar um e-mail. Ou mandar um pombo-correio. Eu disse a Tom que devíamos ter Wi-Fi por aqui, mas você sabe como ele gosta do lugar rústico.

Eles estavam no campo? Jason e as crianças? Com Elizabeth e Tom?

— Por quê? — perguntou Maribeth.

— Meu Deus, não sei. Porque ele quer que seja um santuário longe do estresse da vida diária.

— Não. Por que Jason e as crianças estavam aí? Com você?

— Ah. Porque amanhã é Natal — respondeu Elizabeth, como se isso explicasse tudo.

— Mas... por quê? — repetiu Maribeth.

— Eles têm vindo bastante nos fins de semana. E vieram para o Dia de Ação de Graças — respondeu ela.

Maribeth se permitiu absorver aquilo tudo. Jason e os gêmeos. Com Elizabeth. Fins de semana. Ação de Graças.

Elizabeth continuou:

— Então pensamos em ter um Natal tranquilo juntos, só a família, só que você não está aqui, mas sua mãe acha que está.

— Espere aí. O quê? Minha mãe ainda está em Nova York?

— Meu Deus, não. Jason sabia que ela ficaria totalmente surtada se soubesse o que você fez, então ele disse a ela que você veio para cá, em um retiro, e que ela devia voltar para a Flórida. Ela pensa que você ainda está aqui. Que Jason e as crianças visitam você nos fins de semana, mas que você não está falando com mais ninguém. Eu ligo para ela, dando notícias. Agora ela está falando em fazer o próprio retiro. O amigo Herb fez um, pelo visto.

— Você e Jason fizeram isso?

— Nós conspiramos. — Ela riu baixinho. — Foi a única parte divertida de tudo isso.

E com isso Maribeth começou a entender. E quando entendeu, começou a chorar.

— Ah, querida — disse Elizabeth. — Por favor, não chore. Não foi o que eu quis dizer. Foi ótimo ficar com os gêmeos. E eles estão indo bem. De verdade. Jason demitiu aquela babá esquisita e contratou uma senhora ótima que eles adoram. Jason fica muito com eles, Niff vem à noite, e um monte daqueles seus amigos pais de gêmeos tem dado uma ajuda. E eu estou aqui. Sei que eu devia estar presente mais vezes, e peço desculpas por não ter estado. Mas estou aqui agora, então você precisa acreditar em mim quando digo que O e L estão bem. Eles têm aquela coisa de gêmeos, se apoiam um no outro. Sentem sua falta. Meu Deus, eles morrem de saudades de você... todos nós... mas Jason mostra a eles um vídeo de você toda noite, e eles tiram fotos para quando você voltar. Eles sabem que você vai voltar. Por favor, não fique triste.

Mas Maribeth não chorava de tristeza. Lembrava-se da noite de sua festa de casamento, quando imaginou Elizabeth, Jason e ela mesma como as bases firmes de um banco de três pernas. Firme o suficiente para aguentar seu peso. Para aguentar, ao que parecia agora, toda sua família.

Então as coisas eram assim. As pessoas entravam em sua vida. Algumas ficavam. Outras, não. Algumas se afastavam, mas voltavam para você. Como Elizabeth. Como Jason. E agora, como a própria Maribeth, que tinha partido, assim como sua mãe fizera, mas que voltaria, como sua mãe não pôde fazer.

E foi aí que ela entendeu que estava na hora. De voltar para Jason. Para Oscar e Liv. Para sua vida, embora ela não soubesse mais como seria essa vida. Tudo a respeito dela parecia incipiente. Como uma cicatriz que ainda está se curando. Ou talvez como uma história que ainda está sendo escrita.

* * *

PROVAVELMENTE ELE HAVIA recuperado o sinal do celular. Porque dessa vez Jason atendeu no primeiro toque. Lá estava, aquela voz, aquela por quem ela havia se apaixonado mais de 25 anos antes, aquela que ela jamais deixara de amar.

— Jase — disse ela. — Sou eu.

— Lois. — Ele conseguiu falar antes que a voz falhasse. E depois só o que ela ouviu foi o ofegar trêmulo do choro silencioso do marido.

— Está tudo bem — assegurou ela. — Não foi um infarto. Eu estou bem.

Ele ainda não falava nada. Ao fundo, ela ouvia a batida do CD *They Might Be Giants* que eles tocavam para manter os gêmeos felizes em viagens longas.

— Jason, escute. Estou voltando para casa. Elizabeth já está a caminho para me buscar. Voltarei essa noite.

— Papai, por que estamos parando? — A vozinha de Oscar viajou pela linha, alta e nítida. — Com quem você está falando?

E então foi sua filha que ela ouviu.

— Mamãe? — perguntou Liv. Como se fosse a coisa mais normal do mundo Maribeth estar telefonando. — É a mamãe?

AGRADECIMENTOS

Anos atrás, quando este livro começou a se infiltrar em minha vida, falei sobre a ideia nascente a um cardiologista que eu consultava para fazer uma prova de esforço. Ele concordou em ajudar. Vários anos depois, quando eu tinha um rascunho escrito, certa noite o Dr. Stephen Weiss pegou o telefone em seu consultório médico e cumpriu sua promessa. Tive muita sorte de conhecer também a Dra. Kirsten Healy, cardiologista e mãe trabalhadora e ocupada de duas meninas, que conseguiu equilibrar os aspectos médicos e emocionais das dificuldades de Maribeth. Agradecimentos adicionais à Dra. Lucy N. Painter e ao Dr. Mukesh Prasad pela assistência técnica e por sua generosidade.

Kristin Thompson, da Children's Home de Pittsburgh, graciosa e pacientemente me guiou pelas peculiaridades da lei de adoção de Pittsburgh e da Pensilvânia e pelas particularidades da pesquisa pela busca de pais. Também fez observações fundamentais como nativa de Pittsburgh. Assim como Siobhan Vivian, que deixou de lado suas ocupações de escrita e cuidados dos filhos para me informar sobre as numerosas maravilhas da cidade e me levou para conhecê-la.

Stephen Melzer informou-me exatamente o que aconteceria se uma declaração de imposto de renda não fosse entregue na data (não dá cadeia imediata!) e como uma pessoa podia sacar grandes somas de sua conta de poupança (é bem fácil). Joe Dalton me fez ter certeza de que eu tivesse as informações corretas sobre arquivamento (migração de dados!). Sarah Parzwahl pode ser uns quarenta anos mais nova do que Janice, mas ainda assim empregou a prancha com a mesma frequência quando me ensinou a nadar e, neste processo, inspirou não só uma personagem, mas uma obsessão. Agradeço também a Courtney Sheinel pelo estímulo inicial. A Eshani Agrawal por ler com tanta rapidez e astúcia. A Karen Forman pela correção afiada das provas. A Stephanie Perkins por argumentar com suas anotações sempre incríveis. A Robin Wasserman pelas sugestões de título. A Deb Shapiro pelo brilhantismo estratégico. A Emily Mahon pelo lindo casaco. A Courtney Stevens por partilhar um pouco de seu coração do tamanho de uma baleia azul. E a Tori Hill por mais uma vez ser o duende da noite.

Meu banco de três pernas teve tantas bases que funciona melhor como metáfora do que como móvel. Quando eu fugia, ou, como chamávamos, "saía em viagem de trabalho" (não mesmo), dependi de muitas pessoas para preencher as lacunas, inclusive a incrível Beth Ann Kurahara e nossos vizinhos (por ordem geográfica, não alfabética): os Wilson, os Clarke, os Iannicelli e os Brost-Wang.

Também dependi diariamente da inteligência, de humor e da sinceridade de minhas mais queridas amigas: Tamara Glenny, Marjorie Ingall, Kathy Kline, Isabel Kryacou, E. Lockhart e Tamar Schamhart. E pontos de bônus a minha amada Libba Bray, que me ouviu ler cerca de metade deste livro em voz alta, fora de ordem. Louvado seja seu coração.

E por falar em pessoas de cuja inteligência, senso de humor e sinceridade eu dependi: Michael Bourret me estimula a ser vulnerável no papel e atrevida fora dele. Obrigada também a Laurel Abramo, Erin Young e a toda a equipe da Dystel & Goderish, bem como a Caspian Dennis e Dana Spector.

É um clichê afirmar que a editora parece uma família, mas no caso da Algonquin Books, é verdade — não minha família, talvez, mas uma empresa familiar da qual faço parte. Obrigada a Jackie Burke, Steve Godwin, Brunson Hoole, Debra Linn, Annie Mazes, Michael McKenzie, Lauren Moseley, Craig Popelars, Kendra Poster, Elisabeth Scharlatt, Ina Stern e Anne Winslow por me receberem bem. E agradeço a Amy Gash, uma editora de texto cuja memória biônica para os detalhes, discernimento profundo para as personagens e amor dedicado ao processo só tem par em seu senso de humor. Como um presente meu, Amy, observe, por favor, que não tem itálicos nestes agradecimentos.

E, por fim, à família. Um obrigada de cobertor quente a todos os Forman/Tucker/Schamhare, com um anúncio especial a Ruth Forman. Minha mãe fez sua primeira cirurgia de ponte de safena aos 48 anos e este livro, embora dedicado a minhas filhas, foi inspirado nela.

E a minhas filhas, Willa e Denbele, e ao pai delas, Nick, meu marido e parceiro já há tantos anos: vocês são as pessoas para quem eu corro.

Este livro foi composto na tipologia Adobe Garamond Pro,
em corpo 11,5/15,5, e impresso em papel off-white,
no Sistema Cameron da Divisão Gráfica
da Distribuidora Record.